ハヤカワ文庫JA
〈JA1134〉

グイン・サーガ⑬

パロの暗黒

五代ゆう
天狼プロダクション監修

早川書房
7270

PLUTONIAN PARROS
by
Yu Godai
under the supervision
of
Tenro Production
2013

カバーイラスト／丹野 忍

目次

初出『グイン・サーガ・ワールド』5、6、7、8
（2012年9月、12月、2013年3月、6月）

……かくて殺人者、王イシュトヴァーンは
新たなる血の海にその腕を浸したり……
ゴーラの凶王の譚詩　断片

〔中原周辺図〕

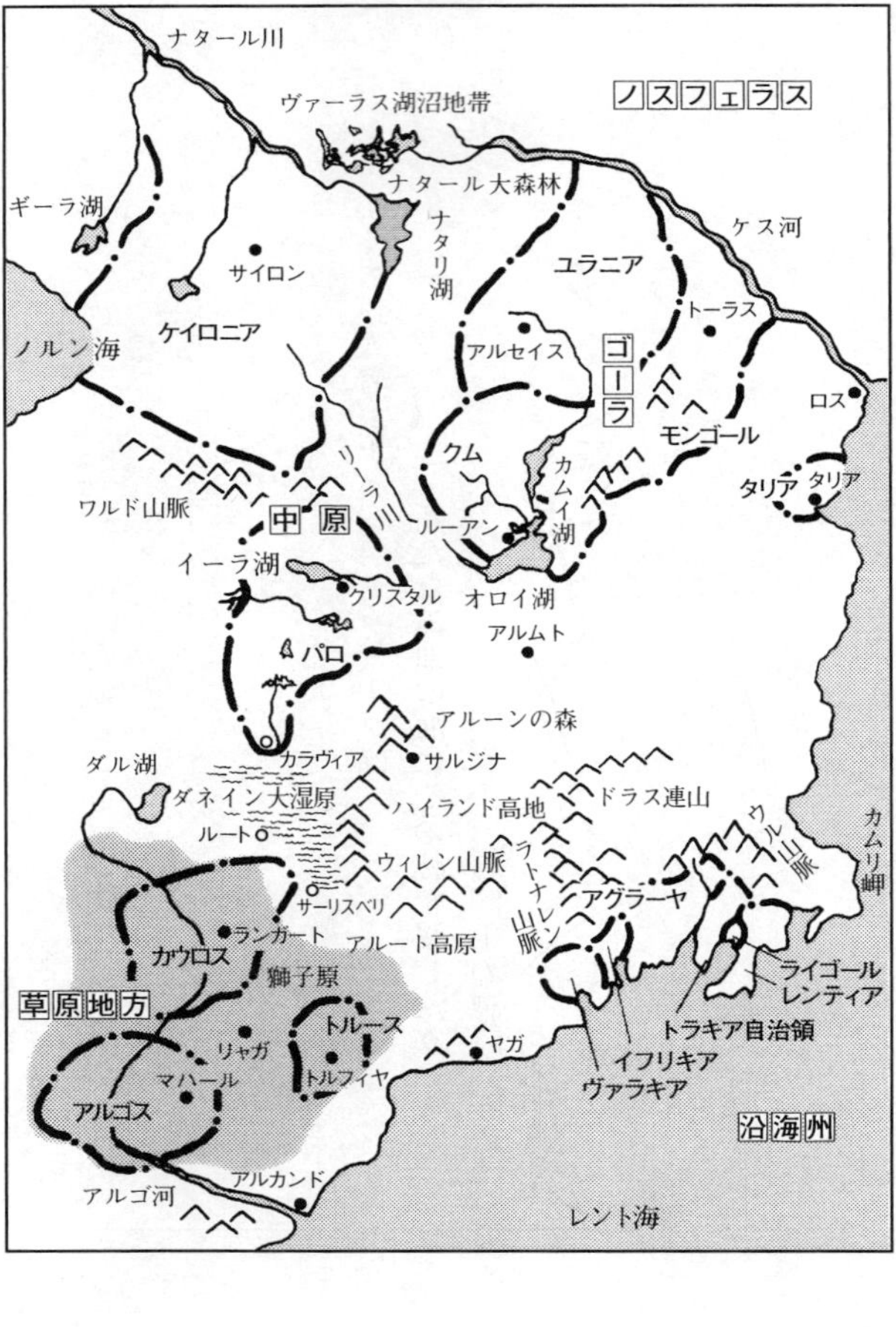

ナタール川
ヴァーラス湖沼地帯
ノスフェラス
ナタール大森林
ギーラ湖
ナタリ湖
ケス河
サイロン
ユラニア
トーラス
ケイロニア
ノルン海
アルセイス
ゴーラ
ロス
モンゴール
クム
カムイ湖
タリア
タリア
ワルド山脈
リーラ川
中原
ルーアン
イーラ湖
クリスタル
オロイ湖
パロ
アルムト
アルーンの森
カラヴィア
サルジナ
ダル湖
ダネイン大湿原
ハイランド高地
ドラス連山
ウル山脈
カムリ岬
ルート
ウィレン山脈
ラトナレン山脈
アグラーヤ
サーリスベリ
ランガート
アルート高原
カウロス
獅子原
ライゴール
レンティア
草原地方
トルース
トラキア自治領
リャガ
ヤガ
イフリキア
トルフィヤ
マハール
ヴァラキア
アルゴス
沿海州
アルカンド
アルゴ河
レント海

〔パロ周辺図〕

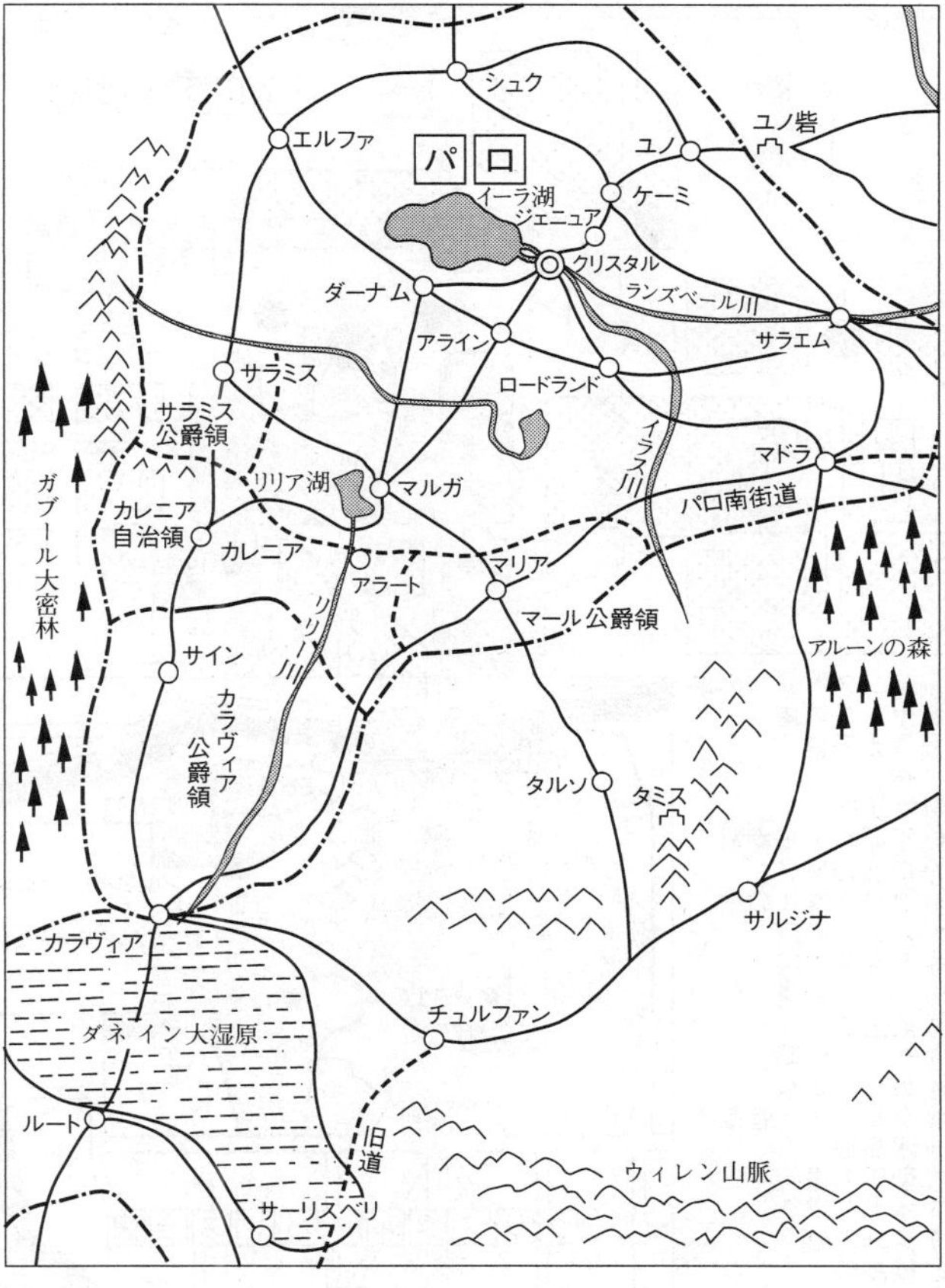

シュク
エルファ
パロ
ユノ砦
ユノ
ケーミ
イーラ湖
ジェニュア
クリスタル
ダーナム
ランズベール川
アライン
サラエム
サラミス
ロードランド
サラミス
公爵領
イラス川
マドラ
リリア湖
マルガ
パロ南街道
ガブール大密林
カレニア
自治領
カレニア
マリア
アラート
リリー川
マール公爵領
アルーンの森
サイン
カラヴィア
公爵領
タルソ
タミス
サルジナ
カラヴィア
チュルファン
ダネイン大湿原
ルート
旧道
ウィレン山脈
サーリスベリ

〔クリスタル・パレス〕

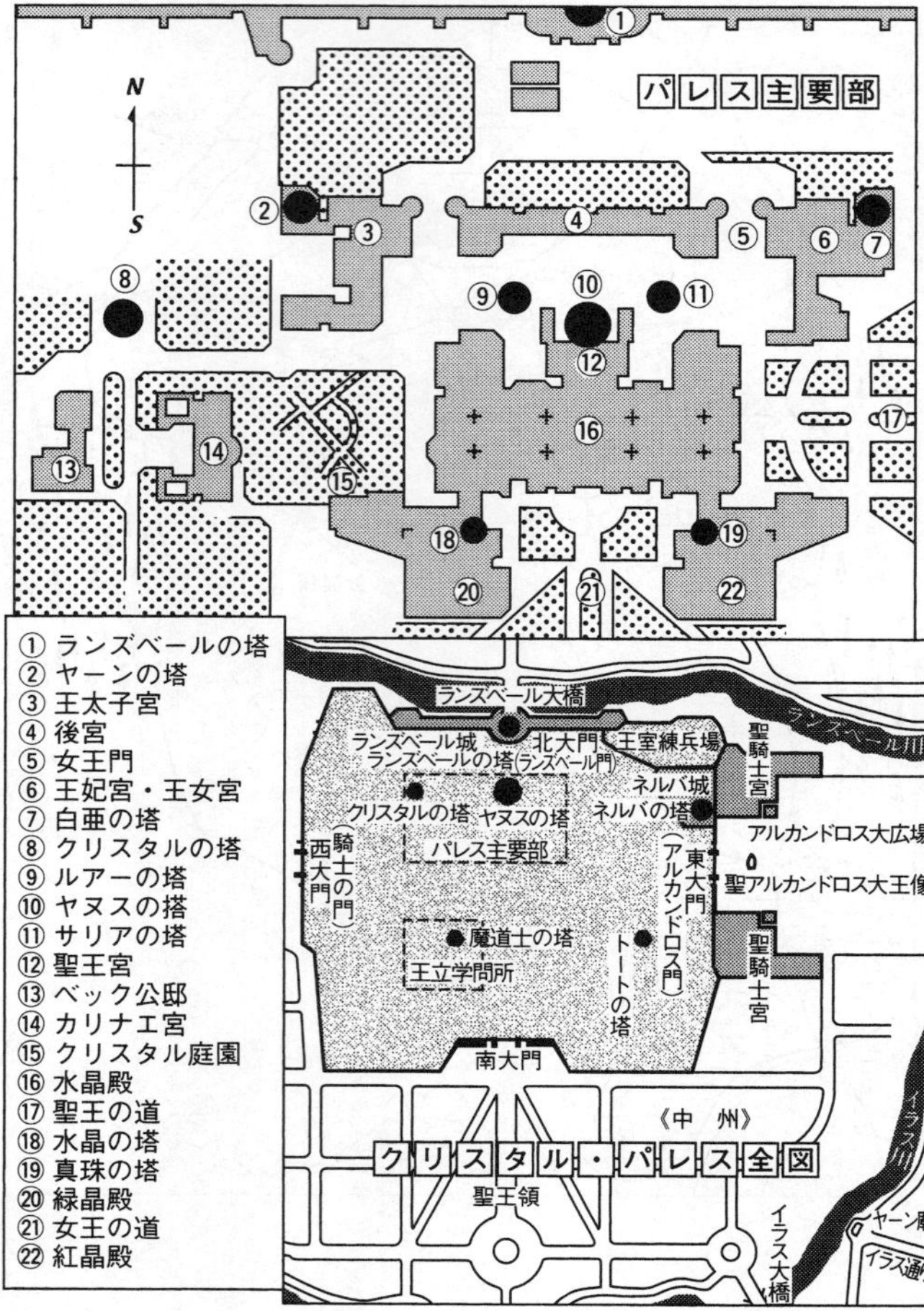

パレス主要部
N
S
① ランズベールの塔
② ヤーンの塔
③ 王太子宮
④ 後宮
⑤ 女王門
⑥ 王妃宮・王女宮
⑦ 白亜の塔
⑧ クリスタルの塔
⑨ ルアーの塔
⑩ ヤヌスの塔
⑪ サリアの塔
⑫ 聖王宮
⑬ ベック公邸
⑭ カリナエ宮
⑮ クリスタル庭園
⑯ 水晶殿
⑰ 聖王の道
⑱ 水晶の塔
⑲ 真珠の塔
⑳ 緑晶殿
㉑ 女王の道
㉒ 紅晶殿
ランズベール大橋
ランズベール川
ランズベール城
北大門
王室練兵場
ランズベールの塔（ランズベール門）
聖騎士宮
クリスタルの塔
ヤヌスの塔
ネルバ城
ネルバの塔
アルカンドロス大広場
西大門（騎士の門）
パレス主要部
東大門（アルカンドロス門）
聖アルカンドロス大王像
魔道士の塔
トートの塔
王立学問所
聖騎士宮
南大門
《中　州》
クリスタル・パレス全図
聖王領
イラス川
イラス大橋
ヤーン廟
イラス通り

パロの暗黒

登場人物

イシュトヴァーン……………………………ゴーラ王
マルコ…………………………………………ゴーラ王近衛騎士
カル・ハン……………………………………魔道師
ヴァレリウス…………………………………パロ宰相。上級魔道師
マリウス………………………………………吟遊詩人
リギア…………………………………………聖騎士伯。ルナンの娘
ハレン…………………………………………〈犬と橇〉亭の亭主
アドリアン……………………………………パロ聖騎士侯筆頭騎士
スニ……………………………………………セムの少女
リンダ…………………………………………パロ聖女王

第一話　闇よりの声

1

「でっかい顔が現れたっていうぜ……」

「空にかい」

「サイロンのさ」

「あの豹頭王の?」

「ほかにあるかね?」

嘲《あざけ》るように言って、男は手にした賽《さい》を欠けた鋺《かなまり》に放りこんだ。カランと乾いた音が響く。期待と興奮と不安をそれぞれに浮かべた四つの顔がぶつかりあわんばかりに額を集め、一人がちっといって顔をしかめた。

「またおまえの勝ちかよ、ロアン。今夜はよっぽどおまえさん、ツキの女神にしがみつかれてるらしいや」

「悔しかったらおまえもしがみついてもらえるよう努力するこったな」

賽を鋺から手へ振りだした男は髭面《ひげづら》の中の唇を笑いに歪めながら、場に積まれた硬貨の小さな山をさらいとった。すでに持ち金を使いつくしたのか、硬貨ではなくちょっとした石をつないだ飾り物や、娼婦が身につけるような安っぽい耳飾りまでまじっている。髭面が満足げに儲けをかき集めて懐へ入れるのを、残りの三人は恨めしげに見守った。

山間の小さな砦《とりで》である。ほとんど使われていない古街道沿いの関所で、夜間はむろん、昼間でも滅多に通るものはない。詰め所は狭くて暗く、壁に突きたてられた松明《たいまつ》以外に明かりはない。むきだしの土間に藁布団《わらぶとん》と脱ぎ散らした衣服が散乱している。すすけた炉で、燃え残りの薪がわずかに炎の舌を動かしている。

「畜生《ドール》め、もう一回だ」

やせっぽちで頬のそげた男が身を乗り出す。

「今度は俺が胴元だ。俺はこの指輪を賭けるぜ。ロアン、てめえは、今さっき懐へ入れたもの全部ここへ出しな」

「馬鹿言っちゃいけねえ、こいつは俺が運の女神様のご利益《りやく》で手に入れたもんだ」

「けっ、女神様がよく言うよ。いいからここへみんな出しやがれ、でなきゃ、あの紅玉の首飾りだけでもここへ置くんだな。石は小さいが、ま、ほどは悪くねえ品だ」

「わかったよ」

ここは頑張らないほうがいいと読んだのか、髭面はさほど抵抗もせずに首飾りをざらざらと引っぱり出して場へ放った。細い金の鎖に小粒だが色の濃い、美しい紅玉が下げられた愛らしい首飾りである。男たちの無骨な、剣だこのできた手には、いかにも似つかわしくない品だった。

「おいリーダム、おまえはやらねえのか」

部屋の一隅でがたのきた椅子と机に腰かけ、先ほどから黙々と背を丸めている男に声をかける。返事はない。胴元を名乗り出た男が眉をつり上げた。

仲間から離れた男は、とうに有り金をすってしまったのか、それとも賭博に興味はないのか、このところ、ユラニアの旧都あたりで流行だという、ヤヌス神とその眷属たちの描かれた占い札を手に、ひとり占いの最中だった。

「あいつのことはほっとけよ。それより、さっきの話だが」

手の中で賽を転がしながら、肩をすくめて胴元の男は言った。

「空にでかい醜い顔が二つも浮かんだと思ったら、太陽がかくれて見えなくなって、妖しいものがサイロンの町中を飛びまわって人だのなんだの食い殺して回ったとか、真っ黒な馬の化け物が空じゅう走り回って手当たりしだいに人だの物だの踏みつぶして回ったとか、ひどい地震と雷で七つの丘も崩れ落ちそうになったとか、またそいつを豹頭王が収めたとか、なんとか……ま、噂だがね」

「薄っ気味の悪い話はやめようぜ。ツキが下がらあ」

髭面が二重顎を縮めて四重に折りたたむ。

「けどあすこはついこないだまで、黒死の病で大わらわだったって言うじゃねえか」

「それも不思議なことに、サイロンの門から一歩も出ねえ、しつけのいい病でよ」

黄色い歯をむき出して、太鼓腹を突きだした男がげたげたと笑った。

「あんまり流行り方が妙なんで、こいつは魔道かなにかがかかわってるに違いねえって、噂じゃパロにまで疑いがかかったそうだぜ。魔道っていえばパロ王国だもんな」

「今のパロにそんな力があってたまるもんけえ」

からん、と投げ込まれた賽の出目に目をこらしながら、やせっぽちが吐き捨てる。

「なんせ街道沿いの警備にも自分とこの軍の手が回らねえで、俺たちみたいな傭兵を雇って門番代わりをやらしてるくらいだ。よその国に病まき散らして回るみたいな真似に割いてる暇があるもんかい。ましてやサイロンの豹頭王ってのは、あれだ、パロの女王にとっちゃ恩人だかなんだかなんだろ」

「昔、モンゴールにやられて王家皆殺しの憂き目に遭いそうになったとき、助けられた仲だって言うがね。……ほい、今度は俺に女神様がしなだれかかってきたぜ」

「浮気女め」

髭面が唸《うな》った。一度は懐にあった紅玉の首飾りがさらわれていくのを名残惜しげに見

送りながら、ふと思いついたように、

「浮気女って言えば、おまえら、豹頭王のお妃《きさき》の話を知ってるか。アキレウス皇帝の娘で、シルヴィアって女らしいが」

「そのシルヴィアがどうしたんだい」

「いやあ、そのケイロニア皇女の王妃様がよ、大層な男好きと来ててよ」

髭面は分厚い唇に好色そうなにやにや笑いを浮かべた。

「旦那の豹の頭が嫌なのかなんだったのか知らねえが、毎晩王宮を抜けだして、下々の男ども相手に、身分を隠してのご乱行よ。このごろじゃとうとうそれも旦那にばれちまって、どっかへ閉じこめられちまったそうだぜ。御病《おんやまい》って名目でな」

「ま、まともな娘なら当然だろうさ」

勝ちを占めた太鼓腹の男がすばやく収穫をかき集める。

「英雄だかなんだか知らねえが、豹の頭の半獣に抱かれてうれしがるような娘っこは、鉦《かね》と太鼓で探したって、この中原のどこにもいるもんかい。まあ親父のアキレウスに言われちゃ、娘も断りきれなかったんだろうが——」

「高貴なご身分ってのも哀れなもんさ」

やせっぽちの男が賽を振り出しながら吐き捨てる。

「お国の事情ってやつで、嫌な相手にも身を任せなきゃなんねえ、爺と孫ほど年の違う相手でも結婚しなきゃなんねえ、まあ実際のところ、娼婦や色子と変わりはねえってもんさ。ただそこに、称号とか王冠がついてくるだけでな」

「そこへ行くと、俺たちは気楽な身だよ」

一人で寝そべって、火にあたりながら眠たげに半眼になっていた男が、そばの酒袋から長々と一口呑んで呟いた。

「このあくびの出そうな暇な警備の仕事をやって、夜はこうやって好きに遊んで呑んで、それでお給金が貰えるときちゃあ、こたえられねえ。なあ、そうだろうが、リーダム」

一人で占いに没頭している仲間へ鎌首をもたげる。男はやはり返事をせず、黙々と札をくっては机に並べるのに専念していた。

「あいつのことはほっとけよ。で、そのシルヴィアって王妃様だが、なにかい、美人なのかい。おまえ、見たことがあるのかよ、ロアン」

「いいやおいらは見てねえ。見てねえが、王妃様の一夜のお相手って奴を務めたやつから、話は聞いたぜ」髭面は含み笑った。

「まあ、言っちゃなんだが、あれなら銅貨払ってその辺の酒場女でも買った方がましだったってたな。やせっぽちの青臭い小娘でよ、やたら偉そうなくせにあれの方だけは場末の立ちんぼなみで、かえってこっちが萎えちまったってげんなりしてた。豹頭王が妃をかまいつけねえっていうのも、おおきに、豹頭じゃなくて妃の方に原因があるのかもしれねえな。確かにあれじゃ、二度も抱く気は起きねえ、とよ」

「金貨の山の上に座ってりゃ、どんな娘でも美人さ」

やせっぽちが偉そうな顔で警句めいた言葉を吐いた。

「ましてやそいつが、ケイロニア一国と王冠の上に座ってるときちゃな。豹頭王はその小娘と結婚して、サイロンの玉座を手に入れたんだろうが」

「まったくもってうらやましい話さ。その半獣人が、もとはこちとらと同じく生まれもわからねえ傭兵の身だってことも」

「誰しも生まれ落ちたその瞬間に、頭上に持った星があるということだ」

占いに没頭していた男が、はじめて口を開いた。賭けに熱中していた一同は、うんざりしたように占い男を見た。

「おいおい、またリーダムのご高説かい」

「星だかなんだか知らねえが、魔道師でもねえのにご苦労なこった」

「強い星をもった者は、それだけ強い運命を背負うことになる」

蒼白い、どこか学者めいた相貌をした男は、机上に展開されるヤヌス十二神の絵札を瞑想的な目で眺めながら、呟いた。

「強い星、強い運命は、その当人に幸福をもたらすとは限らないものだ。……強すぎる星は、かえってその者の頭上に嵐を呼びこみ、周囲の人間までも巻きこんで、果てしもなく大きく広がっていく」

　サイロンのうらない小路で走り使いでもしていたかと思われるような、慣れた手つきでリーダムなる男はすばやく絵札を並べていった。

「ことに豹頭王、あのグインの背負う星は、この地上に見られたこともないほどに強大だ。だからこそ彼はノスフェラスの一風来坊からケイロニアの黒竜将軍へ、そしてケイロニア王へと駆けのぼっていった。しかしそれがけっして本人の幸福ではないことは、この俺程度の占いにすら現れている。彼の星がどれほど強力かの証《あかし》だ。魔道師になりそこない、うらない小路からさえ追い出された俺だが、それでも、今この中原にかかる暗雲と、その中心で太陽よりも強く輝く、グインの星は驚異的に目に映る……」

「何を言ってるのかわからねえよ」

　ぽかんと仲間の低いひとり語りを聞いていた髭面が、気分の悪そうに唾を吐いた。

「おい、あいつのことはもうほっておこうぜ。それより続きだ。運の女神様はこっちのもんだ、絶対にあの紅玉の首飾りは取りかえしてやる」

「何を抜かしゃがる、てめえこそ、淫乱のケイロニア王妃にしがみつかれて、男の精を搾《しぼ》りつくされっちまうがいいや」

　ざわざわと罵《ののし》りあいや卑猥《ひわい》な身振りがつづいたあとで、またカラン、と賽が鋺に投げ込まれる音が響いた。占い男のリーダムは我関せずといった顔で、机上に並べた絵札の最後の一枚をめくり、鋭く息を呑んだ。

そこには燃えあがる劫火を背に、黄色い硫黄の炎を吐く、巨大な邪神の姿があった。八股《やつまた》の火の尾は呪われた光背のようにその背に広がり、棘《とげ》のような毛皮に覆われた獣じみた身体を、黒豚の蹄《ひづめ》のついた足が支えている。牙から滴《したた》るよだれが白く燃え、つり上がった黄色い目は、札をめくった人間を射殺すかのように、邪悪な光を帯びている。

「ドール……！」

呻《うめ》くような彼の声は、ちょうどその時当たった大穴にどっと沸いた仲間たちの歓声にかき消された。

大きく目を見開いたまま、悪魔神の札を呪縛されたように見つめている彼を放り出して、仲間たちは賭金の分配に忙しく、また、あれはいかさまだのなんだの、お互いを罵り合うのに忙しかったが、ふと、この騒ぎにも加わっていなかった寝そべり男が、片手に酒袋を持ったまま、大儀そうに頭をあげた。

「おい。誰か扉を叩いてるぜ」

たがいの胸ぐらをつかみかけていた髭面とやせっぽちは、水を差された形になっておたがいの服に手をのばしたまま動きを止めた。一瞬訪れた沈黙に、確かに、遠慮がちにほとほとと戸を叩く音が聞こえた。

「ごめんくださいまし……ごめんくださいまし」

木戸の外から、かぼそい声がした。年寄りなのか、それとも病気なのか、ひどくかすれて、聞き取りにくい声だ。

「誰だ」面倒そうに髭面が言った。

「関所の門はとうの昔に閉めちまってる。何の用だ」

「わたくしどもはミロクの巡礼でございます」

かぼそい声はすがるように響いた。

「ただいま、ヤガへの巡礼からクリスタルへ戻るところなのでございますが、途中で道に行きくれてしまいまして、他に人家もなし、困っておりましたところに、こちらの関所の明かりを見つけてまいりました次第でございます。どうぞ、厩《うまや》でも、物置の片隅でもかまいはいたしませんので、一夜の宿をお貸し願えませんでしょうか」

「けっ、何を言ってやがる。呑気なやつらだぜ、ミロク教徒ってのは」

やせっぽちが苛立ったように舌打ちした。ミロク教は争いと殺生を厭《いと》う、非常に平和的な宗教としてこのごろ中原にも信仰を広めている。太鼓腹が喧嘩の見物を邪魔されて、太った頬を赤ん坊のように膨らませていた。髭面は扉の内側から怒鳴るように、

「ここは宿屋じゃねえ、関所だ。パロ国境警備軍の駐留する砦だぞ。てめえらみたいな風来坊に、貸す屋根なんぞ爪の先ほどもあるもんか。帰れ、帰れ」

「いえ、無理を曲げてのお願いでございます……どうか、どうか」

せっぱつまった調子で、相手も扉にすがってくる。

「こちらには足弱の娘もおります。実を申しますと、その娘が山を登る途中で足をくじいてしまいまして、もう一歩も歩けないのでございます。せめて一夜なりと休ませて、痛めた足を冷やしてやりなどすれば、明日には出立できるように思いますので……路銀もまだ多少はございます、皆様にもお礼はいたしますので、どうぞ、助けると思って」

「待て」

娘、と聞いて、傭兵たちの目の色が変わった。髭面の目が異様なぎらつきを帯びる。彼は木戸にすりより、のぞき窓の蓋をそっと上げた。

そこにはミロク教徒の旅装束である長い衣をつけた一団の人々が身を寄せあっていた。先頭に立っている者をはじめ、みな背を丸め、フードを深くおろしているので、夜間の篝火《かがりび》の頼りない光では人相まではわからない。

だがその後方に、仲間の肩にぐったりと寄りかかったひとりの姿を認めて、髭面の口がほくそえむように歪んだ。疲れはてたように仲間に身をあずけたそのほっそりした姿のフードからは、ほどけたつややかな長い黒髪があふれて、篝火を映して黒い川のように衣の上を流れていたのである。

「ようし、わかった」

うって変わった猫撫で声で、髭面は言った。

「俺たちだって人情ってものは知ってる。大したもてなしはしてやれんが、まあ入りな。娘がいちゃあ野宿もなるめえ。ここはひとつ、人助けしてやろうじゃねえか」

「おお、感謝いたします」

傭兵たちの間から抑えた笑いがあがった。我から狼の顎《あぎと》へ飛びこんでくる、哀れな子羊をあざ笑う響きだった。髭面がいそいそと戸の桟《さん》をあげ、鍵を外す。

「待て！」

その瞬間まで、ドールの札に呪縛されたように凍りついていたリーダムが、はっとしたように身をよじって椅子から立ちあがった。

「待て、そいつらをここへ入れてはならない、そいつらは、――」

あとに続くはずだった言葉は、誰も聞くことができなかった。

髭面のロアンがよだれを啜《すす》りながら鍵をあけたとたん、扉は、外側からはげしい勢いで蹴り開けられた。

まともに扉で顔面をぶつけたロアンがたたらを踏んであとずさったところを、閃光が走った。血柱があがった。切り裂かれた喉から鮮血を噴出させて、髭面のロアンは髭を血浸《ちびた》しにしてのけぞり倒れた。

「こ、こいつら！」

傭兵たちはいっせいに抜きつれようとした。

だが、ほぼ全員が酒に酔っており、そもそも、武器すら帯びていないものがほとんどだったので、抵抗する間もなく、突入してきた一団の剣陣に切りさいなまれて血の海に沈んだ。占い男のリーダムひとりが剣を抜こうとしたが、その腕ごと肩から腰へと深々と切り裂かれ、仰向けになって倒れこんだ。

椅子と机が音を立ててひっくり返り、ヤヌス神とその眷属たちの絵札が、血の池に次々と落ちた。最後に落ちたドールの札はちょうどリーダムの見開かれた目の上にななめに落ち、黄色い目を、くり広げられた惨劇を喜ぶかのように光らせていた。

「片付きました、陛下」

剣を収めた一人が、外へ向かってうやうやしく呼びかけた。

「少しばかり見苦しいさまですが、どうぞ、お通りを。足もとにお気をつけください」

「なあに、こっちは、死体にも血にも慣れっこさ」

若々しい声が響いた。後ろに数人の配下をつれて、長い黒髪を流した、娘と見えていた人物が堂々と入ってくる。

背が高い。外にいるときは隣の人間に寄りかかっていたので弱々しく小柄に見えたが、しなやかな身のこなしは野生の獣のようにすばやく、引き絞られた弓弦《ゆみづる》のように力に充ちていた。

「なんだ、みんな殺っちまったのか。少しくらい、俺にも残しといてくれりゃよかったのに。――まあ、いいや」

フードを撥《は》ねのける。そこに現れたのは若い、精悍な顔だちの黒髪の青年だった。ほどいていた髪を手早く後ろへ上げ、くるくると紐で束ねてしまうと、もはやそこに、足を痛めてぐったりしていた小娘の姿は影もなかった。鮮血があちこちにしぶいた室内を面白そうに見やりながら、

「おい、マルコ、ここのやつらはこれで全部か」

「おそらくそのようですが」

同じくフードをとった若い男が応えた。こちらも黒い髪だが、それを肩のところできちんと揃えた、実直そうな青年である。

「念のため、周囲を調べてまいりましょうか」

「いや、いい。それより、こいつらの服と、それから持ち物をひっくり返せ。こういうのは物盗りのしわざにみせるのがいちばんだ。本当の目的を隠せるからな」

足元に転がった髭面の死体を蹴飛ばしてちょっと鼻筋に皺《しわ》を寄せ、襟をつかんで胸元をさぐる。鎖につながれた、文字の刻まれた金属片が、半分血にまみれて引きずり出されてきた。彼はそれを仲間に対して振ってみせた。

「いいか、こいつだ。傭兵の鑑札――こいつを忘れるんじゃねえぞ。でなきゃ、わざわざここを襲った意味がねえ。数が足りねえ分は、町のギルドまでたどりつきゃ調達でき

る。とにかく、国境を無事に越えるにゃ、最低一つはこいつが必要だからな」

　襲撃者たちはいっせいにうなずいた。黒髪の青年はしばしげしげと鎖に揺れる血染めの鑑札を眺め、ふいに破顔した。

「奇妙なもんだぜ。今になって、またこいつを身につけることになるたあな」

「陛下？」

「いや、なんでもねえ」

　青年は血のついたままの鑑札を首にかけると、身にまとわりつくミロクの長衣をむしりとって投げた。ふわりと大きく広がった衣は、死骸と血の海の上に落ち、血を吸ってじわじわとどす黒く染まりはじめた。

「考えてみりゃ、リンダの奴に会いに行くんだ。俺も一介の、あのノスフェラスでの身分に戻って、口説きに行くのが筋ってやつかもしれねえぜ。マルコ」

「はっ」

「ヤガへ向かったやつらは無事だろうな」

「今のところ、変事の報せは届いておりません」

「ようし」

　血と屍の上に立って、若きゴーラ王、イシュトヴァーンは、満足げに白い歯を見せた。

「パロのやつらがあっちに気を引かれてるすきに、俺は俺のやりたいようにやる。どうあたって、あいつは、リンダは俺のもんだ、そうさせずにはおくもんか。俺は、いっぺん決めたことは、きっとやりとげてみせる男だ。俺の心の誠ってものを見せりゃあ、あの気取ったリンダだって、ノスフェラスでの約束を思い出さずにゃいられないだろうぜ」

それぞれにミロクの衣を脱ぎ捨てた一団が、剣を手に二階へ、砦の回廊へと散っていく。火のそばに立ち、満足げに腕組みをしてそれを見守るイシュトヴァーンを、リーダムの死んだ目とドールの黄色く燃える瞳が、二つながらに見上げていた。

2

「馬車だと？」

中原の三大国の一、古き魔道の王国パロ。その中心をなす王城、広壮にして華麗なクリスタル・パレス。

その一隅の、宰相の執務室で、ヴァレリウスは机を叩いていた指をふと止めた。不機嫌な顔を空中に向ける。

「ゴーラ王は馬車に乗って道をたどっていると、今そう言ったか」

――は、はい。

こだましてくるのは、ヤガへ行くと言って発っていったゴーラ王とその兵士たちを追わせている、部下の魔道師の声である。彼はクリスタル近郊の都市マルガのアルド・ナリス霊廟《れいびょう》に墓参《ぼさん》をすませた後、クリスタル市民の目を避けるようにそっと旅立っていった。しかし念には念を入れ、ゴーラ軍が何事もなくパロ領を出て無事ヤガへ入るのを見届けるまで目を離すなと言いつけてあったのだが、どうやら、出し抜かれたらしい。

「その馬車には、間違いなくゴーラ王イシュトヴァーンが乗っているのだな」

語気を強めて、ヴァレリウスは追及した。声にこもった怒気を察知したのか、遠話を通じた若い魔道師はわずかに怯《おび》えを含んで、

――は、はい、そのはずです。馬車には間違いなくゴーラの、六芒形に人面蛇の紋章がうたれてありましたし、周囲にはゴーラ王親衛隊の胴丸をつけた一隊がものものしく取り囲み、ゴーラ王お召しの白馬をそばに牽《ひ》かせております。ゴーラ王には数日前より旅の疲れによるご不例《ふれい》とかで、食事も寝起きも、ずっとその中で……

「おまえが、イシュトヴァーンの姿を最後に見たのはいつだ」

もぞもぞとはっきりしない報告に苛立って、ヴァレリウスは遮《さえぎ》った。

――いつ、と仰《おっしゃ》いますと……

「ええい、つまり、馬車とやらはどうでもいい、実際にゴーラ王当人の姿を最後に見たのはいつのことかと訊いているのだ」

――は、それは、食事の時など、扉を開けて、中から盆を受けとるときに、小姓の姿のむこうに、黒髪の男が布をかぶって横になっているのを何度か確認しておりますが。周囲もきわめて丁重に扱っておりますし、あれがイシュトヴァーン王とてっきり……

「馬鹿者！」

ついにこらえきれなくなって、ヴァレリウスは拳を机に叩きつけた。ひい、という情

けない悲鳴が遠話を伝ってきて、ますます彼のはらわたを煮え立たせた。

「それでおまえは、黒髪の、イシュトヴァーンらしき男が乗っているからそれでいいと、これまで報告を怠《おこた》っていたというのか。はたしてそれが本物かどうか、気を探ってみることさえしなかったのか。いいか、相手は、あのゴーラ王だぞ。策を弄《ろう》していかにもヤガへ下るように見せかけ、自分は隊列を離れてどこかへ姿をくらます可能性くらい、思いつかなかったのか」

——あ……

茫然とした返事を聞くと、本当にいま指摘されるまで、そんなことは念頭にも浮かばなかったらしい。ヴァレリウスは深々とため息をついて、ぐったりと椅子に沈み込んだ。

「イシュトヴァーン王が不例とかで馬車に乗り始めたのはいつのことだ」

——クリスタルの市街をはなれて、一日馬を打たせたほどのあたりでございますが……

「そんなに早くか」

ヴァレリウスはうめいた。イシュトヴァーンがクリスタルの市街を離れてすぐといえば、もう三日も前のことになる。それまでこ奴はのんべんだらりと、イシュトヴァーンではないかもしれないという疑いさえ抱かず、わざとのようにゴーラ軍の紋章を抱えた御座馬車《ござばしゃ》を追って、ふらふらしていたというのか。

怒鳴りつけてやりたかったが、もはやその気力もない。

もともと魔道師は魔道を学ぶのが本道であって、間諜や隠密仕事に対しては、また別の適性がある。かつては魔道師ギルドにも、またこのパロにも、そうした影の任務に通じた魔道師が数多くいたはずだが、長く続いた内戦と王国の分裂から復活したばかりのいまのパロには、使いでのある魔道師というものがほぼ払底《ふってい》している。

いま報告している若い魔道師も、魔道師ギルドから派遣されてきたほんのひよっこである。魔道の知識はあっても、政治の駆け引きや、陰謀の腹の探り合いについては、何も知らぬといってよい。そうした人間に監視を任せた自分も認識が甘かった、とは思いつつも、ヴァレリウスはかみつくように、

「現在のゴーラ軍の人数はどれくらいだ。まさか、増えたり減ったりはしていまいな」

――それが、残った騎士たちの話を漏れ聞くに、ゴーラ王のご不例を、国境へ残してきた軍へ先触れするとかいう話で……

弁解するようにそんな返事が返ってきた。

――王が馬車に移られるのとほぼ同じころに、別の小隊が部隊を離れております。私の受けたご命令は、あくまでゴーラ王の監視、ということでございましたので、そちらのほうは、そのまま行かせましたが、いけませんでしたでしょうか。

駄目だ、こいつは。

ヴァレリウスはそのまま机に突っ伏してしまいたい気分になった。黙ったまま、頭を抱えて両肘をついてしまった魔道師宰相に、沈黙に耐えきれなくなったのか、

——あの、閣下、ご気分でも……

「うるさい、このひよっこめ」

がばりと起きあがって、やけくそ気味にヴァレリウスはわめいた。ひい、とか細い悲鳴が耳の奥に鳴る。

「もういい。おまえはそのまま、その馬車の一隊がヤガに入るのを見届けろ。こちらはこちらでなんとかする。今さら遅いかもしれんが、気を配っておくにしくはない」

——閣下……？

「うるさいと言っているだろうが！」

また声が高くなりかけるのを、無理に制して咳払いし、

「……とにかく、何があろうと一日一回の報告は欠かすな。もし、少しでも変わったことがあれば——馬車の釘が一本はずれたとか、騎士の一人が落馬したとか、そんな程度でもかまわん、かならず報告をこちらにとどけろ。ただし、俺に直接でなくていい。別に魔道師を指定するから、報告はみなそちらに送れ。重要かどうかの判断はこちらでつける、わかったな」

——は、はあ……

「わかったのかと訊いている！」

――は、はいっ！

一喝されて、逃げるように遠話の繋がりはとぎれた。

あちらではさぞかしひよっこ魔道師がびくついているだろうと考えると多少腹は癒えたが、それでも、面倒なことになりそうなのは変わらない。

頭痛のするこめかみを揉みながら、ヴァレリウスは今にも雪崩を起こしそうになっている執務机の報告書の下から、パロと、ヤガを含む沿海州と草原地方を一覧できる地図を引っぱり出した。

自分の知らぬあいだに生まれた息子が、その母とともにパロに身を寄せているとの噂を耳にして、ゴーラ王イシュトヴァーンがパロに来訪したのは二ヶ月ほどまえである。

しかしそれはあくまで表向きの理由で、その本来の目的は、以前から彼が執着を見せていたパロ女王、リンダへの求婚のためであった。

宮廷の作法に縛られず、一種野性的な魅力を持つイシュトヴァーンは一時パロ宮廷の人気者となったが、リンダが彼の求婚を受け入れることはなかった。かつてノスフェラスで明日をも知れぬ身であったならばいざ知らず、いまの彼らはそれぞれ一国の王であり、女王である。結婚は一個の外交策でもある。その点をまったく理解しようとしないイシュトヴァーンに、ヴァレリウスもリンダも、さんざん手を焼かされた。

結局、噂の母子フロリーとスーティは、権謀術策のぶつかり合う王宮を恐れて、さきにフロリーの信じるミロク教の聖地ヤガへと発ってしまっていた。それを聞いたイシュトヴァーンは、それでは自分も母子を追ってヤガへ行くと宣言し、ヴァレリウスのひそかな安堵の息をよそに、美々《びび》しい行列を仕立てて街道を南へと仰々しく下っていったのである。

（確か、自由国境に出て、ダネイン湿原を越えてウィルレン・オアシスを目指すといっていたが……）

もはや、赤い街道を現在南下しているゴーラの御座馬車部隊なるものは、イシュトヴァーンがこちらの目をくらますために用意した囮《おとり》に違いあるまい。いかにも殊勝らしい顔をして、「ちょっとはしんどい道になるだろうが」などとほざいていたあの小僧のしらりとした態度を思い出すと、また腹が煮えてくる。

（クリスタルを出て一日となると、まだ人家も多く、宿屋も点在している。しかし、クリスタル市民を騒がせぬ、と約定《やくじょう》した手前、奴もそれらに投宿することはすまい。また泊まっていれば、人数も人数、武装した軍人集団となれば、こちらにも報告が入るはず。ならば、目だたぬ山間に入って野営でもしたか）

一時は殷賑《いんしん》を極めたクリスタルも、最近では、一歩市中を出れば、人家はあってもほとんどは食糧を手に入れるための畑や果樹園、牧場などについやされ、昔のように、国境近くまでにぎやかな宿場町や、商店の並びなどが続くこともなくなっている。街道沿いから少し奥へ入れば、人に見つからず、あるいは見つかっても大丈夫なほどもっともらしく、野営してみせることはたやすいはずだ。

（それにしても、クリスタルを出てわずか一日で入れ替わりを狙ってくるとはな）

まったく、もう少しましな魔道師が使えれば、と、ヴァレリウスはもう幾度めになるかわからぬ歯ぎしりをした。

現在、パロのお抱え魔道師とギルド所属の魔道師を通じて、上級魔道師の資格を持っているのはヴァレリウスのほか数名のみだ。ギルドにも上級魔道師がいることはいるが、あちらも人材不足で、人手を出してくれと要求してもいやいやながら送られてくるのは、さっきのような、せいぜい師匠のいうとおりに動くしか能のない、くちばしの黄色いひよっこどもしかいない。

クリスタル公アルド・ナリスと先王レムスの確執に端を発する内戦から、魔王子アモンの跳梁《ちょうりょう》、そして中原三国すべてを巻きこんだパロ奪還戦をくぐりぬけて、いずれの国も大きな打撃を受けた。失われたのは国民の命や、パロの国力だけではない。魔道王国パロと呼ばれたこの国家の神髄、魔道師までもが、大きくその力を削られている。

カル・モルなる魔道師の妄念に憑依され、キタイの妖しい『闇の種子』なるものに侵されて魔王子アモンをこの世に導くことになった先王レムスは、双子の姉のリンダに王位を譲り、現在はクリスタル宮内の白亜の塔に蟄居《ちっきょ》の日々を送っている。王妃アルミナは人ならぬものを孕《はら》んだ影響か心身の調子を崩し、故郷のアグラーヤで療養の身である。リンダ女王はいまだ二十二歳、先年、夫君であったアルド・ナリスを亡くし、それ以来、未亡人の黒衣を脱ぐことがない。本来ならば内乱の一方の首魁であったクリスタル公の妻の彼女にもなんらかの罰が下されてしかるべきではあったが、結局すべてがキタイの謎の竜王、ヤンダル・ゾッグの手の上であったことがわかってみると、その影響の残るレムス王を廃したあと、パロ王家の青い血を受け継ぐ直系は、旧モンゴールによるパロ王家の虐殺以来、レムスの姉である彼女しか残っていなかった。

あの反乱の日々の記憶は、ヴァレリウス自身の心にも深い傷跡を残していった。彼自身もまた神聖パロ王国の分裂に手を貸した中核の一人であり、この世に正義というものがあるなら、グイン王の剣にかかって首を柱頭に晒《さら》されていて当然のはずだった。

だが彼は生き残り、意に沿わぬまま宰相職を拝命することとなり、そして夢は終わった。自分たちは夢を見ていたのだと、いまではヴァレリウスは思うようになっていた。若さと無謀さと理想にあふれた、鮮やかな夢を。

思えばその人の推挙によってパロの宰相職を得たことが、ヴァレリウスをそれまでの運命から決定的に切り離してしまったのだった。

それらはいま一塊の灰となり、冷たい死骸となって、マルガの霊廟に眠っている。その人の静かな死に顔は、鮮やかな夢の終わりに記された蒼白く冷たい光の点として、ヴァレリウスの胸に刻まれていた……

頭を振って、やくたいもない思い出を振りはらう。昔のことより、いまは目前の問題に注意を向けねばならない。過ぎ去ってしまった夢は、この世に正義も道理も存在などしていないことを教えてくれた。ミロク教徒がどう愛を説こうと、双面のヤーンにいかに祈りを捧げようと、人の運命は、血を流す人の手で切り開いてゆくしかないのだ。

(赤い街道を下って一日……まさか、そのまままっすぐ正面から逆戻りするような真似はすまいから、狙ってくるとすればどこか、山間の間道か、それとも、こちらか)

ヴァレリウスの指は赤い街道からごく細い線でしるされている、脇街道へとすべった。この脇街道は赤い街道が整備されて以来ほとんど使用されていない旧街道で、人家もまれな、人のいない森林地帯を通ってのびている。クリスタルの方向へ向かってはいるが、直接ま正面へ到達するわけではなく、市街を大きく迂回して、市街の南側へとつながっている。森林には獣も多く、盗賊が身をひそめている場合もある。普通の旅人であれば、まず滅多に通ろうとは思わない道である。

(市街の南……南……そうだ、待てよ)

地図を広げたまま、ヴァレリウスは書類の山に手を突っこんでがさがさとかき回した。あやうい均衡を保っていた紙の山が傾《かし》いで部屋じゅうに散乱する。散らばった紙を床に這いつくばって一枚一枚取りあげて調べ、ついにヴァレリウスは、「こいつか」と呟いた。

それは前日の夜に、ヴァレリウスのもとに届けられた報告書の一枚だった。クリスタル市街の南部に位置する小さな警備部隊の駐屯する砦が夜盗に襲われ、兵士は皆殺しになり、装備や馬や金目のものが根こそぎ奪われていたという事件である。

最初にそれを知ったとき、ヴァレリウスが感じたのはああまたか、といううんざりした気分だった。パロ軍の疲弊と兵力の減少は、国境や首都の警備部隊の不足にも及んでいる。さすがに主要な街道や、クリスタル近辺の関所にはパロの正規軍を置き、指揮官には聖騎士侯なりなんなりを配しているが、山間部の小さな砦や、古い間道にまで兵士を割く余力は、いまのパロにはない。

いきおい、傭兵に頼るしかないのだが、しょせん金で雇われた兵士である。パロ正規軍ほどの強さも、働きも、忠誠心も持っているはずがなく、たまに視察におとずれるパロ軍上官には卑屈なまでに腰低く接してくるが、その裏では、袖の下を受けとって密輸の黒蓮の粉の荷をこっそり通したり、夜盗の手引きをしたり、あげくの果ては自分たち自身が夜盗と化して、近隣の人家を荒らしまわったりと、問題が絶えない。

それ自体も頭の痛いことではあるのだが、そんな背景があったからこそ、この砦の傭兵たちが殺戮《さつりく》されて物を盗られたという報告を聞いたとき、ああまたかとヴァレリウスは思ったのだ。

どうせ夜盗仲間と示し合わせてどこかに略奪に出ようとしていたところを仲間割れしたか、それとも、別の盗賊に襲われでもしたか、いずれにせよ、ろくな話ではあるまい。そんなことに気を遣うより、いまのパロにはもっと差し迫った問題がたくさんある。

とりあえず、空になった砦を片づけさせ、新しい部隊を派遣させるよう手配して、それきりこのことは忘れていたのだが、いま、新しい目で読み直してみると、気にかかる点がいくつかある。

まず、ほぼ全員が、ただ一太刀で斬り殺されていること。夜盗同士の戦いというのは、もう少し泥臭く、見苦しいものだ。死体のひとつなどは、一撃でほとんど首が切り離されていたらしい。そんなことができるのはよほどの剣の達人か、もしくは、訓練を受けた本物の兵士しかいない。

もう一つ、くだんの砦の近くにはあまり人家がなく、盗賊どもが巣くうにしても、いささか便が悪すぎること。あたりは山と森林で、人里らしきものはさらにそこから半日ばかり進み、クリスタルの近くのアルマダと呼ばれるあたりまで行かなければならない。途中には古い城郭あとや放棄された村なども点在しており、夜盗が潜むなら、なにも砦などを襲わなくとも、そちらに行けばすむことだ。

そして、もう一つ。ヴァレリウスは指をなめて書類をめくりながら、考えを凝らした。

殺されたのは全員、傭兵である。傭兵はみな、傭兵の鑑札を身につけている。伝統として、傭兵の鑑札、それから巡礼の手札、あるいは吟遊詩人の帽子を身につけた者は、基本的に身分を保障された者として、どこの国の国境でも好きに行き来することができる。

戦時には、呼ばれるがままあちこちの国を行き来する傭兵ならではの待遇だが、イシュトヴァーン王自身がかつて傭兵であり、赤い街道で盗賊の頭をしていたという事実を、ヴァレリウスは忘れていなかった。

（もし、この砦を襲ったのがイシュトヴァーンの一行であり、その目的が、国境を自由に出入りするための鑑札を手に入れることであったとすれば――）

鑑札さえあれば国境はおろか、クリスタル市中へ入っても、大手を振って歩き回れる。イシュトヴァーンの悪名はクリスタル市民のみならず、パロ全体に知れ渡っているが、その本人の姿形まで知っている者は少ない。彼がもし、自ら慣れた以前の姿にもどり、奪いとった鑑札を身につけて流れの傭兵に姿を変えれば、見破れる者は、パロ王宮ならともかく、クリスタル城下にはほとんどいないはずである。

また額に手を当ててヴァレリウスは呻いた。少しは気分がましになるかと、そばに置いたまままさめかけていた魔道師の茶に手をのばす。

取っ手に指をかけて持ち上げようとしたとたん、ピン、と音がして、取っ手が根元からとれてしまった。

　あ、と思わず情けない声を立ててしまった。

　取っ手が取れたのを不運の前兆と感じたわけではない。いや、それも多少ありはするが、ぽったりと厚手でたいそう使いやすく、色も形も気に入っていた茶碗が、今この時によりにもよって、壊れてしまったことに純粋に落胆したのである。とどめをさされた、と言ってもいい。あわてて茶碗を持ちあげ、かけら同士をくっつけてみたが、くっつけたところで割れたものが元にもどる道理はない。ヴァレリウスはがっくりと肩を落とした。

（なんで、俺ばかり……）

　だいたい自分は宮廷などに、ましてや政治家、宰相などにむいていないのだと、この地位に就いてから何度思ったことだろう。これだけは、いまの運命に自分を導いた彼の心を呪いたいところだった。もともと学究肌で、ややこしい税の書類や賓客《ひんきゃく》の対応や女王の結婚などに心を砕くより、ひとり静かに書斎にこもって、魔道書の研究にでも精を出したいのが、今も昔もかわらぬヴァレリウスの本音である。なのに事態はヴァレリウスの望まぬ方へ望まぬ方へと流れていって、どうにもこうにもとどめようがない。

　イシュトヴァーンの一件にしてもそうだ。なぜあのくそ餓鬼めはおとなしく国へ帰って、ちゃんとした一国の主らしく正式な使いでもよこせないのかと、ヴァレリウスは改めてイシュトヴァーンを恨んだ。

せめてそうしてくれれば、こちらとしても対策が立てられるし、今のところパロ王家に残った男子の最後の一人である、アル・ディーンとの婚約を正式なものに仕立てる余裕もできる。

ゴーラ旧三大公国のうち、息絶え絶えではあるがかろうじて命脈を保つクムのタリク大公からも、女王への婚約をせっついて、月ごとに矢のような申し込みが来る。タルーとタル・サンの二公子が殺され、彼らと結ぶはずだったユラニアの三醜女たちもすべて死んだ今、未亡人となったパロ女王との婚姻で、国力の拡大を狙っているのだろう。

頭の痛い問題は次から次へとやってくる。こちらとしては、わがまま小僧の癇癪《かんしゃく》など相手にしている暇はないのだ。

まったく、運命を紡ぐヤーンの糸車と来たら、やることなすことヴァレリウスの不幸に、面倒に、頭痛の種になるように、錘《おもり》でもつけられているとしか思えない。いつになったらこのややこしく絡まった因縁の糸から離れて、一人安らかに魔道の研究に没頭できることだろうと、欠けた茶碗を手にぶら下げたまま、ヴァレリウスは天を仰いだ。

──ヴァレリウス……

ふと耳に何かやわらかいものが触れたような気がして、ヴァレリウスは動きを止めた。

──ヴァレリウス……ヴァレリウス、ヴァレリウス……

わずかに微笑を含んだ、からかうような声。幻聴か、だれかが遠話で呼びかけてでもいるのか。あたりを見回してみたが、それらしい気配はしない。遠くで小さく、クスクスと笑う声がしたような気がした。

——ヴァレリウス。ヴァレリウス……

妙に胸をかき乱されるものを感じて、ヴァレリウスは落ち着きなく欠けた茶碗を置いた。

「誰だ」声を張って言ってみる。「俺の名を呼ぶのは、誰だ」

——ヴァレリウス……

奇妙なほど胸騒がせるささやきは笑い声とともに遠くなっていって、やがて消えた。しばらく気配に気をこらしてみたが、危険は感じられない。声を発していたものはすでに去ったようだ。

(子鬼にでもからかわれたかな)

やはり疲れているんだな、と頭をふりふり、ヴァレリウスは執務机に戻り、書類を取りあげて茶碗にふと目をやり、その場で凍りついた。

「これは……」

青く光る貴石が塡《は》め込まれた指輪が、欠けた茶碗の横にいつの間にか置かれている。貴石には小さな女神の像が刻みこまれている——ゾルード。復讐の女神ゾルード——ヤーンの娘にして不和と嫉妬の姉妹である、昏《くら》き女神の一柱。

その指輪を、確かにヴァレリウスは知っていた。しかしそれは、ここにあるはずがないものだった。ここにあってはならないものだった。彼は思わず自らの左手指を押さえていた。そこには机上の指輪と似た意匠の、青い貴石の指輪がある。

だがそこに刻まれているのはゾルードではなく、ドーリアだ。ドールの妻とも娘とも妹ともいわれる死の女神。蓋のように開く細工のその指輪の内に、秘められているものをもヴァレリウスは知っていた。かつて自分が選び、自らの手でそこに流しこんだ毒——ゾルーガ蛇の毒液。犠牲者の身体を死後も美しく保つという、秘密の毒薬。

「そんな……馬鹿な」

カサカサと足の下の紙を鳴らしながら、脂汗にぬれ、ヴァレリウスは復讐の女神の凝視に縛られたように、静まりかえった執務室に立ちつくしていた。

3

犬はかん高い悲鳴を上げて横すべりに土間の隅まですっ飛んだ。

「犬をいじめるなよ」詰め物をした鳥にナイフを突き刺しながらテーブルのなかばに座った男が言った。「俺は犬が好きなんだ」

「あの野郎、俺のブーツを嚙みやがった」

犬を蹴った男はぶつぶつ言いながら房飾りのついた長靴の脛《すね》を撫でている。話し相手は肩をすくめ、口笛を吹いて、「そら、そら」と土間の隅にうずくまった犬にナイフに刺した肉切れを振ってみせた。

「乱暴者ほど困った奴はないな。かわいそうなやつめ、そら、食いな、俺のおごりだ」

どさっと床に放り出された鶏肉は詰め物の干し果物や木の実を床にばらまいたが、犬は手を出そうともしなかった。したたかに蹴りあげられた肋《あばら》を悲しげに舐《な》めながら、股の間に尻尾をはさんで骨張った背を向けてしまう。犬好きは大仰に肩をすくめて天を仰ぎ、また大きく鳥を切り取った。新たに詰め物がこぼれだしてきて、ぎとぎとした脂とともに卓の上に小山をつくった。

「酒が足りんぞ！」空になった火酒の壺を振って、一人がわめいた。それから隣の席に媚びるような目を向けて、

「もちろん、もっと呑まれますよね、へい——おっと」

「口に気をつけろよ、バシリス」

にやにやしながらその若い男は言った。バシリスと呼ばれた男は直立してぐるりと目を回し、口をばしっと手で押さえて喉をかっ切る真似をした。みんなが笑った。若い男も笑い、卓上の杯を一気に呑み干すと、「お替わりだ！」と景気よく叫んだ。

他の男たちも「お替わりだ！　お替わり！」と卓を叩きながら叫び、いっせいに足踏みをした。小さな旅籠《はたご》兼酒場は十人近い男たちの足踏みで地震のように揺れ、さっきから犬と同様、盆を抱えて壁際で息を殺していた主人は、「お替わり、お替わり」と呪文のように呟きながら、厨房《ちゅうぼう》へ逃げこんでいった。股に尻尾をはさんだままの犬もしおしおとあとに続き、さほど広くもない食堂には、卓を囲んで杯盤狼藉《はいばんろうぜき》中の集団しかいなくなった。ほかの客は面倒を避けてとっくに逃げだしている。

「まったく、男ってのはこうでなきゃいけねえよ」

かなりきこしめしているらしい一人がしゃっくりしながら言った。

「惚れた女のためにゃ、危険も法も何のその、城壁も千万の塀も乗り越えて、口説き落

としにまっしぐら——これで落ちねえ女がいるなら、お目にかかりてえもんで、陛下」

「おまえも喉を切られたいか、ボルゴ？」

言っていることは物騒だが、男は上機嫌だった。手にした短剣を軽く振ってみせてから、慣れた手つきで肉を切り取り、そのまま口へ運ぶ。傭兵流の食事作法は、華やかなパロの宮廷で見せていたよりもずっと堂に入っていた。手首を伝った肉汁を舐めとって、空の杯や皿がちらばる卓上にどかりと足を投げだした。

「俺のことは『お頭《かしら》』だ、そう言えってったろ？　このむかつく都じゃどこに何の目が光ってるかわかりゃしねえからな。俺たちはただの旅の傭兵団、そういうこった。パロじゃ最近、兵隊が少ねえんで、傭兵にゃ仕事がたくさんあるって話だからな」

「少なくとも砦一つ分の空きは出てますね、へ——お頭」

「しっ」

ずるそうに目をくるくるさせた仲間に、彼は楽しげに口に指を当てて目配せした。相手は両手で口を押さえて首を絞め上げる真似をし、どっと笑い声がまた食堂をゆるがした。火酒の壺と、焼き肉の皿をかかえてふらふらしながら、亭主が厨房から出てきた。

イシュトヴァーンは料理と酒にかぶりつく部下たちを満足げに眺めていた。長い黒髪を後ろにまとめ、額に飾り石の入った紐を巻いているが、そのほかは、すっかり流れの傭兵としてぴったりの姿に替えている。

革の胸当てに麻の胴着、長靴、飾りのない剣に、適当に汚れと日焼けを装った顔。ひげのないのがいささか仲間たちの中では浮いているが、それも、彼がひときわ若いのと、明るい顔つきのためにさほど目だってはいない。同席しているのもみな似たようないでたちで、かき集めてきた鎧や胴丸、脛当て、剣などの装備がばらばらなのも、いかにも流れ者の傭兵がたまたま集まった集団らしく見える。

間道の砦を襲ってそこをさんざん荒らしたあと、イシュトヴァーン麾下《きか》の一隊は再び森に入り、もとのゴーラ正規軍の装備を脱いで、布に包んで馬に積み、かわりに、奪いとった傭兵の衣装を身につけた。臭いや汚れに口々に文句が出たが、町へ行くまでの辛抱だと説得されて、なんとかみんなが変装を完成した。

最初に傭兵ギルドがある町に入るとすぐに、イシュトヴァーンは強奪した傭兵の鑑札を一人にもたせてギルドに出頭させ、鑑札の足りない分の数人を連れてゆかせて、傭兵志望者としてギルドに登録を申し出させた。

最近、パロにはにわか傭兵が続々と流れこんでいるので、ギルドの係の者もさほど疑わず、人数分の登録と鑑札の発行をすませた。ようやくひとまずの身分保障を得て、クリスタルへ入る準備ができた。

クリスタルへ入城するときの検問はさすがに厳しかったが、ゴーラ正規軍の装備にわざと泥や草をなすりつけて汚し、戦場で拾ったものと言いつくろうことでくぐり抜けた。

荷を牽いている一団のいかにも汚れ果てた傭兵らしい顔ぶれに、城門に詰めていたパロ正規軍の将校はうんざりした顔で、通れ、と言った。

『ただし市内ではおとなしくすることだ。ここは戦場ではない、騒ぎを起こせば、たちまちパロ軍の兵士が駆けつけることを忘れるな』

「へっ、何がただちに、だよ」

火酒を壺ごと口に運びながら、イシュトヴァーンはひとり笑った。しばらくクリスタル宮に滞在している間に、彼は彼なりに、現在のパロに残されている兵力を探ることに精を出していたのである。

以前のパロの勢力に比して、その数はおそらく二分の一、いや、三分の一ほどに減っているのではあるまいか。以前、グインらとパロに入ったときにはそこらじゅうを誇らしげに歩いていたパロ軍のきらびやかな軍装はいまやほとんど目につかず、わずかに、クリスタル宮の周辺と市への城門あたりに数名見かける程度にすぎない。

傭兵ギルドで仕入れた噂話からも、パロの窮状は裏づけられた。たび重なる内乱と分裂、戦争、先王レムスの退位と女王リンダの即位と目まぐるしい国難のために、パロという国はいまや、きらびやかな外面を保っておくことすら難しい羽目になっている。

友邦であるケイロニアからは兵士一個大隊が送られてきて駐留しているが、そのケイロニアは、黒死の病の大流行と、それに続いた魔道師同士の争いのためにひどい損害を被《こうむ》ったと聞いている。いまは、病の流行はおさまったようだが、それでも、ケイロニアの兵士たちは、故郷の変事を聞いて、一刻も早く帰りたがっているらしい。そういった気分の兵士が、たとえ友邦とはいえ、ささいな騒ぎに首をつっこんでくるとは思えない。

（気がかりなのは魔道師だが――）

鼠のように灰色の髪を四方八方に乱しっぱなしの、小柄で冴えない顔つきのあの魔道師。宰相ヴァレリウス。

いつも眉根に皺を寄せてため息をついているように見えるあの痩せ男が、存外食えない人間だということは、クリスタル宮滞在の間にたっぷり知った。いったんヤガへ行くように見せかけてパロを出、そこから身代わりを乗せた御座馬車隊を南下させたとき、イシュトヴァーンの予想は、成功と失敗が半々、というところだった。

ヤガへ行く、と言った自分を見る魔道師宰相の目は実にうさんくさそうだったし、イシュトヴァーンの方も、相手が上級魔道師であり、当然、部下の魔道師を監視につけるくらいのことはするだろうと予想していた。馬車の件が早々にばれて、ヴァレリウスかその部下が警告に現れるものとして、警戒していたくらいなのだ。

だが、何の邪魔もなく間道の砦襲撃は成功し、今、イシュトヴァーンたちは流れの傭兵として堂々と酒を食らっている。ヴァレリウスが監視を送っていなかったとは思えないが、その監視者はよほどの間抜けだったのだろう。

この点について、イシュトヴァーンの読みは当たっていたといえる。以前は魔道王国とさえ呼ばれ、魔道と学問に関してはパロのクリスタルに並ぶものなしとされていたというのに、クリスタル公アルド・ナリスと先王レムスとの争いのおり、パロの学問の心臓部であった私塾の並ぶアムブラは焼かれ、私塾はすべて閉鎖命令が出された。

その後、リンダ女王に代が変わってからは禁令も解かれ、少しずつ学生や講師も戻っては来ているようだが、戦後の混乱を恐れていまだに市外に避難している者も多いし、そもそもアムブラ自体がいまだに復興の最中で、戻ったところで建物も書物も何もかもが失われているのが現状である。パロ市民もまたその日その日をやり過ごすのに必死で、とても学問にさいている暇などない。

私塾がなければそこから出るはずの魔道師候補生も出てくるはずはなく、上級魔道師は——これはイシュトヴァーンの知らぬことだったが——その数多くが戦乱で命を落としている。ゴーラ軍につけられていたのも、どうせ、そこらへんの間抜けな木っ端魔道師だろうと、今ではイシュトヴァーンは考えるようになっていた。

でなければクリスタルに入ってすでに二日たつ今、いまだに宿改めの声すら聞かないなどということが起こりうるはずがない。どう考えてもまだ、空の御座馬車とそこから分かれた一隊の件は、ヴァレリウスの耳には入っていないのだ。熱々の肉と野菜の壺煮を囲んで騒いでいる仲間を見ながら、イシュトヴァーンはほくそえんだ。

(リンダの奴、どうしていやがるかな)

ふと、そんな考えが湧いた。

どれだけ口説いても、言を左右にして応じなかった彼女には苛立たされた。しかし、クリスタル宮を出るとき、見送りに出てきたリンダの顔は冷たく取り澄ましていたが、あれは、自分にすがりついてきたいのを必死にこらえるために、あえて強がっていたのだと、イシュトヴァーンは一人できめてしまっていた。

国難に直面している大国を、かぼそい女の肩ひとつで担っているのだ、辛くないはずがない。そういう時に、寄りかかれる頼りになる男がそばに欲しくなるのは、女として当たり前ではないかと、イシュトヴァーンは思うのだった。

(だが、あいつは頑固だからなあ。俺のリンダっ娘《こ》は)

まだ十年も経たないとはいえ、はるか遠いノスフェラスでの記憶が、まぼろしのように目に浮かんだ。我にもなくほのぼのと、胸が温まるのをイシュトヴァーンは感じた。あそこではリンダは国を逐《お》われた裸足の小娘で、流れるような銀髪と菫《すみれ》の瞳は美しかったが、胸はたいらで、頬はうすく、棒きれのように長い手足をしていた。

『あんたなんか大っきらい！』と、涙をうかべて叫んだ幼い顔が脳裏に揺れる。夕焼けの中で、白い頬を夕映えの色ではなく染めながら、こちらを見ていた菫の瞳。

(つぎに会うときは、おまえは、俺の王妃だ——と、言ったっけな。俺は)

その時の約束の三年はすでに過ぎ去ってしまった。互いの立場があの時とはもう違っているることも、リンダに再三言われてはいる。リンダは一度結婚し、未亡人となり、いまは黒衣の女王として、傾きかけた大国の屋台骨に、必死につっかい棒をしている。

だがそれが何だ、とイシュトヴァーンは思うのだ。やはり、俺にとっての〈光の公女〉は、リンダに他ならなかったのだ。

それが証拠に、今、俺はまたもとの傭兵に戻って、このパロに来ている。危機に直面し、瓦解寸前のパロを支えているリンダを、また以前のように、助けてやろうとしているのだ。ゴーラ王としてではなく、一人の男として。

だからリンダはこの俺に応えるべきなのだ、俺と同様、国を背負う者としてではなく、ノスフェラスでのように、一人の女として、このイシュトヴァーンに応えるべきだ。

(やっぱり俺は、こっちのほうが性に合ってる)

王になる、という意志に変わりはない。ゴーラ王の座を手放す気ももちろんない。

しかし、久しぶりに王という地位を一時とはいえ捨て、一介の傭兵という気楽な身にもどった今、イシュトヴァーンは何年ぶりかでようやく、自分が自由に呼吸ができているような気がしていた。

(やっぱり合わねえなあ。王宮ってところはよ)

イシュトヴァーンはやはりヴァラキア生まれの孤児であり、娼婦たちの手を母に、賽《さい》子《こ》の鳴る音を子守歌にして育ってきた身なのだ。王となっても、旺盛な野性と自由を求める血は熱く沸き立っており、それを、イシュトヴァーンはリンダにもあてはめていた。

（リンダだってほんとは、もっと自由にやってたいはずなんだ。あの窮屈な、面倒くさい約束事だらけの宮廷で、すまし返ってるのなんざあの娘にゃ似合わねえ）

俺のリンダっ娘、約束の〈光の公女〉。リンダさえ手に入れれば、すべてはうまくいくようになるのだと、イシュトヴァーンは信じて疑わなかった。

アムネリス、以前、彼が王座を手に入れるために利用し、捨て去った娘のことを、イシュトヴァーンは最近ほとんど思い出さなくなっていた。たまに思い出すと肩をすくめ、ま、人生に一度や二度、たちの悪い女にひっかかることはあるもんさと、吐き捨てる程度だった。あれはしょせん、いつわりの〈光の公女〉にすぎなかったのだ。

ましてやフロリーとその息子に関してなど、頭の隅にも浮かばなかった。単にパロやヤガへ行くためだけの口実だったのだから当然だ。自分のもとから逃げだした女に、興味などない。もともと、大人しいだけのおもしろみのない女だった。息子もどうせ同じようなものだろう。宮廷がいやだというなら、そのまま放っておいて、ヤガでもどこででも、好きなように暮らさせてやればいいのだ。

しかしイシュタールにいる王太子、正嫡《しょうちゃく》たるドリアンのことは、考えるだけで寒けがした。あの、アムネリスの憎悪と執着がかたちを取ったような、ぐにゃぐにゃ動く赤子を見た瞬間の戦慄とこみ上げた嘔気《おうき》は、思い出してもぞっとする。

（あの餓鬼のことは、いずれなんとかしなきゃあならねえが——）

アムネリスの子供は無理でも、リンダの子供なら愛せる、そうイシュトヴァーンは思った。気味の悪い海草のようにねとねとと絡みついてくるアムネリスの子を抱くことなど考えただけで鳥肌が立つが、リンダなら別だ。

パロ行きに関してさんざん反対したカメロンだが、自分が立派に花嫁としてリンダを連れて帰れば、もはやぐうの音も出まい。

カメロンの手もとにいるドリアンも、今はゴーラ王太子だが、リンダと晴れて結婚し、パロ女王とゴーラ王双方の血を引いた子が誕生すれば、さっさと始末してしまおう。そうだ、それがいい。そうすればあのあてつけがましいアムネリスの亡霊も、ひいひい泣きながらドールの黄泉《よみ》へ逃げ帰るほかはあるまい。

夜が更ける。周囲の部下たちの会話に適当な冗談を返しながら、イシュトヴァーンは明るい未来を胸に、心地よい酔いに浸っていた。

4

ますます盛りあがる乱痴気騒ぎから少し離れて、陰気な顔でむっつりと料理を口に運んでいる一団がいた。その六、七人の客だけは、ほかの客たちが逃げてしまっても席を立たず、階段の下の目だたぬ卓を占めて、ひかえめに葡萄酒の盃を口に運び、ときおり盃の下から、刺すような視線をこっそり騒がしい一団に向けるのだった。

彼らも傭兵らしい姿をし、粗末な胴着とマントに身をやつしていたが、浮かべた表情はどれも沼の水苔を噛んだように苦々しかった。年齢は壮年の者からごく若い者までばらばらだったが、みな、どことなく凜《りん》とした雰囲気を身につけており、崩れた傭兵風の格好は、いささかちぐはぐなものに感じられた。

「もう我慢できん」

一人が厳しい口調で言った。

「あれが王たる者の態度か。見ろ、まるで傭兵か、盗賊の集団のようではないか。あんなものと同席するなど、俺にはとても耐えられん」

「忘れたか。ゴーラ王は以前は傭兵だった。盗賊だったこともある」

隣に腰かけていた者が冷静になだめた。

「彼としては本来の自分に返って羽を伸ばしている気分なのだろうさ。パロでのあの男を見ただろう。まるで網でがんじがらめにされて苛立っている鯱《しゃち》のようだった」

「王などと呼ぶ気も起こらん。あの姿を見ろ」

一人が顎をしゃくった。その先ではイシュトヴァーンが赤ら顔の酔いどれたちに取り囲まれ、椅子の上に立って、火酒の壺をたかだかとかかげて呑み干していた。

一気にあけてしまうと、筋肉質の喉をやけるような酒精のしずくがしたたり落ちた。空になった壺を誇らしげにさかさにし、床に投げつけて割る。素焼きの壺が割れて破片が砕け散ると、どっと一同は沸いた。

「クリスタル宮でのふるまいもどれほど肝を冷やしたか。カメロン卿がおられさえすれば、あのいたずら小僧も少しは大人しくなったろうに。なあ、マルコ殿」

卓のすみで一人、黙って壺煮を口に運んでいた若者に、彼は視線を向けた。

「貴殿はなにも思わぬのか。誉れある我らドライドン騎士団の者が、あろうことか夜盗の真似をして忍び入り、死体から奪った服を身につけ、間諜のように異国に忍び込んでいるなどという事態に」

「王の命令だ」

簡単にマルコは言った。

「われわれはドライドン騎士だが、同時にゴーラ王の近衛騎士でもある。王の命令に従うのは騎士として当然だ」

「だが、これが騎士の所行といえるのか。剣にかける値打ちもないようなならず者を屠《ほふ》り、その血の染みついた衣服を身につけ、しかも……」

苛立ったように賑《にぎ》やかな一団の方へ手を振る。

「……一国の女王を誘拐して犯そうなどという、大それた愚行に手を貸そうとしている」

「命令だ」

ふたたびマルコはくり返したが、その声は前よりも低かった。

「おやじさん——カメロン卿は、ゴーラ王に剣を捧げた。だから彼に従う俺たちも、同じく王に剣を捧げたことになる。王をいさめるのは、俺たちの仕事じゃない。それは、王の宰相の仕事であり、カメロン卿のなさることだ」

「カメロン殿がここにいらっしゃれば」

老齢の、半白《はんぱく》の髭を胸に垂らした謹厳な顔つきの男が無念げに明るい方を睨《にら》んだ。

「あのばか者の尻を叩いてイシュタールに連れ戻し、少しは分別をつけさせてくださるものを。もとより、パロへくること自体、カメロン殿は反対なさっておられたではないか。ましてや、パロ王宮を欺《あざむ》き、夜盗のようにクリスタルに潜入するなどと、もし発覚したら、ゴーラとパロの間で大問題が起こるということが、あの男にはなぜわからんのだ。女王はそのへんの酌婦《しゃくふ》ではないのだぞ」

マルコは首を振り、何も言わなかった。

すでに彼らはクリスタルに入っており、いくら繰り言をいっても、その事実が消えるわけではなかった。陰気な一団は額を集めて首を垂れ、切り分けた肉を黙々と食べることに専念した。

「おい、そっちは楽しくやってるか、マルコ！」

からかうような主《あるじ》の声が響いた。明るく燃える灯火の下で、頬を紅潮させ、黒い目を明るく光らせているゴーラ王はまるでほんの少年のようだった。

「こちらはお気遣いなく、お頭」

ほほえんでマルコはなめらかに答えた。お頭、なる下衆な言葉に、席からは歯ぎしりや咳払いが起こったが、マルコは頓着しなかった。

「皆、それぞれ楽しくやっておりますよ。どうぞお気になさらず、そちらはそちらでお楽しみください」

「やつらはお上品なんで、俺たちのお行儀が気に入らないとさ」

誰かが嫌みたらしく言い、どっと笑いが起こった。イシュトヴァーンまでもが足を踏み鳴らして笑いこけている。半白の髭の男がさすがに顔色を変えて立ちあがりかけたが、マルコが袖を引いて座らせた。

「落ちついてください、ディルケス殿」

低声《こごえ》でマルコは囁《ささや》いた。

「あなたのお気に召さないのはわかります。しかし、ここでわれわれが騒ぎを起こせば、いかにパロが手薄になっているとはいえ、店のものが人を呼ぶでしょう。パロの兵士ではなくとも、自警団か何かを。どんなことであれ、人目に立つことをするのは、今のわれわれの立場では最悪の選択です」

ディルケスは絞りだすようなうめき声を漏らし、どんと椅子に腰を落として腕を組んだ。古びた椅子の脚が脅すように軋んだ。

「貴殿の考えが儂《わし》にはわからん」

老騎士は嘆いた。

「貴殿はお若いが、それでもかつてカメロン殿とともに船を駆り、くつわを並べられたという、古株のドライドン騎士ではないか。カメロン殿がヴァラキアの海軍提督であられたころからそのそばに付き従い、そのお人柄を間近に見てこられたのではないのか。それなのになぜ、あのような……愚王の命令に唯々《いい》として従っておられるのだ」

マルコはゆっくりと首を振り、なだめるように老騎士の手の甲を叩いた。

「すべてはドライドン神のおぼしめしですよ」
「儂は、そうは思わん」
不機嫌そうに老騎士は言い、それ以上口を開かなかった。マルコはしばらく相手が続けるのを待っていたが、何も言わないと悟ると、手を上げて、葡萄酒をもう一瓶注文した。

イシュトヴァーンとともにクリスタルに潜入した二十名ほどのゴーラ騎士団は、ほぼふたつの種類の人間に分かれていた。ひとつはカメロンを盟主として仰ぐドライドン騎士団の者、もうひとつは、イシュトヴァーンが自ら気に入って手飼いに加えた荒くれ者の流れ騎士や、傭兵崩れの乱暴者などである。

正義と真実、そして信義と忠誠をかかげるドライドン騎士たちにとって、今回の無謀なクリスタル潜入ほど意に染まぬ任務はなかった。彼らがこの命令を受け入れたのはひとえに、命令者が盟主たるカメロン卿が剣を捧げた相手であるゴーラ王であるという一点にかかっており、騎士の誓いにかけて、その命令に背くことはできなかったからである。

それでも難色を示す者は、カメロンに代わってイシュトヴァーンの側近を務めるマルコが、一人ずつ事を分けて説得した。無謀であるからこそ、われわれが同行して年若い王を守り、いざ危険が迫ったときには、救出して国に無事立ち戻らせるのが、騎士たる者の務めではないかと言って。

しかし、砦を襲ってそこの兵士を殺し、持ち物を強奪するという、夜盗じみた行為を強いられたことは、正義と真実を信奉するドライドン騎士には大きな痛手だった。愛するドライドンの徽章《きしょう》に自ら泥を塗り、死人から剝いだ衣服で、卑しい傭兵に身をやつすことを余儀なくされたのである。反発と疑問の声が大きくなるのは当然のことだった。

騎士としてむろん、そうしたことは面とむかって口には出さないが、クリスタルに入ってから、イシュトヴァーンが自分の手飼いのものたちばかりを身近に寄せ、ドライドン騎士たちを遠ざけるようになったのも仕方のないことではあった。

イシュトヴァーンは自分を束縛しようとするものを嫌うし、そうした気配は敏感に察する。以前からの側近であるマルコは変わらず近くに置いていたが、他のドライドン騎士は、傭兵姿のすっかり板についたイシュトヴァーン手飼いのものたちに押しのけられる形で、常に周辺に追いやられるようになっていた。

ドライドン騎士団はもともと、カメロンがヴァラキア提督であったころに、彼の人柄を慕って集まったものが結成した騎士団である。カメロンが沿海州を離れ、ゴーラの左府将軍となったイシュトヴァーンの補佐を務めるべく中原入りするのに従って、騎士団も故郷を離れ、ゴーラ近衛の騎士の中に組み込まれることとなった。

もとからゴーラ人ではない上、イシュトヴァーンではなく盟主のカメロンに忠誠を誓っているのだから、いくらそのカメロンが従っている相手とはいえ、小生意気な若造に人道に外れた真似をさせられて、誇り高い彼らが平気でいられるはずがない。仲間たちの刺すような視線を感じながら、マルコは黙って酸《す》い葡萄酒を味わっていた。彼としても、今回の主の行動には、思うことがないとは言わない。おやじさん、こと敬愛するカメロンが、このことを聞けばどれだけ腹を立てるかも予想がつく。

しかし、止めればさらに面倒なことになったろう、とも思うのである。もともとイシュトヴァーンは頑固な上にあまのじゃくで、するなと言われれば言われるほど意固地になって、自分たちドライドン騎士を放置し、手飼いのならず者たちだけを連れていくか、もっと悪いことには、単騎で飛び出していって、がむしゃらにクリスタルにもぐり込もうとしたかも知れないのである。

そうした無謀を止めるためには、いざというときには役に立たない烏合の衆ではなく、きちんと訓練されたわれわれドライドン騎士がそばについているべきだと、マルコは考えたのである。イシュトヴァーンの周りで騒いでいるものたちは、どれも、ゴーラ王の取り巻きとなって甘い汁を吸うことに浮かれきっている浮き草ばかりだ。自分たちの身に危険が迫れば、主のことなど放り出してさっさと逐電するだろう。

マルコはカメロンからイシュトヴァーンを頼むと託された身である。彼は律儀にこの命令を守っていた。年は若いが、沿海州時代からの古顔である彼は、「おやじさん」、カメロンがイシュトヴァーンを息子のように愛していることを知っている。イシュトヴァーンが傷ついたり、命を失うことがあれば、カメロンはひどく悲しむだろう。「おやじさん」の悲しみは、マルコの望むところではなかった。

今はサイロンからの使節団とかの相手でイシュタールを離れられないカメロンだが、マルコは自分の判断で、こっそりイシュタールへと伝令の鳥を飛ばしていた。むろん、今のイシュトヴァーンの行動を、ひそかに知らせる手紙である。

あれを見れば、いまカメロンがどんな用事に忙殺されているにせよ、あわててこちらに飛んでくるだろう。イシュトヴァーンに言うことを聞かせ、道理を説くことができるのは彼の父同然の立場にあるカメロンだけだと、早くからマルコは見切っていた。

パロへとイシュタールを出立するとき、わざとカメロンに知らせずに都を離れたのも、イシュトヴァーンがカメロンにはそれなりに煙たい人間、という言い方が悪ければ、それなりに、言うことを聞くべき相手、という意識を持っているからだろう。

イシュトヴァーンのパロへの出立の報を聞き、あわてて追いかけてきたカメロンは、サイロンの黒死の病と特使の到着の知らせを受けて再び後戻りせざるを得なかった。だが、あれからもうひと月はたつ。黒死の病も去り、サイロンでの変事も収まったという噂だ。

カメロンもあの鳥につけた手紙を見れば、急いでここへやってきて、有無を言わさずイシュトヴァーンを連れ戻してくれるに違いない、それまで、自分たちがなんとか決定的な愚行からイシュトヴァーンを遠ざけておけばいいのだ、というのが、マルコの考えだった。

それまでは、あえて彼を刺激せずにおくのがいちばんと決めて、そのいちいちの行動には口を出さずにきたマルコだったが、仲間の騎士たちの恨めしげな顔を見ると、さすがに、胸中穏やかではないものを感じる。マルコとて誇り高いドライドン騎士であることに変わりはない。夜盗のような行為も、傭兵の臭い服も、蕁麻《いらくさ》でこしらえた衣のように彼の心身を刺さずにはおかない。

しかし、生来の生真面目さと物静かさが、あえて彼に口を閉ざさせる方向を選ばせた。自分はカメロンにイシュトヴァーンを守れと命令された身であって、それ以上のことを命じられてはいない。急を知らせる鳥を放ったことすら、任務の逸脱ぎりぎりだ。たとえ自分が何か言ったところで、イシュトヴァーンが耳に入れはしないだろうことは容易に想像できたし、いまや、イシュトヴァーンが身近に寄せるドライドン騎士は、マルコだけと言ってもいいのである。思いきって諫言《かんげん》してイシュトヴァーンを怒らせ、近習《きんじゅ》を逐われることになったら、いったい誰が、いざというとき彼を守るのか、とマルコは自分に言いきかせていた。

しかし、自分自身ですら気づいてはいなかったが、マルコは——生来生真面目で、羽目を外したくても外すことのできない実直な性格のマルコにとっては、イシュトヴァーンという同年代の若い王の破天荒さ、自由さ、冒険を求める闊達《かったつ》な姿は、ある意味、憧れの星めいて、輝いて見えてもいたのだった。

自分には逆立ちしてもできない、暴挙というべき行動をあっさりやってのける、そんな若い主に、マルコがひそかな羨望と憧憬を抱いていたことも、また事実である。そうした気持ちが、マルコにほかの騎士たちの不満を抑えさせ、イシュトヴァーンの行動にも進んで手を貸すという行動をとらせたのだった。

クリスタルへの潜入も、発覚すれば国と国との大問題に発展しかねないことは重々承知していた。だが、同時に、そうしたたいていの者が尻込みする冒険にあっさりと乗り込んでいくイシュトヴァーンに、少年のような眩《まぶ》しさを見ているマルコだった。

その自由奔放さは一国の王としてはあってはならぬことではあったが、騎士として生まれ育った自分にはけっしてなしえない夢を、マルコは、イシュトヴァーンに託していたのかもしれない。

（いっそのこと、鳥がイシュタールにつかなければいい）

そんなことをふと考えて、マルコはあわてて打ち消した。

しかし、その甘い誘惑は、灯火に照らされて朗らかな笑い声を響かせているイシュトヴァーンの姿の上に重なり、女の指のように、しつこくマルコの首筋をくすぐってやまなかった。

5

夜は更けた。

内乱以来、夜間のみだりな外出や無用の通行は禁じられ、衛士団がクリスタル市内を巡回しているが、だからといって、誰も通るものがいないわけではない。店はほとんど看板を下ろし、家々の明かりは消えているが、街路にはときおり、明かりも持たず、背を丸めて急ぎ足に歩いていく者がいる。秘密の文をもってこそこそと裏道を通り抜けていく下男らしき男、妙に目配りのするどい細身の目だたない服装の男、道ばたに立ってねずみ鳴きの音を立てている下級の売春婦、またそれを買う交渉をしている脂ぎった顔の男など、都市の夜に棲みつく種族というのはどこにでもいるものだ。

イシュトヴァーンはそれらの中に違和感なく溶けこんで、ぶらぶらと歩いていった。道なりに続くランズベール川の水音がひたひたと岸に寄せている。北西から南東にむかって、クリスタルを横断する美しい流れである。クリスタルの市内では河床を石畳でならされ、両岸もととのえられて、市民たちの安らぐ公園にしたてられている。しかし、夜中をはるかに越えた今、河岸のあずまやに人影はなく、人目を忍んで愛をささやく恋人たちも、あえて危険を冒すことはしていなかった。

配下の者たちは今ごろ宿で酔いしれて眠っている。小うるさいドライドン騎士たちも、ゴーラ王は火酒に酔っぱらって高いびきだと信じているに違いない。冗談ではない。あの程度呑んだくらいで、このイシュトヴァーンさまが前後不覚に寝入ってしまうものか。わざと派手に騒いで、がぶ呑みしているように見せかけながら、実は、きちんと自分の酒量を計っていたイシュトヴァーンである。わざと大酒を食らっているように見せたのは、出るとなれば確実にくっついてくるであろう、部下どもを置いてくるためであった。

（こういうことは、一人でやるのがいちばん身軽でいいもんだ）

どやどやと大勢で押しかければ、それこそ巡回の衛士団の目を引く。身軽さやいざという時の頭の回転に関しては、イシュトヴァーンはけっして誰も信用していなかった。身近に置いて騒がせている、ならず者たちもである。彼らは荒事には役に立つが、こういう、こっそりと闇をついて忍び込むような、繊細な仕事にはむいていない。

謹厳なドライドン騎士たちなど言わずもがなである。砦を襲い、傭兵に身をやつすことさえ渋い顔をしていた彼らだ。夜間、一国の王宮であるクリスタル宮に忍び込むなどと知ったら、火がついたように騒ぎ出すに違いない。

マルコはそこそこ役に立つ男だが、さすがに騎士たち全員を押さえ込めるほどの実力はない。実のところ、イシュトヴァーンが彼を身辺に置いているのは、有能というのではなく、単に、自分のいうことに文句をいわず、黙って従ってくれるからだという一点に尽きたのだが、マルコはそれを知らない。知れば嘆いたことだろう。カメロンの説教やほかのドライドン騎士の冷眼からの盾として、利用されていることを知ったら。

(朝になったらびっくりするこったろうぜ。なんせ、パロの女王さまご本人が、てめえらの枕もとに立ってることになるんだからな)

酔いを涼しい川風にさましにきた酔客のような顔をして、マントを肩にかけ、ヤヌス通りを横切って、ぶらぶらとランズベール大橋をめざす。クリスタル宮のちょうど北側にあたる、北大門につながる大橋である。

星空を背に、クリスタル宮の偉容が青味をおびた影となって浮かびあがっている。あれが聖騎士宮と王室練兵場に隣接するネルバ城とその塔、その奥に見える細い塔は愛神トートの塔、ルアーの塔、ひときわたおやかなサリアの塔と、さまざまな神々の名を冠された塔がすらりとした姿を見せている。

塔の都、と呼ばれるクリスタルを、もっともよく表すのがその心臓たるクリスタル宮である。王族の起居する水晶宮の、まさに水晶そのもののように優美な影のその中心に、ひときわ高く、その地底に謎めいた古代機械を眠らせているというヤヌスの塔が、神々の王を冠するその名にふさわしく、天を摩してそびえ立っている。

しかしイシュトヴァーンは塔の美しさにも、その歴史にも興味はなかった。彼の目的とするものはさらにその中心、水晶宮のその最奥に、宝石の中の宝石、パロの貴重な真珠の一粒として、眠りについている。

影を縫い、人気の少ない道を選びながら、慎重に歩をはこぶやり方は、ヴァラキアでの少年時代に、浮気女の寝床から亭主に見つからずに帰るときに身につけたものである。その後、傭兵のかたわら盗賊やすり、かっぱらいを働くようになって、忍び歩きと、押し込みの値踏みの技術には、ますます磨きがかかった。王位について以来は使う機会がなかったが、自分の腕がまだまだ錆びついていないことを実感して、彼は満足だった。

（どこもかしこも穴だらけだな）

寝静まった街を影のように通りすぎながら、イシュトヴァーンは胸中に吐き捨てた。

北クリスタルは貴族の邸宅が多いと聞いていたが、ほとんどの住人は、戦乱を避けて都の外に居を移したらしく、空っぽの建物や廃墟が目に立つ。略奪の痕跡も多い。いくつか人の住んでいる気配もあるが、ほとんどは、混乱が収まるまでは市外に避難したままでいるつもりなのだろう。

わずかに残った家も商店も厳重に表の戸をたててはいるが、四、五人でかかれば、簡単に蹴破れそうだ。住人が寝入ってさえいれば、イシュトヴァーン一人でも鍵をこじ開け、中のものをそっくりさらって出てこられるだろう。

もとがクリスタルという大都市の中、王宮のお膝元にあるという安心のせいか、警戒しているといっても、本職の盗賊の目からすれば、どいつもこいつも甘いとしかいえないのがクリスタルの住人たちであり、その家々だった。衛士団が巡回しているとはいっても、彼らとて、同時にすべての場所にいることはできない。しばらく身をひそめて通過を待ち、しばらくは回ってこないのを見きわめて襲えばこれほど簡単な獲物はないのに、なぜこの街のやつらはこれほど悠長なんだと、不思議なほどだった。

（まあ、おかげでこっちは助かったってことだが）

衛兵が二人立っている北大門の前をすばやく通り抜け、あくまでさあらぬていを装いつつ、ぶらぶらとクリスタル宮の北西へと回りこむ。頃合いを見て、さっと身を沈め、ランズベール川の川べりにすべり降りた。

クリスタルの中でも王宮の裏手にあたるこの周辺は、ひときわ人通りが少ない。王宮の堀代わりになるはずの川も、ここでもまた景観のためにきちんと石でたたまれ、飛び石さえ配されている。忍び込む人間にとってはありがたいくらいの配慮だ。あっという間にイシュトヴァーンは川を渡り、わずかに長靴を濡らしただけで、やがて、高々とそびえるクリスタル宮の城壁のすぐ下に立ち、上方をうかがっていた。

見上げるばかりのクリスタル宮の堅固な城壁に、上から三分の一ほどの高さのえぐれができている場所がある。パロ宮廷に滞在していたおり、内側から確認した部分である。

ふところから細引きを繰り出しながら、イシュトヴァーンは鼻を鳴らした。あの間抜けなパロの宮廷人どもは、わざわざこの俺をこの手薄な場所へ案内し、派手な扉の内側から怖ろしそうに、ランズベール塔の崩壊とその後にまつわる怪談を聞かせてくれたものだ。

『さきのクリスタル公アルド・ナリス様が、クリスタルを脱出なさったときの戦いで』

とその貴婦人は妖艶な流し目を若いゴーラ王に送りながら囁いたのだった。

『その時に、ランズベール塔は崩れてしまったのです。ええそうです、この場所ですよ、ここにあったのです。もともと、身分の高いおかたを閉じこめるために、アルカンドロス大王様の宰相でいらしたアレクサンドロス様が設計なさった塔でしたそうですけれど、もともとそんな謂《い》われがあって、塔で亡くなられた貴人の亡霊が行き来するという噂の絶えない場所ですの。塔がなくなっても、場所に囚われたものの妄念は消えないのですわねえ。今でも夜になると、あやしい鬼火や、すすり泣きの声が聞こえるといって、誰もここには近寄りたがらないのですよ』

愛想よく返事をし、すりよせて来られるむっちりした肩に手をまわしながら、イシュトヴァーンの目と耳は、しっかりとその話とあたりの様子を心にとどめていた。

城壁の破れがいまだに修復されていないのはさいわいだった。リンダ女王は都市と市民の復興を優先し、クリスタル宮の修繕は後回しにしているらしい。アルド・ナリスの墓参に向かったときにも、わざわざ市民と同じ食事を取り、イシュトヴァーンがゴーラから持ってきた食糧や物資も、ほとんど一般市民に配ってしまったそうだ。

かわいそうに、リンダっ娘、そんな我慢までして、とイシュトヴァーンは心に呟いた。だから女王なんてものになるべきじゃないんだ。おまえは、俺の妃として、もっと気楽に、楽しく、贅沢に暮らすべきなんだ。

念のため、松明をかかげた衛士団が川の対岸を通りすぎるまで身をひそめて待つ。甲《かっ》冑《ちゅう》の音と松明の群れが近づいてきて、何事もなく通りすぎ、やがて見えなくなったのを確かめて、イシュトヴァーンは陰から立ちあがり、細いが強靱な投げ縄を、城壁にできた割れ目めがけて投げ上げた。
二、三度投げるうちに、手応えがあった。何度か引いて、先につけた鉄鉤《てつかぎ》がしっかりひっかかったのを確かめる。これもまた、盗賊稼業でさんざん磨いた技術のひとつだ。イシュトヴァーンは久々に、全身の血が熱くわき上がるような興奮を覚えていた。
(待ってな、リンダっ娘。いま、おまえんとこへ行くからな)

自信満々に呟いて、イシュトヴァーンは細い縄を伝い、敏捷《びんしょう》に城壁をよじ登った。

ほとんど垂直の、磨き込まれた大理石の城壁を登ることは簡単ではなかったが、イシュトヴァーンはやりとげた。戦闘でつくられた数々の傷やくぼみが足がかりになった。

ほんの数分のあいだに、彼はアヤトリグモのように縄を伝って城壁の割れ目に達し、その上に身をかがめて、内側のようすを窺《うかが》った。

クリスタル宮は静まりかえっていた。かつては整えられていた樹木や花々の植え込みもここではいまだ手入れもされず、雑草のあいだに『不安な愛』の意味を冠されるひねこびたマリニアが白い花をうなだれさせ、折れた木の枝や根株が節くれだった影をさらしていた。

しばらく息を殺していてから、思いきって壁を蹴る。ほとんど音を立てず、イシュトヴァーンはクリスタル宮の内庭を踏みしめていた。

倒壊したランズベール塔の残骸が、黒く焼け焦げた不規則な瓦礫の山となってそびえ立っている。亡霊が行き来する、という貴婦人の話を信じたわけではなかったが、幽《かす》かな星明かりに浮かぶかつての囚人塔の陰気なたたずまいは、イシュトヴァーンの肌を何となく粟立たせた。耳元を冷たい風が吹きすぎ、外した細引きをふところへ戻しながら、彼は低声《こごえ》で罵って腕をこすった。

(何をびびっていやがるんでえ。このイシュトヴァーンさまがよ)

舌打ちして立ちあがった。とにかく第一歩を記したまでだ。次は水晶宮だ。王族の寝起きするあの宮城への侵入は、城壁を乗り越えるほどらくにはいくまい。

(だいたいの場所はわかっちゃあいるが)

女王は宮廷の太陽である。小姓や宮廷人の行き来や時刻、方角に気をつけていれば、それらめぐる星々に取り囲まれた太陽の所在はだいたい見当がついてくるものだ。広大なクリスタル宮の見取り図を頭に入れるのと同時に、イシュトヴァーンは、水晶宮におけるリンダの居室と、だいたいの生活習慣も見積もりをつけていた。今ごろの時間、リンダは、女王のための寝室で侍女に見守られながら、あのスニとかいうノスフェラスの牝猿といっしょに、眠りに落ちているはずだ。

（小姓の衣装でも手に入れるか。今度は）

ランズベール塔側からだと、水晶宮はちょうど裏手にあたる。貴顕の出入りする表側と違って、裏手には、厨房のものや下男、下女の出入りするための勝手門があるはずだ。どのような広大な宮殿であろうと、いや広大であればあるほど、そこで働く下働きの人間は多くなる。そしてそういう出入り口は夜間でもなにかの急の用件のため、開かれていることが多々あるものだ。

うす闇をすかし見ると、はるか庭園の奥で、回廊を灯火をかかげて、ゆっくりと進んでいく近衛騎士の一団が見えた。パロ正規軍の華麗な甲冑を、イシュトヴァーンの暗闇に慣れた目は正確に見分けた。やはり、夜間の巡回の厳しさは市内の比ではない。

とはいえ、どんな騎士団であっても、すべての場所に同時に出現することができないのは同じことだ。つまりあれらが通過していったということは、しばらくはこの一帯には誰もやってこないということになる。イシュトヴァーンはほくそえんだ。

（なにもかも、俺にうまくいくようにできているらしいや）

待ってな、リンダっ娘、今いくぜ。

口中にそう呟き、濃い色のマントをあらためて身体に巻きつけて、身を低くして茂みの中を進みはじめようとしたその時、重い音を立てて、足もとに何かが突き立った。

反射的に飛び退いたその先に、続いて第二、第三の打撃が来た。炎が音を立てて燃えあがった。立ち木の上で、弓矢を構えた人の姿がぼうっと浮き上がった。彼らは火の粉を散らす火矢を構えて、四方からイシュトヴァーンを狙っていた。

イシュトヴァーンは口汚く罵りながら剣を抜いた。飛来した火矢をなぎ払い、切り払ったが、矢は地面に落ちてもそのまま燃えつづけ、あたり一帯を明るく照らしだした。眩《まぶ》しさに、イシュトヴァーンは思わず目をおおってよろめいた。

「かかれ！」

押し殺した号令が鼓膜を打った。イシュトヴァーンは歯を食いしばり、くらんだ目をまばたきながら、こちらにむかって落ちてくる剣のひらめきを叩き返した。金属のぶつかる音が連続して響いた。襲撃者たちは黒く塗った鎧と黒い胴着に身を包んでおり、イシュトヴァーンが侵入してくるのを待って、ずっと闇に身をひそめていたことは明らかだった。

罠、という一語がイシュトヴァーンの脳裏を走り抜けた。そんな馬鹿な。俺は泳がされてたっていうのか？　壁を越えてここまで入り込めたのは、ただ、牙を研いで待ち受けてたこいつらのあんぐり開いた口に、自分で飛びこんできただけだっていうのか？

洪水のようにイシュトヴァーンの口から罵言があふれ出た。ヴァラキアの遊郭で、最下層の女たちと男たちが互いに向かって投げつけ合う、聞くに堪えない悪罵の数々が、とぎれることなく流れた。

しかし黒衣の男たちは怯《ひる》んだようすもなく、無言のままひたひたと盾を構えてイシュトヴァーンを追いつめた。木の上の射手は次々と火矢を射て、あたり一帯を明るく保ち、イシュトヴァーンの退路を塞いだ。剣を振りまわし、冷たい汗に濡れて、イシュトヴァーンはランズベール塔の瓦礫の端に追いつめられた。

「おい、おまえら、誰に向かって剣を向けてるのかわかってるのか」

息を切らしながらイシュトヴァーンはあたりをにらみ回した。

「俺はイシュトヴァーンだ。ゴーラ王のイシュトヴァーンだぞ。王に剣を向けるとはいい度胸じゃねえか、おい。バロじゃこいつが、王に対するもてなしなのか」

「ゴーラ王は現在、ヤガへ向けて馬車で南下しておられる」

覆面の下から、黒衣のひとりがくぐもった声で言った。イシュトヴァーンは言葉を失った。新たな汗が背筋を伝い流れた。黒衣の騎士はつづけて、

「従って、ここにいるのはゴーラ王であるはずがない。おまえはクリスタル宮に侵入した、不審者だ。おとなしく、われわれの命令に従え。命までは取る気はない」

「ふざけるな、畜生！」

歯がみして、イシュトヴァーンは剣を振りあげた。足もとで火矢が砕け、火の粉が肌を灼いた。若い顔に浮かんだ、野獣めいた憤怒の形相のものすごさに、いささか騎士たちがたじろいだように下がった。

一歩前に出ようとした足が、凍った。息を呑んで動かそうとしたが、全身が意のままにならず、足はそのままそこに貼りついたままだった。木が倒れるように、イシュトヴァーンは剣を振りあげた姿勢のまま、横倒しになった。

水晶宮の方角でいくつかの松明が揺れ、こちらに近づいてきた。フードをおろした黒い影が数名、すべるように動いている。それらのたっぷりした袖の中で、おぼろな光を引いた指先が忙しくいくつかの印を結ぶのをイシュトヴァーンは目の端にとらえた。

（魔道師……！）

叫ぼうとしたが、声が出なかった。声帯は硬直し、全身が石になったようだった。黒衣の騎士たちが次々と覆面をとり、剣を収めて、あたりに跪《ひざまず》いた。見えない鎖に縛られ、動かせるのは視線だけという状態で、イシュトヴァーンは魔道師の群れの中から、こちらにゆっくりと歩を進めてくる小柄な影に目をやった。

「まさか、こんなに単純にひっかかってくれるとはなあ」

むしろ悲しげに、その男は言った。

ヴァレリウス、と声の出ない唇でイシュトヴァーンは呟いた。

怒りと悔しさのあまり、心臓が破裂しそうだった。畜生、やっぱりこいつ、知ってやがったんだ。この冴えない黒鴉《くろがらす》めが、俺を騙《だま》してここへ誘い込み、しっかり自分たちの罠に入りこむまで、笑いながら黙って見てやがったんだ。畜生。畜生。

「いかがなさいますか、閣下」

動けないイシュトヴァーンを横目に、覆面をとった騎士長が歩み寄った。

「パレスへの侵入者としてこの場で断罪なさいますか。むしろ私としては、そちらの方をお勧めいたしますが」

今すぐに首をはねたがってでもいるように、騎士は横目でイシュトヴァーンを見ながら剣の柄に手を走らせた。イシュトヴァーンは歯をきしらせた。自分もフードをとったヴァレリウスは、疲れたような視線をイシュトヴァーンに向け、「いや」と首を振った。

「これ以上の面倒ごとは、今のパロには重すぎる。俺にもな。ゴーラ王イシュトヴァーンは現在、つつがなくヤガへの道をご通行中だ。たかが間違って転げこんできた酔っぱらい一人、大騒ぎすることもあるまいよ」

「では――」

「とりあえず連行して、ネルバ城の地下へでも放りこんでおけ」

ため息をついて顔をひと撫でし、ヴァレリウスは命じた。

「それで明日の朝にでも、パレスの四方の広場に、ゴーラ王イシュトヴァーンと名乗っている気のふれた男が宮城の庭に迷いこんできたから、身元引受人は今すぐ門兵のところへ名乗り出るように、とでも張り紙を出すんだな。どうせその辺の宿屋に連れがいるはずだ。朝になって、頭目がいないのに気づけばあわてて探しに出るさ。まあ昼までには、小さくなって引き取りに来るだろうよ」

冗談じゃない。全身から血の気が引くのを感じて、イシュトヴァーンは喉を鳴らした。そんなことになったら、部下たちへの示しはどうなる。あれだけ大口を叩いておいて、まるで子供のようにあしらわれてクリスタルを放り出される羽目になったと知れたら。それに、こうなったと知ったらあのこうるさいドライドン騎士どもは、それ見たことかと勝ち誇ってすぐさまの帰国を促すに違いない。カメロンにさえ報告するかもしれない。やつらは俺でなく、カメロンに忠誠を誓っている。ただでさえ、パロ行に関してはいい顔をしていなかったカメロンだ。もしこのことを聞いたら、どんな顔をすることか。

「なあ、ゴーラ王イシュトヴァーンと名乗ってる、どっかの誰かさん」

歯ぎしりしているイシュトヴァーンに、ヴァレリウスが近づいてきてかがみ込んだ。

篝火の光が半面を照らす。眠っていないらしく、貧相な顔はますます頬がこけ、眼の下にはうっすら隈が浮いていた。何が気になるのか、左手にはめた青い石の指輪を、神経質そうにしきりと撫でさすっている。

「いい機会だからひとつ忠告しといてやる」

　彼は言った。

「身の丈に合わない地位についちまった不幸は、よく理解してるつもりだ。俺がそうだからな。だが、いっぺんついちまったもんは、もうどうしようもない。背負っちまった自分が馬鹿だったと思いながらでも、とりあえず職分を果たすしかないんだよ。そうしておまえさんは、たぶん、世界でいちばんおまえさんに合わない地位についちまった」

　うるさい、うるさい。イシュトヴァーンは自由にならない首を夢中で振ろうとした。

　俺は王になる男だ。俺が生まれたときに、占い女がそう言った。この子は〈光の公女〉と出会って王座に昇ると。その通りになった。俺は王になった、俺はゴーラ王イシュトヴァーンだ、だから、今度は〈光の公女〉を手に入れるんだ、アムネリスみたいな偽物じゃない、本物の〈光の公女〉、俺の、かわいいリンダっ娘……

「おまえさんにとっては多分、王なんてのはただ贅沢して、好き勝手にやってりゃなんとかなる程度の意味しかないんだろう。だが、そういうわけにはいかないのさ、どっかの誰かさん。今のおまえさんは、市場でほしいおもちゃを買ってもらえなくて、泥水の中でじたばたして泣きわめいてるくそ餓鬼みたいなもんだ。餓鬼なら尻のひとつも叩きゃそれでいい。跳ねかかった泥は洗えば取れる。だがなあ、戦争や、国同士の外交ってやつは、尻の一つや二つじゃとうてい片付かない問題なんだよ」

それがどうした、と頭の中でイシュトヴァーンは叫び返した。俺はただリンダが欲しいだけだ。俺の邪魔をする奴は絶対に許さない。俺は王だ、王ってのはなんでも好きにできるんだ、なんでも好きにして、欲しいものを手に入れる、リンダ、俺のリンダ……

「とにかく今夜は地下室で頭を冷やすんだな。少なくとも、ちゃんとした寝床と食事は出してやるから安心しろ。それからいったん国に帰って、王様なら王様らしく、手順を踏んだ使節をよこして、正式に求婚することだ。まあ、女王陛下がそれを受けられるかどうかは、また別問題なんだが」

動かない首を必死によじって、イシュトヴァーンはヴァレリウスの顔に唾を吐きかけた。騎士たちが色めき立って剣に手をかけた。

「いい、下がってろ」

袖で顔を拭きながら、ヴァレリウスは疲れた声で言い、重い息をついて立ちあがった。

「連れていけ」と騎士たちに命じる。向きを変えて立ち去りながら、あらためて枷《かせ》と鎖でぐるぐる巻きにされようとしているイシュトヴァーンに、同情と奇妙な悲哀のこもった視線を投げた。

「カメロン卿に心の底から同情するよ」

静かに彼は言った。

「宰相なんて貧乏くじを引かされた上に、あんたみたいなわがままな餓鬼の尻ぬぐいに走り回らなきゃならないなんて、俺なら尻に帆かけて逐電して、ノスフェラスのイドの海に身を投げるね」

それきり、腰を叩きながら、老人くさい足取りでとぼとぼと水晶宮のほうへ去っていった。二名ほどを残して、ほかの魔道師があとに従う。

「立て」とパロ騎士が、厳しく言って首につけた枷の鎖を引っぱった。

「それより、麦袋のように担いでいってもらいたいか、ええ、ゴーラ王イシュトヴァーン陛下？」

怒りで目の前が真っ赤に染まった。

イシュトヴァーンは夢中になって身をもがいたが、魔道師の呪縛と、手枷首枷にいましめられた身体は指先一つも自由にならない。

そばに控えていた魔道師が指先を引きつるように動かすと、勝手に身体が起きあがり、足先が地面についた。抵抗しようとしても、足はふらふらと先へ踏み出し、騎士に囲まれたまま導かれる先へ歩き出す。

畜生、畜生、とイシュトヴァーンの心はそればかりをくり返していた。畜生、畜生、畜生、畜生、畜生……

いきなり、風が唸った。周囲を囲んだ騎士の壁が崩れ、松明が地面で弾けた。魔道師たちがあわてて指を組み直すのが見えた。風に巻きあげられた木の葉が宙を舞った。

「何者だ！」

焦った誰何《すいか》の声が耳を打った。身体が再びかしぎ、地面にぶつかる。倒れた身体のすぐ脇に、イシュトヴァーンは、誰かまったく新しい人物の、重い気配を感じた。黒く長い衣の裾が視界の端に入る。

魔道師。

「誰だ！　パロのものではないな！」

騎士たちが抜きつれ、いっせいに斬りかかった。とつぜん現れた魔道師は、倒れたイシュトヴァーンを子犬のように小脇にかかえ上げると、さっと腕を振った。光がひらめき、イシュトヴァーンは思わず目をつぶった。蒼白い閃光の向こう側で、騎士たちが稲妻に打たれたように悲鳴を上げてなぎ倒され、吹き飛ぶのがかすかに見えたように思った。

気がつくと、見知らぬ路地裏で、葡萄酒の袋を唇にあてがわれていた。

思わず咽《む》せて咳きこみ、それから、おそろしく喉が渇いているのに気づいて、むさぼるように飲んだ。なにか薬草でも混ぜられているのか、さわやかな味の酒は、飲むほどに痛めつけられた身体が回復するようだった。

「誰だ」ようやく声が出るようになって、イシュトヴァーンは言った。枷と鎖はすでに取り払われていた。見知らぬ魔道師は路傍に腰を落としたイシュトヴァーンの前に膝をつき、まるで王座を前にしたときのように、恭《うやうや》しく頭を垂れていた。

「カル・ハンと申します」と魔道師は言った。

「さる御方の命により、あなた様のお役に立つようにと派遣されました。ゴーラ王、イシュトヴァーン陛下」

第二話　クリスタルの面影

1

夜明け前だった。クリスタル宮の奥の執務室で、ヴァレリウスは旅の商人の姿をした男と向かいあっていた。分厚い窓覆いが外光を遮り、室内は真夜中のように昏《くら》い。たった一つの卓上灯がぼんやりと黄色い光を広げている。

男は疲れた顔に無精髭を生やし、埃まみれの衣装をだらりと垂らしていた。どこで出会っても二度と思い出せないような凡庸な顔立ちで、口もとは灰色の長い布の下に隠れている。ブーツにはまだ泥跳ねがつき、馬糞と汗の臭いを全身から発散させている。

「それで」とヴァレリウスは息を殺して答えを促した。

「どうだったんだ？」

なにが、とは問われなかった。それは口に出してはならない名だった。頬のくぼんだ商人風の男は灰色の目をまたたくと、かすれた声で、

「閣下のご命令通り、霊廟の中を検《あらた》めてまいりました」

「そんなことはわかっている」ヴァレリウスは焦れた。「その中はどうだったのだ、と訊いているのだ。それだけを答えろ」

「……ご遺体は、確かに中にございました」

ヴァレリウスの膝から力が抜けた。こわばっていた全身が糸が抜けたようにくたくたとなり、そのまま後ろの椅子に倒れこむ。背もたれがかすかに軋《きし》んだ。自分が長い吐息をつくのを、ヴァレリウスは聞いた。指が思わず左手の指輪にのびる……

「しかし……」

「しかし？」密偵のかすれた低い声がまだ続くのを知って、ヴァレリウスの身体は再びこわばった。「しかし、どうした？」

「ご遺体を細かく調べましたところ、左手の指、薬指一本が、何者かによって切り取られておりました」

ヴァレリウスの声は喉にひっかかったまま石になった。指輪に触れかけていた手は、それが蠍《さそり》であることにいきなり気づいたかのようにびくっと止まった。「薬指」ようやく、何かを吐き出すかのようにヴァレリウスはくり返した。「薬指だと？」

「はい。ほかには何も、失われたものはございませんでした。棺《ひつぎ》の封印はわたくしがはがすまで手を触れたものがいる形跡はございませんでしたし、閣下もご存じのように、わたくしほどうまく封印を外してもとに戻すすべを知るものが、そう多くいるとは考えられません。いったい何者が廟に侵入して棺を開け、指を持ち去ったのか、それほどの腕前を持つものがいれば、わたくしどもの耳にも入るはずでございますが」

密偵の声にはわずかだが、感嘆と嫉妬のような響きがあった。その道では超一流と呼ばれる男で、だからこそヴァレリウスも今回の任務に彼を選んだのだったが、その腕前をさえ上回る何者かがいることを、驚愕とともに受け止めているようだった。

「何も失われたものはなかったと言ったな」

「はい。副葬品も、廟の調度も、何一つ」

「指輪は見当たらなかったか。棺の中に落ちていたのでもよい、身体の下に隠れていたのでもよい。蒼い貴石を塡《は》め、表面に女神の姿を刻んだ指輪だ。おまえは見なかったか」

「指輪、でございますか」

密偵は眉根を寄せた。任務に疑問をはさまないのが間諜の鉄則ではあるが、この魔道師宰相が指輪ひとつになぜそれほどこだわるのか、理解できないといった顔だった。

「いえ、ございませんでした。それは断言できます。調べるときにご遺体の周囲も、その下も、棺の周囲も詳しく調査いたしましたが、なにひとつ変わったものはございませんでした。もちろん、指輪もです、――ああ、しかし」と気づいてつけ加えた。

「切り取られた指にもしそのお尋ねの指輪が塡められたままであった、ということでしたら、あり得るかもしれませんが」

ヴァレリウスは耐えきれずに低い声をもらして顔を覆った。それこそが、彼の恐れていた答えだった。密偵は黙ったまま、両手で額を押さえてうなだれるヴァレリウスを、表情のない目で見ていた。

「……ご苦労だった」

しばしのち、ようやく衝撃を抑え込んだヴァレリウスは、頭を振って身を起こした。

「報酬はいつもの店に手形にして預けてある。行って、受けとるがいい。多少の色もつけておいた。急ぎの依頼だったからな」

「閣下のご用命でしたら、いつ、なんなりと」

商人姿の密偵は胸に手を当てて深々と頭を垂れ、影に溶けこむように、ほとんど足音を立てずにすっと後ろに下がろうとした。

「ああ。それから」

何かを思い出したようなヴァレリウスの声に、動きが止まる。戸口に立ちかけていた密偵は「閣下？」と振り返り、その眼前に明滅する青い光球を見いだして、その場に呪縛されたように立ちつくした。灰色の目にぼんやりと霞がかかってくる。

「おまえは指輪の話など聞かなかった」

執務机の向こうから、ヴァレリウスの低い声が届いた。操られるように密偵の口が動いて、

「わたくしは、指輪のことなどお聞きしませんでした」

「俺が命じたのはマルガのアルド・ナリス廟に侵入した者がいるという噂の真偽であって、それ以上のものではない」

「それ以上のものではございません」

「ご遺体の指が切り取られていたなどということもなかった」

「ございませんでした」

「よかろう。それでは行け。報酬を受けとるのを忘れるなよ。なにしろ、無理を言って引き受けさせた仕事なのだからな」

「さよう、少々、無理を仰《おっしゃ》いましたな」

光球がふっと消えた。密偵はしばらく宙に目を据えてぼんやりと立ちつくしていた。ヴァレリウスの机から一枚の紙がため息のような音を立てて落ちた。ひらりと舞った紙がゆっくりと床に落ちついたとたん、密偵は目にごみが入ったというように二、三度またたくと、中断された動きをなにごともなかったかのように再開した。

「では閣下、失礼をば」

「ああ、ではな」

密偵は音もなく扉の外に消えた。一人残ったヴァレリウスは、窓覆いのすきまから少しずつ灰色の朝の光が満ちてくる執務室に座りながら、やはりあの男を殺しておくべきではなかったかという考えを落ちつかずにもてあそんだ。

いや、それは駄目だ。最高級の密偵というものは、そう数は多くない。そのあたりのちんぴらを雇って探らせるのとはわけが違う。だからこそヴァレリウスも高額な報酬と多少の手管を使ってあの男を雇ったのだし、ヴァレリウスの仕事を引き受けたあとで彼が姿を消したという噂でも流れれば、今後、信用のおける密偵で、パロ宰相の依頼を引き受けるものなどけっしていまい。

それに催眠術などかけずとも、依頼主に関することなどどんなことがあっても口外しないのが密偵の鉄則だ。人は確実な秘密に高い金を支払う。わざわざ術を使って記憶を改竄せずとも、あの男はアルド・ナリスの遺骸から指が切り取られていたことも、その指に嵌められていたはずの蒼い貴石の指輪のことも、どんな拷問に遭おうが、死んでもドールの黄泉《よみ》まで道連れにしたはずだ。

それを理解していてなおかつ記憶を消さずにいられなかったのは、やはり、ヴァレリウスにとってあまりにも特別なあの指輪のことを、自分と、片割れの指輪を持つもう一人の人間以外に知られているという事実に、我慢がならなかったのだった。

俺もたいがい阿呆だ、とため息をつき、ヴァレリウスは、執務机の裏の、彼以外は所在を知らない隠し扉に手を当てた。複雑な組み合わせになった嵌め木を決められた順序で動かすと、コトンと扉が開いて、音もなく小さな引き出しがすべり出してきた。赤いビロードの袋が、赤熱する石炭のように朝の光に燃えた。火傷を恐れるかのようにヴァレリウスは袋を指先で慎重につまみ上げ、中身を、そっと手のひらにあけた。

蒼い貴石の塡められた指輪。

石の表面で、復讐の女神ゾルードが禍々しい翼を広げている。

ヴァレリウスはしばらく手のひらの上の女神を見つめていた。精密に彫刻された、美しくも残酷な女神の顔を。

「俺にどうしろというんです、あなたは」

まるで生きている相手に向かうように、ヴァレリウスは独語した。

「あなたは死んだ。確かに死んだ。それなのに、あなたはまだ俺の心をかき乱そうというんですか。お願いですから、もう許してください。俺は、あなたが残していったパロを守るために、これでも必死で頑張っているんです。これ以上、傷に爪をたてないでください。あなたが俺に残した傷は、絶対に癒えやしないなんてことは、あなただってわかっていてもよさそうなものなのに」

復讐の女神は冷たく美しい笑みを浮かべたまま沈黙していた。ヴァレリウスは長い吐息をつき、袋に指輪をもどして、もとの隠し場所に入れた。

立ちあがると腰がぽきぽきと鳴り、思わず腰を押さえてうめき声を立てる。あとで膏薬でも貼った方がいいかもしれない。一晩中座って、密偵の男がやってくるのを身じろぎもせず待ち続けていたのだ。肩も凝ってがちがちだし、首はちょっと動かしただけで木の枝の折れるような音を立てる。

おそろしく眠く、疲れていたが、まだしなければならないことがあった。痛む腰を呻きながら伸ばして執務室をよろめき出て、ちょうど通りかかった廷臣をつかまえ、「アル・ディーン殿下をお見かけしなかったか」と問いかけた。女王には、彼女の心情を考えてもまだ話すわけにはいかないが、一応、アル・ディーン王子には形の上だけでも伝えておいた方がいいだろう。まあ、口止めはしっかりしておかなければならないだろうが。あの小鳥は公式行事にはほとんど出てこようとしないのだけは助かる。衆目の前で女王や廷臣たちに、あることないことさえずりまくられるのだけはたまらない。

「さあ、それは」

とまどったように相手は答えた。こちらも寝不足らしく――おそらくヴァレリウスとは別の理由でだろうが――いささか血走った目が落ちつかなげに左右に動く。

「あの方はあまり宮廷の催し事には参加なさいませんし――ご存じでしょう――内輪の集まりにお招きしてもたいていはお断りになりますので、わたくしどもに訊かれましても、なんとも。クリスタル宮のどこかにはおいでかと思いますが」

そんなぼんやりしたことでは困るのだ。歯ぎしりしかけたヴァレリウスの顔を見たのか、「ああ、そういえば」とあわてたように相手は言葉を継いだ。

「リギア聖騎士伯にお訊きになったらいかがです。あのお方でしたら、われわれよりもアル・ディーン殿下とお親しいでしょう。確か、昨夜ボッカの集まりに出席なさって、どなたか、そうそう、ラウス伯のご友人とかおっしゃる方と出ていかれましたから、水晶宮のどれかの部屋にいらっしゃるはずですよ」

ほとんど変わらない。探す範囲がクリスタル宮全体からその中心の水晶宮内に変わっただけではないか。クリスタル宮はもちろん、水晶宮だけでもおそろしく広く、部屋数は何百とあるのだ。それを一つ一つ覗いて回れというのか。

「そ、それでは、わたくしはこれで」

廷臣はあわてて逃げていった。怒りと苛立ちと、どうにもならない焦りを腹の底に煮えたぎらせながら、とにかく何か腹に入れてカラム水の一杯でも飲もうと、ヴァレリウスは水晶宮への回廊をたどりながら思った。

朝の最初の陽光がルアーの矢のように疲れた目を射た。つい目を狭めて、ヴァレリウスは白大理石の壁に落ちる自分の影に目を向けた。それは小さく、背中を丸め、まるで人間になり損ねた石のように見えた。

ああ、本当に何も考えない石だったらどれだけ楽なことか。ヴァレリウスは疲れた目をしょぼつかせながら、女聖騎士伯の所在とカラム水を両方手に入れられるような相手を探して、よたよたと廊下を歩いていった。

朝の光が弱々しく枕もとの花瓶を照らしていた。リギアはうすく目を開け、うめき声を上げ、糊で貼りつけたような両目を擦った。

身動きすると、しめったシーツが生きもののように身体にまつわりついてきた。ようやくはっきりしてきた視界で部屋を見回す。昨夜一夜をともにしたはずの男は、着物もろともとうに姿を消していた。べつに驚くようなことではない。自分が先に目を覚ましていたら、同じ事をしていただろう。あとくされのないお楽しみだけを求めている相手、くさくさした気分を一時忘れさせてくれるだけのもの。行為のあとのすばやい後始末と着替え、眠っている同衾者《どうきんしゃ》を起こさないように忍び足で外へ出て、適当な小姓を呼び、湯浴みと清潔な夜着ときちんと準備された寝床を要求する。これまで何度もやってきたことだ。パロのクリスタル宮に戻ってきてからずっと。

いつものように枕もとに手を伸ばして小姓を呼ぶための振り鈴を探し、手に触れないことに苛立ちを覚える。情事の痕跡の残るシーツから身を起こすと、長い黒髪がいまだ眠りから覚めきらない烏蛇《からすへび》のようにけだるく背にうねった。

わずかにひんやりするシーツを肩に巻きつけてあたりを探したが、鈴は見当たらなかった。先に出た相手が持ち去ったのか、それとももともと置かれていなかったのか。このごろの人手不足、資金不足のクリスタル宮では、王族の身の回りの世話以外、さまざま行き届いていないことも多いのだ。

　リギアは舌打ちし、前夜の相手を呪ってやろうと口を開きかけたが、相手の顔も名前も、どこでどう寝台に転げこむことになったかも、すでにおぼろげになっていることに気づいた。急速に疲れが襲ってきた。全身から空気が抜けるようなため息をついて、汗の臭いの残る枕に顔を埋めて目を閉じる。もう一度、このまま眠ってしまおうか。べとべとする身体は気持ちが悪いし、男の残していったものがまだへばりついている脚のあいだだけでも拭きたいが、もう何もかもが面倒だ。タイス行から帰還して以来、身体の奥にじわじわと溜まりつづける鉛のような重い倦怠は、クリスタルの果敢な女聖騎士伯、亡き聖騎士侯長老ルナンの一人娘にして、さきのクリスタル公アルド・ナリスの乳姉妹《ちきょうだい》たるリギアを、怠惰の泥沼に沈ませかけていた。

「もうすぐお昼になっちゃうよ、リギア」

　あまり聞きたくはなかった声がした。リギアは片頬をシーツに埋めたまま、一方の目だけを開けて戸口のあたりを睨みつけた。

　くるくると巻いた茶色の巻き毛が、光に当たってあわい茶色に透けている。くるくるとよく動く黒い瞳は小鳥のようだ。ほっそりとした身体に水色のチュニックと紗の肩掛けをつけ、金糸の入った帯のあたりに手をあてて立つその人物が、まさに小鳥のように、美しい声を持っていることをリギアは知っている。だが今は小鳥のさえずりを聞きたい気分ではなかった。それどころか、どんなお喋りも。

「それではお早くお付きの者に命じて昼食をお運ばせなさいませ、アル・ディーン殿下」

とっておきの丁寧な口調でリギアは言った。これまでいくつもの宴会で、気に入らない相手を黙らせてきた効果ばつぐんの嫌みをこめて。

「あたくしのことでしたらお構いなく。起きる気になったら起きますわ。こんなはしたない姿をお見せして、お許しくださいね。ごめんあそばせ」

「もう、拗《す》ねないでよ。話し相手が欲しくて来たのに」

アル・ディーン、アルド・ナリスの異母弟。いまやリンダ女王と蟄居《ちっきょ》中のレムス前王以外に正統なパロ王族の血を残す唯一の青年は、子供っぽい顔で唇をとがらせた。

「それから、その呼び方はやめてくれないかな。せめて君だけでも。僕は今でも自分のことを吟遊詩人のマリウスだと思ってるし、いちいちアル・ディーンなんて呼ばれると、だれか知らない別の人間に化けさせられてるみたいでひどくむずむずするんだ」

リギアはそっぽをむいた。そんな事情など知るものか。

確かにグインと同行したタイスでの冒険行では、彼は吟遊詩人マリウスだった。だが、クリスタルに戻り、数少なくなってしまったパロ王族の貴重な一人として役目を務めざるを得ない今は、本人がいくら吟遊詩人気取りでいようが、マリウスの名を主張しようが、アル・ディーンはアル・ディーンであり、もしリンダ女王になにかあった場合、王座を継ぐべき現在唯一の王子であるのだ。その事実は誰にもどうにもできるものではない。

それに、別の人間に化けさせられているような気のするのはリギアも同じだ……

リギアがむっつり黙り込んだのを見て、マリウスは入ってもいいと言われたと考えたらしい。乱れた室内を気にする様子もなくすたすたとやってきて、床に脱ぎ散らかされた衣装や投げ飛ばされたクッションを踏み越え、寝台の縁に気軽に腰をかける。ひょいと小粋に足を組むさまは、パロの王族というよりまさに街角の吟遊詩人だ。

「君、こないだの晩はクリスタルにいた？　ええと——確か、四、五日前、そうそう確か五日前のことだと思うけど」

「それがなんなの？　五日前。ええと」

リギアはまたシーツに頭をおとして濁った記憶の中からその日の記憶をよりだそうとした。すぐに諦めた。クリスタルに戻り、流浪の身からもとどおり、聖騎士伯に復帰して王宮に出入りするようになって以来、流れる日々はどれもこれも似たようなもので、どれがどれと区別するのもばからしい。

「先に訊きたいんだけど、その日になにかあったっていうの。あんたが訊きたがるようななにかが」

「それなんだよ、ねえ、リギア」

興奮した様子でアル・ディーン、マリウスは身を乗りだしてきた。声をひそめて、

「その日の夜にね、王宮の庭に、変な酔っ払いが迷いこんできたっていうんだ。もちろん、表沙汰にはされてないけど、そいつ、王宮の裏の城壁の割れ目をこえて、クリスタルへもぐり込もうとしていたんだってさ。ちょっと、面白いと思わないかい」

「思わないわね」

わざとらしくリギアはあくびをした。話すことが本当にそれだけのことでしかないなら、とっとと出ていって、静かに寝かせてほしかった。でなければ鈴の代わりにどこかへ行って、湯と着替えを持った小姓を寄こしてくれるか。歌う小鳥なら、鈴の代わりにさせられても文句をいう筋合いではあるまい。

「用がそれだけならあっちへ行ってくれない？　眠いのよ、あたし。なんで眠いかは見りゃわかるわよね、あんたなら」

「違うよ、まだ話があるんだ。その酔っ払いがね」

さらに声をひそめ、マリウスはぐっとリギアに顔を近づけて囁《ささや》いた。黒い目がいたずらな小鳥のようにくるくると動いて光る。

「『自分はゴーラ王イシュトヴァーンだ』ってわめいていたって言うんだ——うわっ」

いきなりシーツを払いのけて飛び起きたリギアに、額をぶつけかけて飛びのいた。

「ひ、ひどいよ、びっくりするじゃないか。僕のおでこは君のほど硬くはないんだよ」

「イシュトヴァーン」

息を殺してリギアはくり返した。眠気は一気に消し飛んでいた。眉間にけわしい皺が寄っているのを自覚した。シーツを押さえるのも忘れたせいで、ゆたかな乳房と引きしまった腰がむきだしになっていたが、それすら気にする余裕がなかった。

「そいつは、本当にそう言ったっていうのね。『ゴーラ王、イシュトヴァーン』って」

「そうだよ。だから君のところへ来たんじゃないか、リギア」

一瞬にしてけわしい顔つきになったリギアに怯えたのか、マリウスは背もたれの高い椅子の一つの後ろに回りこみ、その後ろからおそるおそる首を出していた。

「君があいつが来ていた間、マルガの領地に引きこもって出てこなかったのは聞いてるよ。僕もできるかぎり会わないようにしてたし、どのみち、あいつはリンダ以外に興味なんかないみたいだったし。だけど、あいつがまたしつこくリンダに求婚してたって話くらい、君だって知ってるだろ」

「ええ」

いまやリギアの頭は目まぐるしく回転していた。

ユラ山系へスカールを探しに行くと、ヤガに発つヨナ・ハンゼには答えておいたし、実際、パロを出た時はそのつもりだった。だが、道中で見聞きする中原の混乱ぶりに、さすがに嫌気が差した。グインたちとのタイス行の疲れがいまだ抜けていないことを実感したこともあって、結局、マルガの自邸へ戻って休息を取ることにしたのだった。

その彼女がマルガの自領を離れて首都クリスタルにもどったのは、パロ軍の疲弊が激しい今、聖騎士伯としての公務を果たすよう、女王の名において要請があったためだ。すでに以前から要請はあったのだが、イシュトヴァーンがいる間は、意地でも宮廷に足を踏み入れる気はなかった。あの男が何も知らぬ宮廷人にちやほやされているところなど、死んでも見たくない。病気を理由に何度も断り続け、彼がようやくクリスタルを出たと聞いて、やっと呼び出しに応じることにしたのだった。

だがもう一つの、口に出されない最大の理由は、マルガのアルド・ナリス霊廟をあの男が女王ともども訪れたと聞いて、みずからのもっとも大切な場所を、土足で踏み荒らされたような気がしたからだった。

今さらどんな顔をして墓参などできるのだ、あの恥知らずは。しかも、ナリスの未亡人である女王とともに。

ヤンダル・ゾッグの術がどうした。骨のある男なら、そんなものにひっかからないだけの智恵くらいあっていいはずだ。文武両道とその美しさにおいて中原に比べるものなしとうたわれたナリスが、寝台に縛りつけられたまま身動きできぬ身体になってしまったことでさえ、たとえようのない悲劇だった。

なのに、あの男が彼の運命にとどめをさした。あの男が催眠術などにまどわされたせいで、ナリスが、リギアの大切な乳兄弟が、か細くでも燃えていた生命をひっそりと絶え入らせることになってしまったのだ。

懐かしいナリスはもういない。リギアの父であるルナンも、彼の死出の旅の供として黄泉への旅路を自ら下っていってしまった。

自分もどうしてそうしなかったのかと、ときおり不思議になることがある。まるで実の姉弟のように育った幼い日々のことは今でも昨日のことのように鮮明なのに、その自分をさえあざむいた彼を許せずに飛び出した日以来、奇妙に何もかもが遠くなってしまった。

モンゴールの侵略を受けたパロを奪還するために戦っていた日々のことさえ、ナリスの自死を知らされたときの衝撃と、それが偽りであったとわかったときの、目の前が真っ赤になるほどの怒りにかき消されてしまった。マリウスと二人、マルガへと急報とはやる心を抱えて走ったときも、ナリスのいない今では、はるか昔の夢のようだ。

つかのま、リギアの思いはスカールのもとへと漂っていった。あの、すがすがしい風と草原の匂いのする男、柔弱なパロ貴族など比べものにならないたくましい腕と厚い胸を持つ彼は、リギアの熱い肌をもっと熱い炎で包みこんでくれた。

だが彼とも、別れたまま音信不通になって随分経つ。あれ以来、ほんとうの意味でリギアの心に空いたすき間を埋めてくれた男など一人もいない。憤激してナリスのもとを離れ、ふたたび戻ってマルガの戦いをくぐり、パロの分裂、そして反乱の終結と乳兄弟の死去という嵐のような日々をへて、その空隙は二度と埋まりはしない大きさに育ち、いまも冷たい風を常に心臓のそばに吹かせている。

もし自分があの時、スカールを選ばず、あくまでもナリスとともにあることを選んでいたら、もしかして結末はもっと違ったものになっていただろうか。今もその疑問は、独り寝の夜ごとに夢寐《むび》を訪れてリギアを悩ませてやまない。

結局、父ルナンは幸運な男だったのかもしれない。人生において唯一と呼べるものに、最後まで殉じることができたのだから。多くの人間は、目の前に拡がるたくさんの選択肢の中からどれかひとつを選び取るように迫られ、選び、そしてあとになって自分の選んだものが果たして正しかったのかどうか永遠に悩むことになるのだから。

昔から奔放さでは王宮でも噂されるほどのリギアではあったが、放浪の旅からクリスタルに帰って以来、毎夜のように共寝の相手を引き込むようになったのは、ひとつには、あの後悔の夢の剣に胸を刺し通されたくないからだ。ナリスの痕跡の残るクリスタル宮は、ことあるごとに昔の記憶を呼びさまして、女聖騎士伯の強靭な魂をむちうつ。それを忘れるためには激しい情事に身を任せ、くたびれきって夢も見ない泥の眠りに沈むしかないのだ。

「リギア？」

厳しい顔のまま宙を睨んでいるリギアに、マリウスがそろそろと寄ってきて遠慮がちに肩に触れようとした。反射的にリギアは払いのけた。パンッという乾いた音がして、マリウスは右手を押さえてびっくりしたようにあとずさりした。

「ひどいな、なにもぶつことないじゃないか。触られるのがいやなんだったら服を着なよ——その、まあ別に僕は君のそういう格好を見ても確かに驚きゃしないけどさ、やっぱり、そういつまでも裸でいるっていうのは、健康によくないと思うんだ」

「ちょっと黙ってなさい」

上の空でリギアは言った。

そういえばあれはいつのことだったか、つい最近、宰相のヴァレリウスが、魔道師の黒い衣の背中を丸めて、ネルバ城に詰めているはずの王宮の護衛騎士団の会所のほうへこそこそと歩いていくのを見たような気がする。

ヴァレリウスとは何度か食事をともにしたことがあるが、基本的に争い事を好まない、物堅い学究肌の魔道師だった記憶がある。性的な意味ではなく、リギアに好感を抱かせる異性というのは、ナリスを除けば実を言うと珍しい。頭がいいが、頭がよすぎて損をする人間だと感じた。性的魅力はまるで感じないが、いかにも女慣れしていないらしく、魔道のことだと饒舌《じょうぜつ》なのに、それ以外の話になると口ごもり、目を泳がせるのが面白くて、ついからかってしまったものだ。

ナリスが彼をパロ宰相の後任として指名したと聞いたときは驚いたが、適任だとも思った。今のパロに、よけいな争いや面倒事は必要ない。秘密裏に、事を荒立てないように静かに歩を進める魔道師宰相は、いまのパロにはぴったりだ。

その彼が、わざわざ騎士団の会所にまで出向いて話をするような用が、なにかあったというのか。話をするなら、使いを出して当直の護衛騎士を、宰相の執務室へ呼び出せばすむ話だ。そうではなく、ヴァレリウスが直々に騎士団長に話をしなければならないような、なんらかの事態が起こったということか。

「ねえ、リギアってば」

「黙ってなさいって言ったでしょ」

そうだ、彼女の知るイシュトヴァーンならば、一度や二度リンダ女王に撥ねつけられた程度であきらめるような質《たち》ではない。まるで見せびらかすように、美々《びび》しい行列を仕立ててクリスタルを出ていったという話を聞いて、リギアも目障りのいなくなった王宮に復帰したのだが、その行列が、実は芝居だったとしたらどうだ。その『ゴーラ王イシュトヴァーン』と名乗った何者かが、まぎれもない本人だったとしたら。

パロの人間で、いくら酔っ払いとはいえゴーラ王を自称するような酔狂な人間がいるとは思えない。ましてやただの酔っ払いが、衛兵の目をかすめ、クリスタル宮の城壁を乗り越えてまで王宮内に侵入できるはずがない。

ヴァレリウスは明らかになにか知っていたのだ。そしてイシュトヴァーンの――おそらくは、行列に目をくらませてひそかにクリスタルへ舞い戻っていたイシュトヴァーンの――動きを察知し、そのために罠を張っていたのだ。騒ぎを大きくしないために、わざわざ自らネルバ城に出向いてまで、策を用意したのだ。

ルナンなきあと、十二聖騎士侯も空席が増えて十二の席を半分も埋められずにいるが、軍事と国政においてそれなりの影響力を持つのはいまだに事実である。彼らの耳に入れば、確実に事は大きくなる。その前に、ひそかに事を処理しようとして、わざと身分が下の護衛騎士の中から、口の堅い者を自ら選びに行ったのに違いない。

リギアはかろうじて下半身を覆っていたシーツをかなぐり捨てて寝台を下りた。情事のあとも生々しい白い裸身に、あわててマリウスが目をそらす。そちらのほうは一瞥《いちべつ》もせず、リギアは投げ散らした服を手早く身につけはじめた。湯浴みはあと、着替えもあと。いったい何がどうなっているのか、ヴァレリウスをさかさにして揺さぶってでも吐かせてやるまで気が収まりそうにない。まったくあの、情けない顔したネズミ男ったら

――

「失礼いたしま――あ、あっ、うわっ」

戸口でどたどたと何かが転びかけるような音がした。椅子の背にしがみついていたマリウスと、輝くような裸身にようやく下着をつけかけていたリギアは、そろって首をかたむけてそちらを見た。戸がまちのふちに、わなわな震える骨張った指がかかっていた。もしゃもしゃと逆立った灰色の髪の毛の一部と、魔道師の黒衣の裾が、わずかに覗いている。

「そ、そ、その、リギア殿。それに、アル・ディーン殿下」

うわずった声で相手は言い、ごくりと喉を鳴らして空咳をした。

「い、いささか、その、お話が――いえ、その、先にお着物を身につけられてからでかまいませんので、その、あの、先にディーン様だけでも、ちょっと」

「すぐに済むわ。そこで待ってなさい」

あっちこっちまごまごしているマリウスには構わず、リギアは堂々と言うと、下穿きをぐいと引き上げた。

「あたしも、聞きたいことが山ほどあるの。その、迷いこんできた男のこと、何もかも聞かせてもらうわよ。いいわね、ヴァレリウス」

2

そして、さかのぼること数日前。

その朝、料理屋兼宿屋の〈犬と橇《そり》〉亭は朝から不穏な空気に包まれていた。昨夜、食堂になだれ込んできた傭兵どもの乱痴気騒ぎに巻きこまれた客たちは、みんなこっそり逃げだして別の宿屋へ移っており、今では、残っているのは例の傭兵集団だけだった。

その傭兵たちが、今朝は早朝からなにやら囁きあい、声を高めてののしり合いかけては、はっとしたように口をつぐむ。部屋から部屋へ行き来し、荒い音を立てて戸を開け閉めしては、仲間同士額をぶつけんばかりにして低い声でいがみ合っているのだ。

主人夫婦と娘はごたごたに巻きこまれないよう、三人で厨房《ちゅうぼう》で働くふりをしつつ息を殺していた。いつでも店を逃げ出せるように、貴重品や多少の品物をつめた荷物を驢馬《ろば》にくくりつけて扉のそばにつないでおいた。

このところのパロでは、客だと思って招き入れた一団が強盗に早変わりすることなど珍しくもなんともない。てっきり自分たちもそんな輩《やから》にひっかかってしまったのだと、主人はどた靴が荒々しく床を踏みしめる二階を、天井越しに仰ぎ見た。おそらく昨夜のうちに正体を現すつもりが、なんらかの手違いで、仲間割れが始まってしまったのだ。

そう信じさせるほど、一行のあいだに流れる空気は険悪だった。二十人ほどの傭兵たちは、明らかに二つの集団に分かれてにらみ合っていた。一方は昨夜、『お頭』と呼ぶ若い傭兵を囲んで、呑んでいた一団。もう一方は、それより少し離れた卓で、静かに食べて呑んでいた一団。

「……なぜ気づかなかったのだ……」

「寝ているとばかり……」

「ありえん、あの男と来たら、まさか——」

「愚かなことを！」

「いや、しかし、いくらなんでもそのような——」

言い争う声がきれぎれに響いてくる。

もし、主人がもっと注意深く見ていれば、一方がいかにも流れの傭兵らしくならず者が板についているのに比べ、もう一方はそろって身のこなしがなめらかで、傭兵というよりはよく訓練された兵士を思い起こさせることに気がついただろう。また、もう少し気分を落ち着けていれば、彼らが前夜『お頭』と呼んでちやほやしていた、黒髪の若い傭兵の姿がどこにも見えないことにも気がついただろう。

しかし、彼はもう盗賊団の仲間割れに巻きこまれてしまったのだと信じて疑わず、妻と娘を両手に抱いて、斬り合いが始まるのを息を殺して待っていた。彼らが自分たちの争いに気を取られてくれていれば、妻子とともにそっと目につかずに抜けだすことができるかもしれない。うまく自警団のところへ駆けこむことができれば、店も、財産も、なんとか救うことができるかもしれない。

客たちと同様、昨夜のうちに荷物をまとめて出ていかなかったことを呪いながら、こっそりとヤーンの印をきり、加護を願う言葉を口にする。店の名前の由来の一つである老犬が、昨夜蹴られた脇腹を舐めつつクーンと哀しげな鼻声を立てた。

その時、表の扉が破れんばかりに激しく叩かれた。

主人はびくっと飛び上がり、娘が反射的に扉を開けに飛び出していこうとしたが、父親は必死になって押さえつけた。自警団が様子のおかしさに気づいて見に来てくれたのならいい。しかし、もし盗賊団の別の仲間がやってきたのだとしたら、若い娘を出すなど、まさに狼の口に子兎を放りこむようなものだ。

「開けろ。俺だ」

かすれた声が聞こえた。階段に足音が入り乱れ、傭兵たちがどっと下りてきた。「陛下！」と若い声が喘ぐように言うのが聞こえた。

「陛下！　あなたですか？　いままでどちらにおられたのです？　いったい――」

「黙れ。声が高い。とにかく開けて、俺を中へ入れろ。話はそれからだ」

ざわざわと声と動きが入り乱れ、扉の開く気配がした。傭兵たちは一瞬しんとなり、それから、わっと声をあげて一斉にしゃべり始めた。

「静かにしろと言ってるだろうが!」

はげしい怒声が壁をびりびりと震わせ、犬がビクッと身を震わせて耳を倒した。主人夫婦はしがみつく娘を抱いて懸命に何も聞くまいとした。

「しかし、そのお姿は——それに、その男は何者です？　見たところ、魔道師の——」

「うるさい。余計なことを言うな。俺は自分の部屋へ行く。店の親父に、酒とガティの汁物を運ばせろ。俺と、こいつだけだ。誰もついてくるな、いいな」

「しかし、陛下」若い声は衝撃を受けているようだった。「私はカメロン卿より、あなたの近侍を——」

「あいつのことは言うな!」

騒いでいた全員が静まりかえるほどの怒鳴り声だった。ややあって、無理に抑えた声になって、

「……ちょいとばかり酔い覚ましの散歩に出てただけだ。騒がせたんなら悪かったな。だが、今はこいつと話があるんだ。おまえらは今日一日、好きにしてていいぞ。そら、こいつをくれてやる」

硬貨が床に投げだされる音が鈴の鳴るように続いた。それまで沈黙していた一団が、おずおずと動き出す気配がした。投げだされた硬貨を拾っているらしい。

「ごまかすのはお止め頂きたい！」

誰かが床を踏み鳴らした。いくらか年取った、枯れた声で憤然と、

「たかが銀貨の数枚でわれらを籠絡《ろうらく》できるとお思いか。子供をあやすのとはわけが違いますぞ。ここがどこか、おわかりになっていないわけではありますまい。いったい、昨夜どこで、何をしていらしたのか、その後ろの男は何者なのか、ご説明頂かないうちは、儂《わし》は、ここを動きませぬぞ」

「おい、カル・ハン」

無感動な声で『お頭』と呼ばれている男は言った。

「そこの頑固爺をどかせろ」

老いた声の主がはっと息を呑んだ。

犬が急に飛び上がり、尻尾を股にはさんで裏口からつんのめるように逃げだしていってしまった。異様に濃密な気配が厨房の外で急速に高まるのを肌で感じて、主人は妻子を抱きかかえる腕に、渾身の力をこめた。

「ディルケス殿、ここはお退きを」

最初に扉を開けた若い声の主が割って入った。集中していた異様な気配が少しばかり

ゆるんだ。

「しかし、マルコ殿、儂は」

「陛下、いえ、『お頭』のご命令です。話はあとで、私が聞いてほかの方々にもお伝えします。あなたも目が赤いですよ、ディルケス殿。お頭はお疲れなんです。しばらくお一人で休まれたいんです。そうでしょう、お頭」

「ああ——ああ、そうだ」

不機嫌な声ながらも、『お頭』は肯定した。それからとってつけたように、

「こいつはカル・ハンだ。街を歩いていたら会ってな。俺たちの仲間に入りたいって言うから連れてきた。これからこいつとゆっくり話をしなきゃならねえ。だからしばらく、おまえらは邪魔をするな。新入りの事情を知っとくのは頭目の仕事だからな」

「わかりました」

またざわつきだした一団を抑えて、マルコというらしい若い声の主は答えた。

「それでは先に部屋へお上がりください。私は厨房へ行って、宿の主人に朝食ができるかどうか訊いてきましょう。実を言うと、私たちもまだ朝の食事にありついていないのです。あなたが何も言わずに姿を消されたので」

「そうかい、そりゃ悪かったな。だが帰ってきたんだからもういいだろう。じゃあ食い物のほうは任せたぜ、マルコ。他のやつらも、適当にやってくれ」

「お待ちください、へい――」

耐えかねたようにまた枯れた声の主が声をあげかけたが、制止されたらしい。怒ったような囁きとなだめるような会話が続いて、やがて静かになった。二階の一室の扉が開いて、閉まった。凝集した異様な気配は徐々に消えていった。息苦しさに気づいて、主人は大きく息を吐き出した。自分でも知らないうちに呼吸をとめていたのだった。

半地下への階段を誰かが下りてきて、黒い髪をした若い傭兵が顔を出した。実直そうな顔つきの若者で、昨夜は静かなほうの一団に属していた一人だった。

「騒がせて悪かった」

彼は言った。マルコと呼ばれていたのが彼らしい。落ちついた、心をなだめる響きのある静かな口調だった。

「すまないが、カラム水と、それからガティの軽焼きパンか団子の汁物があれば、人数分くれ。要らないという者もいるかもしれないが、その分の代金はちゃんと支払うから、安心してほしい。二階の部屋には私が運ぶ。おまえたちはここを出なくていい」

主人は声も出ずにがくがくと顎を上下させた。いまだに厨房の隅に腰を落とし、両腕に妻と娘を抱きかかえている事に気がついて、あわてて立ちあがろうとして無様に転げかけた。若い傭兵は入ってきて手を貸そうとしたが、娘が明らかな恐怖の表情を浮かべて身をこわばらせたのに気づいたのか、あきらめたように足を止め、あげかけた手を下ろした。

「……料理ができあがったら、呼んでくれ。私と、ほかの者が取りに来る。みな自分たちでやるから、おまえたちは下がっていなさい。それから」

穏やかだった声に、かすかに鋭い響きが混じり込んだ。

「たった今聞いたことは、けして誰にも漏らさぬように。わかったな」

前よりもいっそうはげしく、主人は顎を上下させた。食いしばった歯がぎしぎしいい、今にも刃が打ち下ろされるかのように首の後ろが疼いた。

「では」と穏やかな声に戻って若い傭兵は言った。「よろしく頼む」

くるりと背を向けて、厨房を出ていった。

階段を上がる靴音を聞きながら、主人は溺れた人間のように空気を呑みこむ自分の喉の音を聞いた。娘と妻は抱き合ったまま泣いている。ふたたびヤーンの名を呼び、祈りを唱えようとしたが、いまだに周囲に漂うように感じられるあのおそろしく異様な気配が、祈りの言葉を舌先で凍りつかせた。


「馬鹿どもが！」

後ろ手に扉を叩きつけて、イシュトヴァーンは舌打ちとともに吐き捨てた。

あれほど「陛下」と呼ぶなと言っておいたのに、一晩自分が姿を消したというだけですっかり我を忘れている。身分が割れたら首切り役人の仕事の種だと、冗談を言っていたのはどこのだれだ。

幸い、マルコが皆を鎮めているようだが、いったん浮き足だった愚か者が落ちつくには時間がかかる。ひょっとすると、すでに雲行きがあやしいのを感じとってひそかにパロを離れる——もちろん、持てるだけのものを持って、隠密裡《おんみつり》に、あくまで流れの傭兵として——ことを考えている者さえいるかもしれない。間違っても、ゴーラ王の取り巻きの一人だとは感づかれぬように。

その気になれば彼らは一人残らずそれができるのだと気づいて、イシュトヴァーンは愕然とした。国境を越えるときに皆に与えた傭兵の鑑札は、もちろん、出るときにも有効だ。イシュトヴァーン自らが気に入って身近に置いていたならず者どもは、どれもこれも見事に傭兵に化けおおせていた。

少なくとも、イシュトヴァーン自身が彼らならとっくにそうしている。手近な値打ちものを集めて馬に積み、口笛を吹いて国境を抜けたところで、パロ兵の節穴の目にとまる心配などまったくない。ひと仕事した傭兵が、稼ぎを持って他国へ渡るところだと当然のように思うだろう。宿屋の裏庭には、ゴーラ正規軍の甲冑と装備を積んだ馬がまだつながれている。あのうち一頭でも引きだせば、それはいい金になることだろう。

もっと悪い想像が頭をかすめた。もしかしたら、パロ王宮へ駆けこみ、ヤガへ下るふりをしていたゴーラ王が実はクリスタルに再潜入し、この宿に潜伏していると、訴えて出ようと考えているやつさえいるかもしれない。交換条件に自分の身の安全と、金貨の一袋も要求して。これを機会にパロに取り入ろうとするのも、あの小ずるい奴らならありそうなことだ。昨夜、リンダ女王の閨《ねや》に大胆にも忍び入ろうとした賊を引き渡すと申し出れば、パロ側も何もしないわけにはいくまい。

「そのことでしたら、ご心配なさらず」

背後から地を這うような声がして、イシュトヴァーンは思わず飛びのいた。

扉とイシュトヴァーンの身体のほんのちょっとしたすき間に、カル・ハンと名乗るあの魔道師が厚みのないもののように立っていた。彼が後ろについてきていること自体、ほとんど忘れていたイシュトヴァーンだった。実体を持った影のようにカル・ハンは音もなくすべり出てきて、イシュトヴァーンの耳に口を寄せた。

「わたくしがこちらの宿に入りましたとき、全体に結界を張りめぐらしました。パロの宮廷魔道士はおろか、ヴァレリウスのような上級魔道師でも、見通すことのできぬ結界です。たとえ気配を探ろうとしたところで、彼らが見いだすのは宿の主人の家族のものだけでしょう。お連れの方々も、外へ出ようなどとは思わぬよう、暗示をかけておきました。あなた様は安全です、イシュトヴァーン陛下。どうぞ、お心安く」

「心安くだと？　だれが」

ぎょっとした自分が腹立たしく、イシュトヴァーンは床を蹴りつけながら歩いていって、投げだすように寝台に腰をおろした。自分の腹の中が読まれていたらしいことも気にくわなかった。カル・ハンは気にしたようでもなく、やはり影のように音も立てずするするとついてきて、寝台の前に畏まった。

昨夜の闘争で負った傷は、カル・ハンの力で癒されている。だが、矜持《きょうじ》に負わされた傷は深く、火のような痛みで胸中をあぶっていた。宿の汚れた漆喰《しっくい》壁に身をあずけ、イシュトヴァーンはせいいっぱい身をそらした。

「まず、おまえのことから聞かせてもらおうか。カル・ハンといったな。なぜあそこに来た。なぜ俺があそこにいると知っていたんだ」

「ご下命を受けましたので。あなた様をお助けせよと」

ごく低い魔道師の声は、自らの意志でもってイシュトヴァーンの耳に這いずりこんでくるかのようだった。ほとんど部屋には響かないのに、イシュトヴァーンにだけはおそろしくはっきりと聞こえる。もし外で扉に耳をあてている者がいても、聞こえるのはイシュトヴァーンの声だけで、魔道師の返事はまったく聞き取れまい。

「お助けせよ？」

腹立ちまぎれにイシュトヴァーンは鼻を鳴らした。まるで自分が失敗することを予期していたような指示ではないか。そう思ったとたん、昨夜の無様な失敗と、まるで子供

のように扱われた屈辱がまたもやはらわたを焼いた。思わず顔をしかめたイシュトヴァーンに、魔道師は一本調子の声で淡々と、

「さようでございます。あなた様のもとに参り、あなた様をお助けせよと。それがわが主人より受けた命令でございます。どうぞ、お好きなようにお使いください。あなた様が宿願を遂げられることが、わたくしの望みであり、また、わが主人のお望みでもあるのです」

「宿願？　はっ」

ちょうどそのとき、扉が遠慮がちにそっと叩かれ、食事です、との声が聞こえた。

イシュトヴァーンは無言で顎をしゃくり、カル・ハンが立ちあがって、扉を開けた。盆を抱えたマルコの実直そうな顔が気がかりの色を浮かべて覗きこみ、魔道師ののっぺりとした顔にぶつかって、弾かれたように下がった。

「へ――その、お頭」

神経質に唇をなめて、マルコはそっと言った。

「ご不自由はございませんか？　他のものはそれぞれ部屋に引きとらせました。できれば私も、おそばについて給仕を務めたいのですが、お許しいただけ――」

「駄目だ」

寝台の上からぴしゃりとイシュトヴァーンは遮《さえぎ》った。

「俺は今、カル・ハンと二人だけで話をしたいんだ。邪魔をするな。おまえも部屋へ戻って休んでいろ。盆はそいつに渡せ。俺たちで勝手にやる」

「しかし、お頭」

盆で扉をこじ開けるように押しながら、マルコは懸命に言いつのった。

「危険です。どこの誰ともわからぬ魔道師と、お二人だけで一室にこもられるなどと。何を話されようと、石のように耳を塞いでいることをお約束します。どうぞ同席をお許しください。けっして他言はいたしませんから」

カル・ハンの視線が一瞬イシュトヴァーンに走った。その目つきの意味を正確にイシュトヴァーンは読み取り、小さくかぶりを振った。カル・ハンはかすかに頭を動かし、ふたたび亡霊のような直立不動に戻った。

「なあ、マルコ、心配させたことはあやまるよ。悪かった」

イシュトヴァーンは声を和らげた。

「だがな、今はこいつとちょいとばかり話があるんだよ。何かあったら、大声でおまえらを呼ぶから、その気があるなら隣の部屋ででも待っててくれ。扉の外でも構わねえよ、それでおまえの気が済むんならな。何があったかはあとでちゃんと話すから、それまでは、好きにさせてくれねえか。なあ、頼むよ」

いかにも無邪気そうにまばたいてみせると、マルコが目に見えてためらった。何度も唇をなめ、沈黙を形にしたような魔道師と、寝台の上に足を投げだしている主君を交互に見比べ、迷っているふうだったが、ようやく決意したように、汁物の碗《わん》と水差しの載った盆をカル・ハンに押しつけた。

「この扉の外で番をしております」

低い声で、早口にマルコは囁いた。

「異常を感じたら扉を破ってでも中に入らせていただきます。その場合のお叱りはあとでお受けします。どうぞお気をつけください、陛下。魔道師というものが油断のならぬ人種であることは、陛下もご存じでしょう」

「ああ、わかってるよ。そうだな、おまえがそこにいてくれりゃ、俺も安心だ」

ほかの人間が立ち聞きする危険もなくなる、とイシュトヴァーンはこっそり胸で呟いた。そしてマルコならば、いったん聞かないし口外しないと口にした以上は、本当に死んでも何一つ口にしないだろう。そこのところは信頼できる男だ。

扉がそっと閉じられた。着物のこすれる音が聞こえ、マルコが扉を背にしてその場に座りこむ気配がした。おそらく剣の留め金を外し、いつでも抜剣できるように身構えていることだろう。盆を持って戻ってきたカル・ハンが、フードの下から囁くように、

「よいご近習《きんじゅ》ですな」と褒めた。

「近習？　なにが。カメロンのおっさんが俺につけたお目付役さ」

備えつけの小卓を引きよせながら、イシュトヴァーンは唸った。しかし褒められて悪い気がしないのは確かだ。痛めつけられた誇りに、マルコの献身と忠誠はよく効く軟膏のようにしみこんで、いくらか痛みをなだめてくれた。

「……まあ、よくやってくれる奴なのは否定しねえけどな」とつけ加える。少なくともマルコは、どんなことがあっても主を見捨てて逃げたりはしない。カメロンから直々に、イシュトヴァーンの近習にとつけられた男なのだ。それでなくとも、端から見ていて気の毒になるほど生真面目な男である。ほかの人間がみな逃げだしても、彼だけはそばにいてくれると思えるのは、信じられないほど心慰められるものだった。

卓に湯気を上げる皿が並ぶと、腹と背がくっつきそうなほど腹が減っていることにイシュトヴァーンは気づいた。さっそく料理に手を伸ばし、豚肉の脂の浮いた汁といっしょにガティの練り粉を丸めた団子をほおばりながら、匙《さじ》に手をのばそうともしないカル・ハンを探るような目で見る。

「あんたは食わないのか」

「魔道師には魔道師の食物がございます」

平然とカル・ハンは言った。

「どうぞそのままお食事をお続けください。よろしければわたくしの分も、お召し上がりいただいて結構です」

肩をすくめて、イシュトヴァーンは食事をつづけた。水差しの中身が酒ではなく、カラム水であることに気づいて小さく罵《ののし》り声をあげたが、冷えたカラム水の酸味はねとつく口にとっては爽《さわ》やかな美味だったので、結局すべて飲み干した。

空腹のままに二皿の汁物を片づけると、腹も落ち着き、身体も温まった。空になった皿に匙を投げだして、イシュトヴァーンはふたたび漆喰の壁にもたれかかった。

「で、さっきの話の続きだが」

腹がくちくなったせいか、イシュトヴァーンの口調もいささか穏やかになっていた。

「俺の宿願ってやつが何だか、おまえの主人は知ってるって事でいいのかい。知っててておまえを俺のところに寄こしたって？　そいつはあんまりいい気がしねえな。俺だって、一国の女王を連れ出そうってのが、その辺の小娘をかっ攫《さら》うのとはわけが違うことくらいわきまえてるさ。いったい何だっておまえの主人はそれを知ってる？　知っててなんで俺を助ける？　何が目的なんだ？」

「主の御心を計ることは、わたくしの職分を超えております」

ふたたび畏まって膝をついたカル・ハンは、うやうやしく頭を垂れた。

「わたくしはただ、主のご下命のままに動く駒にすぎません。そして主は、あなた様、イシュトヴァーン陛下の御身をお守りし、そのなさるところに何であれ手をお貸しするようにと、命じられたのでございます」

「だからそこだ」

　苛立ってイシュトヴァーンはどんと足を踏み鳴らし、今の音がマルコに聞こえなかったかとあわてて扉を見た。今の彼ならどんな些細な変事の気配であっても、扉を蹴破って入って来かねない。

　さいわい扉はひっそりとしたままだった。落ちつくために深呼吸してから、声を抑えてイシュトヴァーンはつづけた。

「その『主』ってのが何者なのか、ってこっちは訊いてるんだよ。だいたいあんたのその名前が気にいらねえ」

「わたくしの名前に、何か不都合がございますか」

「カル・何とか、ってのはキタイの方の名だな。こちとらキタイの魔道師にゃ、嫌な思い出がしこたまあるんだよ」

　カル・ハンは黙っていた。否定しても意味がないのだろう。頭にカルのつく名は確かにキタイ風であり、言い逃れはできない。イシュトヴァーンは勝ち誇ったように、

「前にもキタイの竜王とかなんとか、得体のしれねえ化け物に術かなんかかけられてよ。グインの野郎に叩きのめされて、ヴァレリウスのネズミ顔を突きつけられるまで、俺は自分が何してるんだか、ちっともわかっちゃいなかったんだ」

　イシュトヴァーンはつかの間口を閉じ、当時の自分を苦々しく思い出した。怒りに燃

える草原の鷹との一騎打ちに敗れ、傷ついたイシュトヴァーンの隙をついて、キタイの竜王、ヤンダル・ゾッグは、イシュトヴァーンに操りの術をかけたのだ。

当時まだ存命だったアルド・ナリスは、パロを脱出しマルガに軍を張っていた。そこへ合流するために急いでいたはずが、ヤンダル・ゾッグは逆にイシュトヴァーンにナリスに対する憎悪と怒りを吹き込み、操られたイシュトヴァーンは竜王の意のままに、マルガへの奇襲を行い、ナリスを人質として捕獲したのである。

今思い出しても、その一件は屈辱と悔恨の牙できりきりとイシュトヴァーンの胸を嚙む。ヤンダル・ゾッグにやすやすと操られた己のふがいなさとともに、その後、アルド・ナリスが力尽きたように病床で息を引き取ったという事実は、何よりもイシュトヴァーンの心を痛ませた。

かつては兄とも身内とも思い、そばにあって心から慕った相手だった。ナリスからもらった水晶に刻まれた六芒星を、自分の紋章にまでしているイシュトヴァーンである。同じ娘を愛していることを知って身を退きはしたが、あの美貌の貴公子に対する愛慕の念は、複雑に絡まった感情の中に、かつて確かに美しく輝く一筋の光だったのだ。

あの貴公子の命の最後の糸を断ったのは自分ではあるまいか。できるだけ考えまいとしてはいるが、その思いは、ふとした時に剃刀の刃のような痛みとともにイシュトヴァーンを襲う。もし自分がヤンダル・ゾッグに操られず、予定通りマルガでナリス軍に合流していれば、あの貴公子は今でも生きていて、マルガで静かな生活を送っていたのではあるまいか。たとえ肢体が不自由であったとしても、まだ、生きて。

「何を考えておいでか、わかります」

ふいにカル・ハンが言った。イシュトヴァーンはぎくっとして顔を上げ、それから、猛烈な怒りが腹の底から衝きあげてくるのを感じた。

「てめえに何がわかる。何がわかるってんだ。言ってみろ、え」

寝台から身を乗りだして魔道師のマントの襟をつかみ、引きよせる。のっぺりとした髭のない、分厚い瞼《まぶた》の魔道師の顔に、唾を吐きかけんばかりに顔を寄せた。

「俺はな、もう二度とくだらねえ催眠術なんぞにかけられる気はねえんだ。駒だと？　てめえがそう言うのは勝手だがな、俺は、誰かの駒になってボッカの歩兵みたいにいいように盤の上を走らされるのはまっぴらなんだよ。いいか」

さらに顔を寄せる。奇妙な異国風の香と、つんとする薬草の匂いが鼻をついた。

「おまえの主人は誰だ。何が目的でおまえを寄こした。それがわかるまで俺はおまえをいっさい信用しねえし、そばにも近寄せねえぞ、わかったか。俺のために働くってんなら俺に見えないところでやりやがれ。王宮から出られたことは確かに有難かったが、そいつで俺がほだされると思ったら大間違いだと主とやらに言え。俺は正体のわからねえ奴は絶対に信用しねえんだ、名前も、何が目的かもわからねえ奴に、助けられたからってほいほい懐くような甘い人間じゃねえんだよ」

魔道師は厚い瞼の下からじっとイシュトヴァーンを見つめた。

意志があるのかないのかもわからない、人形のような灰色の目だった。異様な戦慄に襲われて、イシュトヴァーンは手を離した。カル・ハンは布袋のように床に落ち、起きあがって、何事もなかったようにマントを整えた。

「あなた様ならばそのようにおっしゃるだろうと、主も仰せでした」

囁くように魔道師は言った。

「それでは、こちらをご覧くださいませ。——いえ、誓って、何かの術にかけようなどというのではございません。ただ、わたくしの主がどなたであるかを、あなた様に知っていただくのみでございます。お言葉も、好きなだけお交わしなさいませ。きっと、主も喜ばれることでございましょう。なにしろ、久方ぶりのご対面ですから」

「久方ぶり、だと」

イシュトヴァーンは眉をひそめた。それでは相手は、自分も以前に知っていた人物だというのか？　まさか。さまざまな顔が頭の中をめぐったが、該当するようなのは一人もいない。ましてや、キタイ風の名を持つ魔道師を秘密に派遣してくるような相手は——

——

「どうぞ、こちらを」

カル・ハンは赤ん坊の頭ほどの水晶玉を袖の中から取りだした。窓覆いを下ろした部屋の中で、それがかすかな光を放っていることがわかった。

「中をご覧ください。わが主がお話しなさいます。よくご覧になって、意識を集中なさってください。一度波長が合ってしまえば、あとはご自由にお言葉を交わせます」

イシュトヴァーンは糸に引かれるように水晶玉に見入った。頭の後ろで本能が警告の鐘を鳴らしていたが、それよりも、虹色の光が渦巻く水晶玉の内部が、見えない糸で感覚を絡めとっていくのに魅せられていた。虹色の光は蠢《うごめ》きながらしだいに固まり、一つのかたちを取り、やがて、一人の人間の姿をはっきりと浮かびあがらせる……

『ああ、イシュトヴァーン』

水晶玉からあまりにも懐かしい声が響いた。

『壮健そうで何よりだよ。カル・ハンは役に立っているかな?』

イシュトヴァーンの喉の奥で押し殺した叫びがもれた。

3

――ふたたび時はもどり、クリスタル、その水晶宮の一室にて――

リギアは素肌にゆるいガウンをかけたままの姿で、いらいらと椅子の肘掛けを指で叩いていた。いったん身につけかけた服は、結局めんどうになって床に放り出されたままである。高々と組んだ形のいい脚とその奥があわや見えそうになっていて、マリウスはうんざりした顔をしている。

ヴァレリウスはといえば、まさかさかさにはされなかったものの、ほぼそれと同様な仕打ちを受けて、空っぽの布袋のようにぺちゃんこになって長椅子に沈み込んでいた。リギアはやると言ったことはやる女である。寝ていない上にリギアの素肌という重ねての衝撃を受け、さらにその姿のリギアから容赦ない尋問を受けて、ヴァレリウスはほとんど魂の抜けたような顔で、ぽかんと口を開いて天井を見つめている。

ヴァレリウスから搾《しぼ》れることはほとんど搾りつくしたとみると、リギアは再び黙ってひとり頭をめぐらせていた。やはり、城内に侵入したという『酔っ払い』は、ほかならぬ本物のイシュトヴァーンだったのだ。まったく、とだらりと脱いだマントのように長椅子にひっかかっているヴァレリウスをちらりと見て、リギアは舌打ちした。

まったく、そうとわかっていたなら、なぜ護衛騎士などに任さずにすぐに自分に知らせなかったのだ。仮にも聖騎士伯なのに、馬鹿にして。自分なら、あの男が城内に足を踏み入れるが早いか、気づく間もなく首と胴体を泣き別れにしてやったのに。酔っ払い扱いして放り出すのはそれからでよかった。そうとも、あの男には、その程度の扱いがお似合いだ。ならず者の、嘘つきの裏切り者。ナリスを殺す手伝いをしておいて、それで平気な顔をしてリンダに夜這いを仕掛けようなんて、いったいどういう神経だろう。

「ねえ、聖騎士伯が夜這いなんて言葉口にするもんじゃないよ、リギア」

どうやら思ったことが口に出ていたらしい。頭上に雷雲を漂わせているリギアに、マリウスがおそるおそる言った。遠くでひらめく稲妻のようなすばやい一瞥を送られると、マリウスは小さくなってまた椅子の後ろに隠れた。

「何よ。あたしは思った通りの事実を言っただけよ。あの男がやってることなんてそれ以上のどんな言い方があるっていうの。仮にも一国の――認めるのは癪《しゃく》にさわるけど、一国の王を名乗ってる人間が、自分が夫を殺すのに手をかしたに等しい未亡人に手を出そうとして、夜中に相手の家にもぐり込むなんてことの、どこが夜這いじゃないっていうのよ。もっとぴったりな言い方があったら、教えてほしいくらいだわ」

「まあ、不法侵入、ですかね」

ぺしゃんこになっていたヴァレリウスがようやくふらふらと起き上がり、またリギアの素足を見てぐらっと椅子に倒れこんだ。見かねたマリウスが、香水のこぼれたところに踏み込んだ猫のように慎重に大回りしてきて、そっと耳元で、

「あのさ、ヴァレリウスが可哀想だから、いくらなんでもそろそろ服着たら？　あいつだっていろいろ気を遣って疲れてるんだし、あんまりいじめちゃ気の毒だよ」

リギアはふんと鼻を鳴らしたが、確かにこれでは話が進まない。マリウスをやって小姓を連れてこさせ、湯と衝立《ついたて》、衣服と長靴を運ばせ、聖騎士伯の衣装に着替えることにした。なにも同じ部屋で湯浴みしなくても、とマリウスは言いかけたが、リギアの視線でまた口を閉じ、おとなしく小姓を呼んできた。

たてまわした衝立のかげで手早く湯を浴び、昨夜のドレスを片づけさせて、目もさめるような聖騎士伯の装束に着替える。マントを羽織り、剣帯をきつく締めると、だらけていた気分にここちよい緊張が走った。

ああ、この感覚だ、とリギアは思った。パロを離れて諸国を流浪していたとき、グインやマリウスと出会ってタイスで〈女闘王〉の称号を勝ち取ったとき。

生死の境で命のやりとりをするときにしか生を実感できない人種というのがいて、リギアは自分がまぎれもなくその一人だと実感した。イシュトヴァーンが再びパロを狙っ

ている。聖騎士伯として、戦い、パロを守らねば。その一事だけで、ゆるんでいた背骨はぴしりと引き締まり、心臓の鼓動さえしっかりと強くなった気がする。

「なにやってるの、あんたたち」

「あ、いや」

湯と脱いだ服を持ってゆかせ、たたんだ衝立のかげから出ていくと、マリウスがヴァレリウスの頭を大きなクッションで押さえつけていた。うさんくさげなリギアの顔つきに、あわてて手を離す。

「彼、一応パロの宰相なのよ。殺しちゃ駄目じゃないの」

「こ、殺すなんてとんでもない」マリウスは声を裏返して頭を振った。

「僕はその、ヴァレリウスがあんまり辛そうだったから、せめて音とか、あー、いろいろ入ってこないように、頭を覆ってやってただけで――」

「ああ、いや、もう大丈夫です、ディーン殿下、それにリギア殿」

鳥の巣のような灰色の髪をもっとひどい状態にしながら、ヴァレリウスがようやく起きあがってきた。まだ何かのお守りのように、クッションをしっかり抱えこんでいる。リギアの方にちらりと目を走らせ、きりっとした聖騎士伯姿なのを確かめて、安心したようにまっすぐ座り直した。

ああ、そういえば彼は女慣れしていないのだった、とリギアは今さらのように思い出した。確かに衝立ひとつはさんで若い女が裸で湯浴みし、着替えているというのは相当にいたたまれない状況だったろう。だからといって反省する気はないが。

　衝立と空になった湯船をまとめて小姓たちが運び出していく。ついでにカラム水と何かつまむものを持ってくるように命じて、リギアはあらためてきちんと椅子に腰をおろした。白いマントが優雅な襞《ひだ》を作って流れる。ドレスの裾《すそ》よりずっといい感じだ。

　ヴァレリウスもリギアが正式な宮廷人の姿になったことでかなり気が楽になったらしい。運ばれてきたカラム水を飲み、種入りの焼き菓子を口にするころには、眼の下の隈は消えないにせよ、ずっと態度はくつろいでいた。

「それで、そのイシュトヴァーンを連れて逃げ出したっていう魔道師の正体はまだわからないの」

　焼き菓子を一つ指でもてあそびながら、リギアは尋ねた。

「調べさせてはおりますが、いまだに」

　ヴァレリウスはかぶりを振った。

「ただ、あとに残った気配や魔力の質を調べるに、どうやらパロのものでないことは確かかと。少なくとも、正統な魔道のものとは、まったく質のちがう何かです」

「まさか——」

「またあいつかい？　ヤンダル・ゾッグ」

「しっ」

頓狂《とんきょう》な声をあげたマリウスに、ヴァレリウスは注意するように指をあげてみせた。

「その名を不用意に口になされませぬよう。魔王子アモンはグイン王のお働きでパロより消え失せましたが、あれほど巨大な魔力の塊です。なんらかの影響を残しておらぬともかぎりません。言霊《ことだま》、ということもございます。すべての大本があのキタイの竜王であれば、なおさら、その名を安易に出すのは危険です」

「けど、僕はあいつの国でひどい目にあったんだよ、ほんとにひどい目に！」

じだんだ踏まんばかりにマリウスは言いつのった。

「グラチウスの爺さんだけでさえ厄介だっていうのに、まだそれより上の厄介なのが出てこようっていうの？　勘弁してよ！　ねえ、ほんとにその魔道師は普通の黒魔道師じゃなかったっていうの？　グラチウスだってかなり普通じゃないよ、あの爺さん」

「パロでいう魔道ははっきりとした系統を持ち、その魔力の質にも一定の形質《かたち》があるものです」

さとすようにヴァレリウスは言ってきかせた。

「それはギルドに入りたての徒弟であろうと、グラチウスやイェライシャのような大魔道師であろうと、その根に流れる魔力の源が同一であれば、いかにその後の研鑽が違っていても見分けがつくものです。イシュトヴァーンを連れ出した魔道師は、私の知っているうちでは、キタイの魔道師が使うあやしいわざにもっとも近いものを持っておりましたが、しかし、それもまた――」

「それについ先頃、ケイロニアで魔道師同士のずいぶん派手な大げんかがあったって話を聞いてるわ」

かじりかけの菓子で下唇をつつきながらリギアが口をはさんだ。

「そっちの騒ぎにまぎれて、もぐりこんできた竜王の手の者っていう可能性はないの」

「ほう。リギア殿には、どこでそのようなことを」

「ケイロニアの駐留軍の知り合いから」そっけなくリギアは言った。どこのどういう状況で聞いたかは、このうぶな魔道師宰相に言ってやる必要のないことだ。

「サイロンに黒死の病が蔓延して、それが一段落したかと思ったら、今度は魔道師同士の争いが始まって、大変な騒ぎだったっていうじゃない。結局いつも通り、グインが事態を収めたらしいけど。でもグインが妾妃を抱えることになるなんて思ってもみなかったわね。もうすぐ子供も生まれるっていうし、会ってみたいわ」

「えっ！　なにそれ。そんなの聞いてないよ」

マリウスが怒ったように口をとがらせた。

「ひどいや、僕が水晶宮に閉じこめられてる間に、そんなにいろんなことが起こってるなんて誰も教えてくれなかった。グインがその魔道師の争いを収めたってほんとかい？

すごいなあ！　きっといい歌の題材になっただろうに」

「あんたって小鳥のちっちゃい脳味噌は、ほんとに歌のことしか入ってないのね」

　さげすむようにリギアはマリウスを見た。

「ケイロニアにはあんたの奥さんのオクタヴィアと、娘のマリニア姫がいるんでしょう。父親として心配じゃないの？　姫はまだ小さいし、耳も言葉も不自由だっていうじゃない。黒死の病の流行や、魔道師の争いに巻きこまれるかもって、まっとうな父親なら心配でいてもたってもいられないはずだけど」

「そりゃ僕だって心配したよ、黒死の病のことは聞いてたからね。でも、僕に何ができる？」ふくれっ面でマリウスは言い返した。

「『殿下はクリスタル宮からお出になってはなりません』って、昼も夜も部屋の前と窓の下に兵士が立って見張ってるんだぜ！　心配になって見に行こうたって、出られないんじゃしょうがないじゃないか。ましてや魔道師の争いなんて事が起こってるとなったら意地でもサイロンにたどり着いてみせたのに、誰も何も教えてくれないんだから」

　恨みがましい目つきでヴァレリウスを睨む。宰相は動じない顔を通した。

　隙あらばふらふらと王宮を抜けだそうとする王子殿下に昼夜の見張りをつけさせたのは、むろん彼である。今やアル・ディーン王子は唯一の王位継承権を持つ者であり、いざとなれば女王の配偶者として、リンダの隣に立ってもらわねばならない人間だ。ふらっと街遊びに出られるくらいならまだしも、またパロを出奔《しゅっぽん》されるようなことがあってはならない。グインやリギアのような強い戦士が同行しているならともかく、一人になれば歌うしか能のない太平楽な小鳥に、今の物騒な外を出歩かせるのは危険すぎる。

「……どっちにしろマリニアにはオクタヴィアも、大好きなアキレウスおじいちゃまもいるし、僕なんか出番無しさ」

むくれたままマリウスはカラム水をあおって、咳きこんだ。彼にしても、やはり思うところがないわけではないらしい。空になった器を見る瞳は、わずかに翳《かげ》っていた。

「とにかく黒死の病は収まったそうだし、何かあれば僕のところへ報せが来ないはずはないから、二人ともきっと無事だよ。ほら、『便りがないのはよい報せ』って言うし」

「あんたみたいに気楽な小鳥になってみたいもんだわ。さぞかし楽しいでしょうね」

「そうでもないよ。少なくとも今は楽しくない。閉じこめられるのは嫌いなんだよ。かたっ苦しいのが嫌でサイロンを出たのに、クリスタルでもちっとも変わらない。いや、こっちのほうがもっと悪いか。宮廷なんてどこもいっしょさ、退屈で退屈で」

嫌みをこめたリギアの言葉も、マリウスには通じないようだった。卓に肘をついて、つまらなそうにカラム水の水を鳴らしているマリウスにリギアは肩をすくめ、「それで」とヴァレリウスに向きなおった。

「話を戻すけど、その魔道師はイシュトヴァーンが雇ったものだとあんたは思うの？」

「いいえ」

しばし考えたのち、ヴァレリウスは首を横に振った。

「あの場では、彼はまったく一人で行動しているように見えました。例の魔道師が現れたとき、私はそこにおりませんでしたが、残っていた部下たちの話によると、イシュトヴァーン自身、魔道師が現れることを予想していなかったように見受けられたということです。それにイシュトヴァーンに、魔道師ギルドにせよグラチウスの暗黒魔道師連合にせよ、それほど強力な魔道師を味方につけられるような繋がりがあるとは思えません」

「それじゃ、いったい誰が？」

考え深げにリギアは菓子を口に入れてしばらく嚙み、やがて言った。

「イシュトヴァーンは確か、一度ヤンダル・ゾッグに催眠術をかけられているのよね」

「はい。それによってあの男はマルガの軍に合流するはずが、逆に奇襲をかけてナリス様を捕虜としたのです」

「一度術をかけられた人間は、また術をかけられやすくなってるっていうことは考えられないかしら」

「ありえます」ヴァレリウスは頷いた。

「一度術の脈を頭に刻みこまれたものは、それが強ければ強いほど、かけられた術の力のあとが涸れた川のように魂に刻みこまれているものです。私の手でなんとか打ち破ることはできましたが、その後、魔術的な治療をあの男が受けたとは聞いておりません。本来ならば必ず必要なことなのですが。もし、その力の痕跡を狙って再度術をかけられたとしたら、前回よりもずっと厄介なことになります」

「すると、ヤ――竜王がまた、イシュトヴァーンを手駒に使おうとする可能性は高いってことね」

つまみかけた菓子を皿にもどして、リギアは宙を睨んだ。横からマリウスがこっそりその菓子をさらっていく。

「もちろん、催眠術には副作用もあります。あまりにも強い術を何度もかけられることは、かけられる当人の魂を削ることにもなります。竜王も、廃人と化したゴーラ王を手駒にはできないでしょう。もっとも良いのは、助けるふりをして丸め込み、当人の意志で動いているように錯覚させながら思い通りに操ることですが」

「宰相らしい言いぐさね。でも、本当のことだわ」

ヴァレリウスは軽く頭を下げた。しかめた顔が、自分だって本当はこんなことに通じたくはなかったのだと言っていた。

「ではイシュトヴァーンを助けた魔道師は彼が雇ったものではなくて、彼を操ろうとしているもの――たぶん竜王――に、寄こされたものと考えるのがいいのかしら。すると事は、イシュトヴァーンとリンダ、ゴーラとパロだけの問題ではなくなるわね」

「私も、それを心配しております」

神経質に身じろぎし、ヴァレリウスは上の空で左の手をこすった。

「魔王子アモンによるパロ支配に失敗した竜王が、次の手を打ってくるのは当然予期すべきでした。しかしそれがまさか、イシュトヴァーンの女王陛下への執着を利用してくるとは」

「でも、イシュトヴァーンだってヤンダル・ゾッグとキタイには警戒してると思うよ」

マリウスが菓子を噛みながら不明瞭に口をはさんだ。

「あいつだって自分が催眠術をかけられてたことは知ってるだろうし、僕の覚えてるあいつの性格じゃ、誰かに操られるほどあいつの嫌いなことはないからね。僕が閉じこめられるのが嫌いなのと同じことさ、生理的に我慢ならないんだ。だからもしその魔道師が竜王の回し者だとしても、直接そうだとはわからないような形をとってると思う」

「あんたにしちゃ、わりとまともなこと言うのね、マリウス」

「あんたにしちゃってなんだい。僕はいつだってまともなことしか言わないさ」

憤然として唇を突きだし、マリウスは卓上に菓子のくずをまき散らした。それからふとヴァレリウスを見て、「ねえ、ヴァレリウス」と声をかけた。

「は。何でしょうか、ディーン殿下」

「殿下はやめてってば。あのさ、さっきから気になってたんだけどさ、君、なんでそう左手ばっかり気にしてるの？　その、蒼い石の指輪」

ぎくりとしたようにヴァレリウスは手を引っ込めた。今まさに、その指輪を指でさすろうとしていたところだったのだ。マリウスは不思議そうに、

「何か魔道の守りか何かなの？　いつも大事そうにしてるけど。それにしたって今日はずっとそればっかり撫でてるけど、何かのおまじない？　使い魔を出してるとか？」

「は、いえ、その——これは」

指輪をはめた手を袖深くに突っこみ、ヴァレリウスは椅子を鳴らして立ちあがった。リギアが眉をひそめる。

「どうしたの、ヴァレリウス。顔色が悪いわよ。まあ、もともと悪いんだけど、今日は特に」

「はあ、その、昨夜は、報告を待っていて徹夜いたしましたもので」

そわそわと肩を動かしながらヴァレリウスは視線をそらした。

「ご心配いただきましてありがとうございます、リギア殿。それでは私はこれにて——いささか片づけねばならぬ用事もございますし」

「あ、ヴァレリウス！」

半分残ったカラム水もそのままに出ていこうとするヴァレリウスの背に、マリウスが

声をあげる。

「このこと、リンダに話さなくていいのかい？　イシュトヴァーンがもぐり込んできたこととか、なんとか——事が大きくなる前に、話しておいた方がいいんじゃないの？」

「いえ、それはまた、私から女王陛下にはお伝えいたします——時機を見て——確証が得られれば、すぐに」

戸口をまたぎかけながらヴァレリウスは早口に言った。

「まだどうなるとも見通しが立ったわけではございませんし、いたずらに女王陛下の御心をお騒がせするのはよくないと——ええ——そう思いましたもので。では失礼いたします、お二方。どうぞ今のお話は、ここだけの内密のものとして、くれぐれも」

黒衣を翼のようにひるがえして、ヴァレリウスはあたふたと出ていってしまった。残されたリギアとマリウスは顔を見合わせ、どちらからともなく、問いかけの視線を相手に送った。

「どうしたんだろう、彼」

「さあ。あんたが指輪のことを言ったとたん、急にとり乱したみたいだけど。あんた、また何か要らないことに首突っ込みかけたんじゃないの」

「ちょっと、ひどいなあ、また僕のせい？　なんだって僕のせいになるんだから、もう」

マリウスはむくれて氷を口に放りこみ、音を立てて噛んだ。リギアは眉をひそめたままヴァレリウスが姿を消した戸口を見つめた。

「……あの男、まだ何か隠してるわね」

「え、何？　何か言った、リギア？」

リギアは答えず、朱色の唇を噛んで、また何事か考えはじめた。

4

心を鎮める竪琴の音がつづいていた。『サリアの娘』。中原全体で愛唱されるその曲の甘くせつない旋律は、月光と、水晶のランプに反射するほの明かりに照らされた女王の寝室にさざ波のように打ち寄せていた。

「もういいわ」

リンダは片手をあげて演奏をとめた。

リンダ・アルディア・ジェイナ、パロの二粒の真珠の片割れにして予言者、古きパロの若き女王。前庭に向けて大きく開いたテラスからは明るい月光が流れこみ、長椅子に垂れかかる彼女の銀髪を、氷の滝のように輝かせている。菫《すみれ》色の眸《ひとみ》は長い睫《まつげ》に隠れて、物思わしげに煙っていた。

「もう遅くなってしまったわね。そろそろ寝《やす》むことにするわ」

竪琴をかなでていた侍女が深く一礼して引き下がり、代わりに、身の回りの世話をする侍女たちの一団がさらさらと衣擦《きぬず》れの音をたてて入ってきた。「ああ、待って、そこは閉めないで」テラスに続く両開きの窓に掛け布をおろそうとした侍女に、声をかけてリンダは止めた。

「今夜は月光を浴びて眠りたいの。寝台を、こちらの部屋に持ってくることはできないかしら。できない？　そう、それなら、どこかに持ち運びのできる旅行用の寝台があったはずね。手をかけさせるけれど、あれを持ってきてくれないかしら」

女王の寝室はクリスタル宮の心臓たる水晶宮でも、もっとも奥に位置する秘密めいた場所である。普段は女王自身と、選ばれたごく少数の侍女たちしか入ることを許されない。どれほどの高官であっても、そう、王であろうと、女王の寝室に立ち入ることはできない。

「でも、陛下、それでは不用心だと宰相様に叱られます」

年若い侍女は、厚いビロードの窓掛けを手でつかんだまま、困った顔をしている。横から、長年女王付きの侍女たちの指揮をとってきた老女があきれたように首を振り、指を立てて、

「このところ、クリスタルが落ち着かないのは陛下もご存じでいらっしゃいましょう。万が一、賊などが侵入いたしましたら、このような窓のそばで眠られていてはお身の安全が保てません。夜風でお身体を冷やされでもしたらどうなさいます。陛下のご健康はパロの健康なのです。陛下はパロにとって、唯一絶対のお方でいらっしゃるのですよ」

「ええ、それはわかっているわ。でも今夜はそんなに寒くはないし、わたくしはもっと寒い場所で寝たことだってあるのよ。それに水晶宮に押し入ってくるような盗賊がいるなんて、まさかあなたも思わないでしょう」

「さ、それは、そうでございますが——」

「ねえ、お願いだから、今夜はわたくしの好きなようにさせてちょうだい。月が呼んでいるような気がするの、予言の前兆かもしれないわ。風の中で何かが歌っている。夢の中なら、それが聞けるような気がするのよ」

幼い子供のように小首をかしげて、リンダはまばたいてみせた。菫色の瞳が月光を映して不思議な色に変わる。

まさかそれにまどわされたわけでもないだろうが、しばらく考えたのち、老女は「わかりました」と吐息をついて侍女たちに手を振った。

「でも、よろしいですか、今夜だけですよ。今宵は護衛騎士団に言って、寝室ではなくこちらの居間と前庭の周囲を見張らせることにいたしましょう。もちろん、庭そのものには近づかないように。ああ、あなたたち、下男に言って、納戸からあの旅行用の寝台を出してこさせなさい。近くまで運ばせたら、置いて帰らせて。あとはわたくしたちがやります」

ややあって、別室から組み立て式の寝台が運び込まれてきた。女王が旅中に宿営を余儀なくされるような場合に荷車に積んでゆかれる、簡易の寝台である。

とはいえ、やはり一般の寝台とは比べものにならない大きさと豪華さで、組み立て式であるからいくぶん華奢《きゃしゃ》にはできているが、それでも人の二人くらいは楽に手足を伸ばして寝られる大きさがある。柱の一本一本は笑みを浮かべた優雅な姿態の乙女たちが踊りの姿勢で静止しており、張り骨式の天蓋からはビーズを縫いつけた紗が下がっている。羽毛を詰めた布団と毛布、そろいの枕が寝室から持ってこられる。月光さす窓辺に、たちまち幻想的なあずまやのような寝台が整えられていく。

もちろん、リンダが毎晩寝ている寝台とは比べ物にならない。彫刻をほどこした黒檀を繊細な金銀細工で飾り、ヤヌス十二神の細密な浮き彫りを周囲に守るように配した巨大な寝台である。

窓のない、暗赤色のビロードと絹と金糸銀糸で飾られた部屋で、あの大寝台に埋もれていると、夜中にふと目を覚ましたとき、箱に入れられた宝石のような息苦しさを感じる。

リンダは侍女の手で夜着に着替えさせられながら、そっと胸に手を当てて吐息をついた。なぜだろう、今夜は本当に胸がさわぐ。今にもパロに何かが起ころうとしているような……いいえ、そんなはずはない。ヴァレリウスからは何の変事の報告も入っていないし――ほとんど寝ていないらしくて、やつれてひどく隈の浮いた顔をしていたけれど――

――きっと、ケイロニアで起こったという巨大な〈会〉の余波に、リンダの予言者としての資質が反応しているのだろう。

七人の古《いにしえ》の技をかかげる魔道師が、グインという希有な存在を巡ってサイロンで争い、黒死の病からようやく立ち直りかけたサイロンを、もう少しで壊滅させるところだったとか。けれどもそれら、恐ろしい力を持つ魔道師たちでさえ、結局グインというあまりに強力な星をつかむことはできなかった。

「今夜はわたくし一人で寝ます。あなたがたは次の間にいて」

「いえ、いけません、陛下」

女王のための寝床を整えおえて、今度は自分たちの宿居のための寝椅子を引き出しかけていた侍女たちがぎょっとしたように動きを止める。

「何か夢を見そうなの」

わざとリンダは口の中でつぶやき、視線を宙へとさまよわせた。

「予言、それも、何か重要なことかもしれないわ。予感がする。それには、一人で静かにしている必要があるのよ。何かあったらすぐ呼ぶわ。だから、今夜はわたくしのわがままを聞いて、ね」

それぞれに侍女たちは顔を見合わせ、救いを求めるように老女を見た。『予言』という言葉に彼女たちは弱い。なんといってもリンダは女王であると同時に神秘の力を持つ先見の予言者であり、その予見によっては、国一つが大きく動く事態になるかもしれないのである。
下のものからすがるような目で見られて、老女は眉根を寄せてしばらく考えていたが、
「よろしいでしょう」と重々しく言った。
「予言を受けられるとなれば、わたくしどもが陛下の邪魔になってはなりません。皆、
今宵は隣の控えの間に入るように。わたくしは護衛騎士の方々に事情を伝えてまいりま
す。それでよろしいでしょうか、陛下」
「ええ、ありがとう、それでいいわ。勝手なことを言ってごめんなさいね。……あ、ス
ニ」
老女を先にたててぞろぞろと出て行こうとする侍女たちの後ろから、ちょこちょこと
ついて出ようとする小さな背中を、リンダは呼び止めた。彼女は毛の生えた裸足の足を
止め、黒いボタンのようなまるい瞳を、不思議そうにリンダに向けた。
彼女もまた侍女のお仕着せを体に合わせて小さく仕立てたものを着ているが、人間用
に裁断された衣装は、小柄で茶色い毛皮に覆われたセム族の体にはあまり似合っている
とはいえない。人間と猿の中間めいた亜人の顔は、無邪気な疑問の表情を浮かべている。
「姫さま？」
「スニはここにいて。久しぶりに、いっしょに眠りましょう。そういえば、もう長いこ

と、あなたと寝ていないわね」

「陛下、なりません！」

老女が憤然と前へ出てきて、スニを押し戻そうとした。

「わたくしどもの側居はならぬと仰せですのに、セムの娘はよいとは、どういうお考えでいらっしゃいますか。いくら陛下のご希望でも、それぱかりは、わたくしどもにも意地というものがございます」

「ええ、スニはセムの娘よ。そうして、わたくしの友だちだわ」

苛立ってリンダは声をとがらせた。まったく、女王陛下とたてまつられていても、寝る場所を変えるのひとつ、いっしょに寝る相手を選ぶのひとつさえ、いちいち頑固な侍女頭と言い争わねばならないとは。

「スニはわたくしたちがノスフェラスで出会ったときから、ずっとわたくしの側にいてくれた友だちです。彼女はけっしてわたくしの邪魔はしないわ、あなたたちのようにはね。いつもわたくしのことを思ってくれる、大切な友だちよ。わかったら、スニを置いて早く下がりなさい。わたくしの邪魔をしないというなら、命令をお聞きなさい。今、すぐに」

鞭で打つような一言に、老女は音をたてて息をのみ、身をこわばらせたが、すぐに立ち直った。かすかに身を震わせながらお辞儀をし、下の者をせきたててするすると下がっていく。出て行きながら背中越しに、いくつもの嫉妬と蔑《さげす》みのこもった目が、床の上できょとんとしている小さなセム族の娘に向かって投げられた。

「——ノスフェラスの猿娘が側居だなんて……」

「しっ！」

リンダはあえて聞こえないふりをした。

老女があわてた様子で若い者を追い立てる。最後に一礼して扉が閉められると、全身の力が抜けた。それまで自分が石のように身をこわばらせていたことに、リンダははじめて気がついた。スニは黒い目をまばたきながら床に立って首をかしげている。

「姫さま、ねむい？　スニ、姫さまとお話しする？」

「そうね、スニ。こっちへいらっしゃい」

リンダは上履きを蹴って脱ぎ、ついでに薄絹のガウンも脱いで放り投げた。下着一枚の裸足になって寝台によじのぼる。音がするほど勢いをつけて寝転び、上掛けを持ち上げて手招きした。

「スニもそんな窮屈なお仕着せ、脱いでしまうといいわ。抱っこしてあげる、ここへ来なさいな」

「いいの？　姫さま、スニうれしいな」

スニはまつわりつく長い下衣をくるりと脱ぎ、大喜びで寝台にもぐり込んできた。人間よりも体温の高いセム族の小さい身体がすっぽりと腕に収まる。短い毛は干し草と乾いた土の匂いがした。リンダはスニの温かい身体に手を回して、太陽と土の香りのするうなじに鼻をこすりつけた。スニは笑ってもがいた。

「くすぐったい、スニくすぐったいよ、姫さま」

「ごめんなさい、スニがとってもいい匂いがするものだから」

「でも、姫さまの方がいい匂いよ？」

腕の中から澄んだ黒い瞳がまっすぐ見上げてくる。理由もわからず泣きたくなって、

「いいえ」とリンダはスニの小さい頭を胸に抱き込んだ。

「スニはいつだっていい匂いよ。どんな香水よりもすてきな匂い。あったかくて、やわらかくて、やさしくて。このごろ、いろいろあって、かまってあげられなくてごめんなさいね。寂しくなかった？」

いじめられはしなかったか、との問いが喉元までこみあげたが、口には出さなかった。先ほどの侍女たちの態度を見れば、このノスフェラスの亜人の娘が宮廷でどのように思われているかは、おのずから見当がつく。

「うん、スニ、ちょっぴり寂しかった」

スニはひたすらまっすぐにリンダを見上げていた。

「でも姫さま、お仕事だからじゃましちゃだめってスニ、知ってる。スニ、姫さまがい

ちばん大事。姫さまが喜ぶと、スニも喜ぶ。姫さまが笑ったら、スニも笑うよ」

　産毛に縁取られたすべすべした手のひらがそっとリンダの頬を撫でた。

「今夜の姫さま、悲しそう。疲れた顔。ノスフェラスの時より疲れた顔。姫さま疲れるの、駄目。悲しいの、いけないよ。スニ、姫さまのこと、心配よ」

「スニ……」

　なんと言っていいかわからずに、リンダはスニの毛むくじゃらの小さな手にそっと手を重ねた。粗い毛皮の手触りとぬくもりが、すべすべの絹の布団よりもずっと心を癒してくれた。短い指を握りかえして、リンダはそっとスニの指先に唇を当てた。

「そうね、本当に、いろいろなことがあったから。でも今晩は、スニがいてくれるから大丈夫よ。きっとぐっすり眠れるわ。ねえ、こうやって二人でくっついていると、なんだかノスフェラスにいたころみたいね。覚えてる？」

「スニ、覚えてるよ、姫さまといっしょにスニ寝たよ」

　リンダの胸元に頭をすりつけながらスニは嬉しそうに言った。

「毛皮しいて、岩苔集めて火たいて、みんなで寝たよ。リアードがいて、みんなのこと守ってくれたよ。星がたくさん光ってたよ。うんとこわいものいっぱいいっぱいいたけど、スニ、姫さまに助けてもらって、とってもうれしかったよ」

「そうね、ええ。そうね」

なぜこんなに涙があふれてくるのだろう。スニをきつく抱きしめて、リンダは目尻にたまった涙を気づかれないようにこっそり拭きとった。ああ、ノスフェラス、広大な人跡未踏の地、亜人と怪物が支配する砂と岩の大地。わたしはあそこを旅した、双子の弟と、若き傭兵と、亜人たちと、それから、豹頭の異人に守られて……

「スニ。あなたは、ノスフェラスへ帰りたいと思ったことはないの」

スニは驚いたようにまばたいてリンダを見た。「姫さま？」

「あなたは族長の孫娘でしょう。考えてみればあなただって、ノスフェラスでは王女に等しい地位にいたのに、わたしについて中原へ来て、後悔したことはないの。ノスフェラスにいれば、あなただって自分にふさわしい戦士の夫を持って、族長の妻として、強い子供をたくさん産んでいたかもしれないのに」

「姫さまのいるところ、それ、スニのいるところよ」

リンダの胴に回ったスニの腕が、必死の力でしがみついてきた。

「姫さま、スニのこと、もういらない？　スニ、ノスフェラスへ帰すの？　スニ、いや。スニ、姫さまといっしょにいる。姫さまがいらないならスニ、もう姫さまのそばへはよらない、でも、スニ、姫さまのいるところからはなれないよ、絶対よ」

「とんでもない、スニ、ごめんなさい」

あわてて小さい身体をしっかりと抱き返し、リンダは言った。

「ただ、思っただけなの、わたしはもしかして、セム族の娘としてのあなたの幸せを、わたしのわがままで奪ってしまったんじゃないかと——中原ではあなたはただの亜人の娘扱いしかされないわ、ノスフェラスでは王女の身のあなたが。当然払われるべき敬意も、ここでは悪口やさげすみにしかならない」

侍女たちが去り際に投げていった刺すような視線が脳裏に浮かぶ。それぞれに選び抜かれた良家の子女である彼女たちは、その自分たちを押しのけてノスフェラスの亜人娘が側居に呼ばれたことに、ひどく誇りを傷つけられているに違いない。本当ならスニだって、彼女たちに負けない、リンダに並ぶほどの地位にいるはずなのに……

「姫さまのいるところ、それ、スニのいるところよ」

くり返して、スニはぐいぐいと頭をリンダの胸に押しつけた。

「姫さまについて中原に来たとき、スニ、ノスフェラスの神様からちがう運命さずかったよ。スニ、姫さまといっしょにいる、それがスニの喜び、スニの幸せ、スニの笑いよ。姫さまが幸せになるように、姫さまがいつも笑うように、スニ、がんばるよ。だから姫さま、スニのこと、ノスフェラスへ帰すなんていわないで」

「言わないわ、スニ。驚かせてごめんなさい」

小さく震えているスニの頭を落ちつかせるように撫でながら、リンダは囁いた。

「ただちょっと思っただけよ、あなたには、あなたのもっと違った幸せがあったんじゃないかって——でも、そうね、言ってもしかたのないことだったわ。あなたが好きよ、スニ。ここにいてくれて嬉しいわ。あなたがいなかったら、わたしはきっとひとりぼっちよ、スニ、たった一人の、わたしの大好きなお友だち」

「ほんと？　姫さま、スニのこと好き？」

リンダの白い胸に手をついて、丸い目でスニはリンダを見た。艶々《つやつや》とした黒い目に、自分が小さく映っているのをリンダは見つめた。

「ええ、大好きよ、スニ。あなただけはずっと、わたしのそばにいてね。あの頃のみんなはすっかりいなくなってしまったわ、レムスも、グインも、ナリスも、イシュトヴァーンも——だからあなただけは変わらずに、いつもわたしのそばにいて、お友だちでいてね。わたしの、大好きなかわいいスニ」

「アーイ」

甘えた声で言って、スニはリンダの肩に頭を乗せた。陽光の香りのする短い毛を梳《す》いてやりながら、リンダは荒れていた胸が、少しずつ凪いでいくのを感じていた。

イシュトヴァーンの再度の来訪と求婚が、リンダの胸に響かなかったわけはない。一度は確かに恋をし、将来を誓い合ったのだ。ノスフェラスの荒野でかわした約束は、少女時代のひときわ鮮やかな情景として、大切に記憶の小函にしまわれている。

だが、あのころの自分は子供だった。王女という身分の真の意味を知らず、その後、自分の身に降りかかるさまざまな運命も何一つ知らない、裸足の痩せた小娘だった。そんな小娘が、流れの傭兵と交わした約束を、今さら果たすことなどできようはずがない。

いまのリンダはパロの女王だ。従兄弟のアル・ディーン以外に玉座を継ぐべきものもなく、双子の弟レムスは白亜の塔で蟄居という名の監禁中。この不安定な中原の情勢では、どこの国と婚姻し、どこと同盟を結ぶかは、重大な政治上、軍事上の問題となる。

かつて夫ナリスとともに夢見た神聖パロ王国は倒れ、ナリスもまた逝ってしまった。先見の巫女、予言の処女王と尊ばれても、傾きかけたこの古い王国を立て直す力は自分にはないのだと、リンダは思った。

もっと若く、物事を知らないころであれば、その事実に歯ぎしりしてじだんだを踏んだろう。だが今は無力感と乾いた寂寥《せきりょう》感が、穴の空いた心臓を吹き抜けていくばかりだ。

(わたしには何の力もないのだわ)

絶望的にリンダは呟いた。イシュトヴァーンの求婚一つにさえ、こんなに心を騒がせている。自分一人の力で撥ねつけることさえできず、ヴァレリウスや聖騎士侯たちの力を借りて、ようやく猶予を引きだしたようなものだ。

新興国であるゴーラは、落日の一途にあるパロに比べてはるかに精強な兵を集めている。ゴーラ宰相のカメロン卿は賢明な男だが、いったんイシュトヴァーンが暴走をはじめたら、彼でもとめるのは難しいだろうとヴァレリウスは言っていた。その気になればイシュトヴァーンは、率いてきたゴーラ軍全てをパロに引き入れ、旧モンゴールがしたように、再びクリスタルを略奪の炎で焼くこともできたのだ。

それをしなかったのは、イシュトヴァーンがあくまでリンダに執着し、機嫌を取ろうとしているからだと、リンダにはわかっていた。イシュトヴァーンのどこか少年らしい律儀さは、ノスフェラスからずっと変わっていない。彼は一途にリンダとの約束を信じ込み、リンダを花嫁としてゴーラに連れ帰ろうとしている。おたがいの立場では、そんなことはもはや不可能なのだということを、けっして理解しようとしない。

こうして月の光を浴び、スニを抱いて横になっていると、一時だけノスフェラスに戻ったような気がする。乾いた大地、怪物と亜人の跳梁《ちょうりょう》する国、あそこではいつも危険にさらされ、怯えて、空腹で寒かった。なのに、女王として安楽な寝台で、羽毛の寝具にくるまって眠る今、あの砂と岩の版図が懐かしくてならないのはなぜだろう。裸足のつま先に感じるのがなめらかな絹ではなく、ざらついた砂とごわごわの毛布だったらと想像するなんて。

夜風がビーズを縫いとった紗を揺らす。いつのまにかスニは胸に顔をくっつけてすやすやと寝入っていた。つられるように、リンダも目を閉じた。

眠ろう。そして夢を見よう。過ぎ去った日々の遠い夢を。

目を開ければきっとそこには、ぎらつく熱い空と、茶色い岩山、豹頭の異人、そして、皮肉な笑いに口をゆがめた、若い傭兵の姿がある。

第三話　竜頭の爪

1

恋の嘆きをうたいあげる吟遊詩人の声は銀の雨のように降りそそいだ。息もせずに聴き入っている人々の上に、それは透明なさざ波となって拡がり、それぞれの心のひだの奥深いところへ沁みわたっていった。

長いすすり泣きにも似た最後の吐息とともに歌は終わり、語られる運命は死と忘却の淵へ墜ちていった。色鮮やかな幻想がゆったりと折りたたまれていく。繊細な指先がキタラの弦の上を走り、複雑な後奏をかき鳴らした。最後の和音が長く響き、絶えた。歌い手は静かに腕を下ろし、うなだれて、かすかな遠いこだまに耳をかたむけるかのように、ゆたかな髪をかたむけた。

一瞬、刃物で切れるほどの緊張と静けさがあり、やがて爆発するような歓声と拍手が酒場の土間いっぱいに響きわたった。

「すげえ！　すばらしいぜ！」

「こんなきれいな歌声を聞いたなあ、初めてだぜ！」

「ちょいと、もっとよく顔を見せておくれよ――まあ、なんて姿のいい、それであの声だもの、どれだけヤーンに愛された人なんだろうねえ」

「戦争以来、吟遊詩人もすっかり来なくなっちまってなあ。久しぶりに聞いた歌がこんなにいいもんだとは、おいら思いもしなかったぜ」

少年のような顔つきをした小柄な吟遊詩人は、上気した顔で胸に手を当ててあちこちに向けてお辞儀をくり返した。吟遊詩人のしるしの帽子から、黒に近い濃い茶色の巻き毛がくるくると巻いて、青空の色の衣にかかっている。肉感的な唇に目尻の泣きぼくろが艶めかしい、長い黒髪の踊り子が、流し目をあちこちに配りながら革の袋を持ってまわる。じょうぶな革で縫われた金袋は、すぐに銅貨や銀貨でいっぱいになった。

「さあて、次は何を歌おうか」

吟遊詩人は上機嫌で観客を見回した。椅子や卓子は壁に押しつけられて、歌い手のための舞台を提供している。一つだけ残された卓の上に積み重ねた藁束《わらたば》の上に詩人が座り、人々は、彼を取り囲むように思い思いに床に座りこみ、逆にした椅子の背もたれに身をあずけて、あこがれの目で吟遊詩人の整った顔を見上げていた。

「快楽の都の戯《ざ》れ歌がいいな。ここでひとつ、色っぽいのをやってほしいもんだ」

「あれ、いやだよまだ明るいうちから、いやらしい。そんなものより智恵者アイシャと黒こびとのなぞなぞ歌がいい。あたしゃ子供の時からあれが大好きでねえ」

「俺は豹頭王のサーガが何か聞きたいな。なんでも、また新しいさおしがひとつ増えたってことじゃねえか」

「いや、そりゃ長い譚詩《たんし》をやらせたあとに、詩人さんにゃ迷惑だろう。ここらでひとつ、しんみりとみんなで歌えるようなのはどうだ。そうだな、『ナタール河の白鳥』とか」

当然の権利として葡萄酒を一杯もらっていた詩人は、この一言に動きを止めた。傾けかけていた盃をもとにもどして、「いや」と悲しげな微笑を浮かべて首を振った。

「すまないけど、『ナタール河の白鳥』は歌わない――歌えないんだ。その歌は、僕の喉から離れていってしまったから」

「なんだい、そりゃ。どういう意味だい。嫌いなのかい」

「そうじゃない、好きさ、大好きだよ。歌という歌の中で、あの歌ほど僕の愛しているものはないくらいだ。でも、駄目なんだよ」

小鳥めいてきらきらと輝く詩人の目がふっと曇った。帽子をゆらして俯《うつむ》いた彼に、太った女が気がかりそうに、

「そりゃまたどうしてだね。大事な人でも、思い出しちまうのかい」

「大事なひと――ああ、そうだね」

詩人は懐かしげにまばたいて、遠く目を上げた。過ぎ去ってしまった時の彼方を見つめる目だった。

「その歌の好きな子がいたんだ。無邪気で、素直で、とてもやさしい子だった。僕はその子といっしょに歌ったんだ。僕はその子が大好きで、その子も僕が大好きだった」

「それで、その子はどうなったんだい」

「——白鳥になって、河を下っていってしまったよ」

呟くように詩人は答えた。短い一言にこめられた苦痛と悔恨の響きに、人々はしんとなった。

しかしすぐに詩人は気を取り直し、明るい笑顔を見せて、「さ、そんなことはいいから」と新たにキタラを構え直した。

「それじゃここで、ひとつみんな陽気に踊ろう。カラヴィアの子馬の円舞曲だ、そらみんな輪になって、相手をつかまえておっかけっこだ、一、二、三」

指先が弦を弾《はじ》くと同時に、陽気な音の波が拍子をとって人々の足腰をすくい上げた。つかの間のしんみりした空気はたちまち足踏みと笑い声に吹き散らされ、集まった人々はそれぞれ隣の小母さん、お向かいの小父さん、後ろにいた意中の娘、あこがれの若者、手近にいた誰とでも手をつないで、くるくると踊り出した。調子よくつま弾かれるキタラが子馬よろしく跳ねまわる人々の足をくすぐり、もっともっととと追い回す。

体をぶつけ合い、押し合いへし合いして笑いさざめく人々の中から、金袋を持った踊り子が抜けだしてきた。この隙に一休みしようというのか、壁に寄せられた椅子の一脚に腰をおろしてふっと息をついたが、何かに気づいたように横を見た。

そこには歌にも踊りにも加わらず、陰気な顔をしてエールの碗《わん》を前に俯いている男がいた。半白の頭をかたむけて、何か恐ろしいものでも見ているかのように泡の消えかけた碗の底を凝視している。

「どうしたの、親父さん」踊り子はそっと言った。「あんたは踊らないの。お金のことなら気にしなくていいのよ、あたしたち、お金のない奴には聞かせてやらないなんて、けちけちしたことは言わないわ」

男は力なくかぶりを振った。踊り子は細い眉をひそめて、彼の背中を覗きこんだ。買い物に行ってきた帰りなのか、丸めた背の後ろにはガティ粉の袋らしい布袋や果物、燻製肉、野菜などが詰めこまれている。かなりの量だ。ひと家族が食べるにしては多すぎる。

踊り子は指を唇にあてた。化粧でいろどった濃い睫《まつげ》の下で、澄んだ瞳がするどく光った。

服装からして、この男は商人ではない。ソース染みのある前掛けと盛りあがった肩は、パン焼き職人か、でなければ宿屋の厨房《ちゅうぼう》をあずかる人間だ。女房に言われて買い出しにきて、ついでにちょっと一杯――にしては、様子がおかしい。

「ねえ、親父さん」やさしい声で踊り子は男の耳に口を近づけた。

「何か、心配なことでもあるの。あるなら、あたしが相談に乗るわよ」

「だめだ」絞りだすように男は言った。喧噪《けんそう》の中では口に耳を近づけなければならないほど、かぼそく弱い声だった。

「俺はこんなとこに来てちゃいけねえんだ……早くこいつを持って帰らねえと……だけど怖いんだ……怖い……けど女房と子供が……娘が……ああ」

頭を抱えて男は卓に突っ伏した。

踊り子はすばやくその肩に手を添え、誰も見ているものがないかどうか左右に目を走らせた。誰も見ていない。みな踊りと音楽に夢中で、隣同士手をたたき合い、尻をぶつけ合って、けたたましい笑い声を立てている。

「親父さん。ちょっと、こっちへ」

優雅だが、有無を言わせぬやり方で踊り子は男を厨房の裏側へ誘った。

ふだんは親方に押しこまれている小僧や下女も、みんな踊りの輪に参加してしまって誰もいない。人形のように茫然と立ちつくす男を前に、踊り子はすばやく自分の腰帯に手を入れ、一振りの短剣を取りだして、柄に刻まれた紋章を男に向けた。

男の目が飛び出さんばかりに開いた。飛び出した喉仏が声も出ず上下する。

「そうよ。あたしはパロ正規軍、聖騎士伯のリギアというの」

先ほどまでのなよやかさとはうってかわって、きりりとした口調で彼女は言った。

「何が起こったのか、教えてちょうだい。もしかしたら、力になれるかもしれないわ」

「いけません」

計画を打ち明けられたヴァレリウスが、あわてて両手を振るのは予想のうちだった。

「何もリギア殿がご自身で赴かれる必要などないではありませんか。しかも、アル・ディーン殿下をお連れしてなどと、危険すぎます。イシュトヴァーンが潜伏し、キタイの魔術師が出没しているこの時に、いったい、何をお考えなのですか」

「パロの安全と、それからイシュトヴァーンの捕縛よ。決まってるじゃない」

ヴァレリウスを見もしないでリギアは答えた。ふだん使っていない戸棚を奥の奥までひっくり返し、いらいらして額を掻きながら、目的のものはどこへやったか思い出そうとする。乳兄弟についてパロを脱出し、さまざまな扮装に身をやつす必要があったのはもう何年も昔の話だ。タイス行の時はグインがいたおかげで女であることを武器にする必要はなかったが、しかし今でもリギアにとって、自分の美貌も、肉体も、剣と同じくらい効果的な武器であることに変わりはない。

「黙ってクリスタルにひっこんでるだけじゃ問題は解決しないのよ。あの男はまたきっと、リンダを狙って城に侵入してくる。そうなってから騒いだって遅いの。パロのどこかにあの男が隠れているうちに、こっちから見つけ出して、尻をついて穴から追い出してやるのが一番だわ」

「僕は賛成だよ」

この騒ぎを楽しそうに眺めていたアル・ディーン、マリウスがのんびりと言った。

「殿下、あなたまで！　ご身分をお考えくださいとあれほど申し上げて」

「ああもう、うるさいうるさい」

聞きたくないとばかりにマリウスは耳をふさいで頭を振る。

「別にパロから出るなんて言ってやしないじゃないか。ちょっと城下に行って、大きな酒場で吟遊詩人のふりをして噂を聞き込んでくるだけの、どこがいけないのさ」

「ですから、お立場をお弁《わきま》えくださいと」

「僕だってパロの王族なんだよ。パロを守るために働くののの、何が悪いのさ」

「時期が悪すぎると申し上げております。今は治安も悪く、しかも」

「そんなことはね、ヴァレリウス、あんたに言われなくたってあたしがいちばんよくわかってるわ」

棚を探る手を一時止めて、リギアはヴァレリウスを振り向いた。汗で額に貼りついた黒髪を苛立たしげにかきやる。

「この太平楽な小鳥なら、あたしがしっかり首根っこを押さえてるから逃がしやしないわよ。危害も加えさせないし。あんたのご自慢の魔道でもイシュトヴァーンの居所がわからないんじゃ、自分の足で探し出すしか手はないでしょう？　あいつがクリスタルにもぐり込んできてからもう七日も経っていうのに、何一つわかってないんじゃない」

ヴァレリウスはぐっと喉を鳴らした。イシュトヴァーンが謎の魔道師に連れられて逃亡して以来、彼以下の宮廷魔道士や密偵団はもちろん、魔道師ギルドも総力をあげているが、イシュトヴァーン自身はもちろん、彼についているはずのゴーラ兵や問題の魔道師の影さえも、探り出すことがいまだできないでいるのである。

「かといって、まぬけな兵士に任せるのは言語道断だし」

と容赦なくリギアはつづけた。

「王宮騎士もそう。いばった顔つきの騎士様が兵士を連れてがちゃがちゃ町を練り歩いてごらんなさい、蚤《のみ》より頭のある生き物ならみんな溝へ飛びこんで隠れてしまうわ。あたしたちが相手にしなくちゃいけないのは、ゴーラ王を名乗って自分からクリスタル宮へ飛びこんでくる酔っ払いじゃなくて、穴にこもって牙のある猟犬の群れと毒蛇に守られてる、小ずるい狐なのよ。あたしはイシュトヴァーンを知ってる、あいつのやり方も知ってるわ。嗅ぎつけ方だってね。だいたいあんたのご自慢の密偵だって、何一つ役に立つようなことを持って帰ってこないんでしょうが」

ヴァレリウスは赤くなったり青くなったりしたが、否定はできないらしく何も言わなかった。

「あいつは狐ってわけじゃないと思うよ、リギア」

マリウスがふところから取りだした帽子をひょいと頭に載せて言った。吟遊詩人の証《あかし》の房つきの三角帽が、窓から漏れる午後の光に誇らしげに揺れた。

「じゃあ何よ」

「狼。まあ認めるのは癪《しゃく》にさわるけどね。軽く見てたら痛い目に遭うよ、ってこと」

緑と緋色に金糸の房のついた帽子をお手玉のように右手から左手へと移しながら、マリウスは眉をひそめた。

「僕はしばらくあいつと旅をしたことがある。そりゃ小ずるいところも、卑怯《ひきょう》なところもあるけど、あいつの剣は本物だよ。あのグインとさえ対等に渡り合ったことがあるんだ、少なくともしばらくの間はだけど。それにリンダへの執着——まあ恋って言葉は使わないことにしておくけど——を離れれば、あいつはあいつで十分弁も立つし、頭の回るやつなんだ。褒めてるわけじゃないよ、ただ、あいつを知ってる人間として、あんまりイシュトヴァーンを甘く見るのは危険だってこと」

「ご忠告、痛み入りますわ、アル・ディーン殿下」

足もとに花のように衣類と手函をまき散らして、リギアはいやみたらしく一礼した。

「し、しかし、いくらなんでもこれは」

完全に劣勢に立たされながら、ヴァレリウスは最後の抵抗を試みようとした。

「リギア殿はまあよいとして、なにもアル・ディーン殿下ご自身が吟遊詩人の真似をなさらずともよろしいでしょう。それこそ小姓の中から誰か姿と声のよいものを選んで、吟遊詩人のふりをさせれば、それで」

「それで事が終わったあと、その小姓はどうするの？　魔道で記憶を消す？　それとも、殺す？」

鋭いリギアの口調にヴァレリウスは言葉を失った。リギアは小さくため息をつくと、首を振って、

「ちゃんと口を閉じていられる人間が必要なのよ。絶対にいらない口をきいたりしない、信用できる相手がね。まあ、この小鳥さんほど信用って言葉にほど遠い男もいないと思うけど、少なくとも、パロ王国には忠誠を誓ってるし、久しぶりに街へ出て酒場で陽気にさえずれるっていうんなら、たいていの秘密は守るわよ。そうよね、マリウス」

「もちろん、よろこんで」

吟遊詩人の三角帽を、頬ずりせんばかりに抱きしめてうっとりとマリウスは言った。

「ああ、またにぎやかな酒場で、お客さんの歓声や杯の音や笑い声を聞きながら歌えるなんて、なんて、なんて幸せなんだろう！　考えただけでどきどきするよ。宮廷じゃだれもかれ

も上品に拍手するだけで、それさえ僕の歌じゃなくって、アル・ディーン殿下っていう名前に対してしてるだけなんだ。もう一度、本物の聴衆の前で歌えるなんて、こんなに嬉しいことはないよ、リギア、ありがとう」

「感謝するならよけいな口は叩かないことね。それから逃亡も」

「とんでもない、そんなことはしないよ。ヤーンに誓って」

「ヤーンに？」

「ヤーンに、それから、他のどんな神にでも」

熱心にマリウスは言った。リギアは額を押さえ、疲れたように眉間をもむと、また腰をかがめて大きな衣装櫃《びつ》の蓋をあけた。立ちのぼる埃《ほこり》に小さくくしゃみをし、上半身を櫃におしこむようにして中をかき回す。手が止まった。

「あった」

重なりあった古いドレスや布地の下から持ち手つきの木箱を引きだす。少し虫食いのあとのある箱は白木で、さほど大切なものがしまわれているようでもなかった。

「処分はしてないはずだと思ったのよ。まさか、また役に立つときがあるとは思わなかったけど」

「なんだい、それ」

帽子を両手ににぎりしめたままマリウスが近寄る。ヴァレリウスもつられて首を伸ばした。リギアは箱を引きずり出し、ちゃちな留め金を外して蓋を撥ね上げた。

「うわっ」

マリウスがあわてたような声を出した。ヴァレリウスは硬直している。

リギアは平然と箱の中身を引っぱり出し、床に並べた。肌の透ける薄物の上衣、ふわりと膨らんだクム風のズボンも同様に体の線が透けて見える紗《しゃ》でできていて、それについた七色の長いヴェールは金糸入り、房には色とりどりのガラス玉が揺れている。先がくるりと曲がってとがった小さな金糸の靴を並べると、それはどう見ても、

「踊り子の衣装じゃないか！」

「そうよ。当たり前でしょ」

リギアは平然としていた。

「まさか吟遊詩人のあんたに、パロの聖騎士の鎧を着た女がくっついてくわけにはいかないでしょうに。吟遊詩人には女がつきもの、だったらそれらしい格好をしなくちゃ」

「けどこれ、着られるの？　君が」

マリウスが、聞きようによっては失礼きわまりないことを言った。「あ、いや、その」

「その、リギアの刺すような視線を受けてあわてて両手を振り、

「その、リギアはやっぱり聖騎士伯っていうか、こう、きりっとした感じの美人じゃないか。でもこういう、ええと、すごく透け透けな服を着るのは、それに見合った感じの

女の人じゃないとおかしいって思われるんじゃないかってこと。酒場の色っぽいお姉さんが、鎧冑を着てたら変だろ、そういうことなんだよ」

「そのことだったら心配しなくてけっこうよ。やり方は知ってるって言ったでしょ」

「あの、何でしたら、魔道の目くらましでもおかけして変装を――」

ヴァレリウスがよけいな口をはさんで、リギアの氷の一瞥《いちべつ》で黙らされた。

「口を閉じて、座って見てなさい。女はね、あんたたち男の知らない方法で、いくらでも化けられるのよ」

リギアは埃をはたいて立ちあがり、かたわらに用意されていた水と布で手と顔をざっと洗うと、小姓を呼んで寝室から鏡と、化粧道具の手函を持ってこさせた。散らかった部屋の窓際に机を置いて腰かけ、鏡を前に化粧箱を開ける。

マリウスとヴァレリウスはあんぐり口を開いて見守った。リギアは雪花石膏《せっかせっこう》のように白い肌にばら色のほお紅をはたいてふっくらさせ、瞼《まぶた》をすみれ色に染めて、くっきりとした意志の強そうな眉の輪郭をぼやかし、実際よりも細く描き直した。

きりっと上がった目尻を眉墨でなぞって印象をやわらげ、少し腫れぼったい感じにした瞼とあわせて少し下がり目に見えるようにする。ついでに目尻に小さな泣きぼくろをつけ、二、三度まばたいてみると、眉墨の棒を置いて紅筆を取った。

どちらかといえば薄くてひきしまった形の唇を濃い紅で塗りこめ、ぽってりと厚い肉感的な色と形に仕上げる。鏡に向かって顎を突きだし、ちゅっちゅっと舌を鳴らして紅を均《なら》し、角度を変えてあちこちから仕上がりを確かめる。ひととおり満足がいくと、紅筆を置いて、「まあ、こんなものね」と言った。

「すごいや、リギア」

目を丸くしたマリウスが手を叩いた。「まるで別人だよ！」

「あんた女の化粧を見たことがなかったの、マリウス？」

「いや、そりゃ何度も見たことがあるけどさ、まさかリギアがお化粧の仕方なんて知ってるとは思わなくて――うぷっ」

床に落ちていた靴の片方を顔に投げつけられてマリウスは黙った。

リギアは床に広げた薄物の衣をさらいとり、しげしげと見つめた。胸の大きく開いた衣装は、裸以上に肌を晒《さら》すためのものだ。戸棚をさがすために着ていた古いシャツをさっと脱ぎ捨て、下着の上から羽織ってみる。むきだしの肩が白く光った。

「ちょっと上質すぎるし、新しすぎるような気もするけど、仕方ないわね」

しゅっしゅっと音を立てる薄物の上から見える丸い肩や、盛りあがった乳房を手でたどって確かめながら、リギアは呟いた。

「できればもう少し長旅をしてきた感じが欲しいところだけど、それはマリウスも同じことだし。吟遊詩人の衣もどこかから持ってこさせないといけないわね。まあそれは決まったものがあるじゃなし、適当なのを衣装の中から着せればいいか。さいわい吟遊詩人の帽子とキタラは当人のがあることだし、当面はそれさえあればなんとかなるわね。あとはどこの酒場から始めるかだけど、やっぱりヤヌス大通りから始めるべきかしら、それともカルラア神殿のあたりで――」

「ちょっと待った、リギア」マリウスが口をはさんだ。「ヴァレリウスが失神した」

2

パロの景気が悪化するにつれていくつもの酒場や宿屋が店じまいするか、規模を縮小していたが、それでも中心街であるヤヌス神殿前の大通りには果敢に営業を続ける昔ながらの大きな酒場がいくつかあった。そのうちのいちばん広いものを選んで入り、歌と踊りを披露すると、マリウスとリギアの二人はたちまち評判になった。

巻き毛の小鳥の銀の声と心そのものをかき鳴らすようなキタラ、剣で鍛えたリギアのしなやかな身のこなし、その気になればいくらでも蠱惑《こわく》的にも誘惑的にもなれる流し目をもってすれば、パロにいる全人口の半分くらいはすぐに集められそうないきおいだった。戦争につぐ戦争で国そのものと同じくらい民も疲れきっており、街道が安全な場所ではなくなったせいで、よそからやってくる芸人や吟遊詩人たちも、このごろパロを見捨てて久しかった。そこに舞い降りた銀の声の小鳥と色鮮やかな舞い鳥は、娯楽と明るい笑いに飢えていたパロの市民の心をたちまちとりこにした。

酒場をまわる必要さえなかった。最初に歌を披露する場所に選んだ酒場の主はどうかパロに滞在する間はずっと自分の店で歌ってくれと懇願し、同じように吟遊詩人の歌で売り上げを伸ばすことを考えるほかの店主たちを憤慨させた。つかみ合いの喧嘩が始まるのを防ぐために、マリウスはため息の出るような哀歌を奏で、リギアは店主たち一人一人の目を、涙と星をたたえた瞳で見つめて、あなたがたが争うのはけっして自分たちの望むところではないと言ってまわらねばならなかった。愛と美のサリアはけっして争いを望んでおられない。ただ自分たちは、芸の力でみなさまのお心を少しの間でもお慰めしたいと望んでいるだけなのだ、と。

結局商売人たちの間で、次のような決まりが取り決められた。大通りでもっとも広い土間を持つ酒場の主は、マリウスとリギアがやってきた時は、いつでもその場所を提供し、できるだけたくさんの人々が集まって聞けるように扉を開放すること。その時に人々が飲んだものや食べたものの代金は、あとで集計して、近所の店の主たちと厳密に均等に分けること。場所代として土間を提供する店の主には、マリウスとリギアが稼いだ投げ銭の中から十分の一が別に支払われること。

「とんでもねえ」まるまるとした太鼓腹をかかえた亭主は、目をむきだして両手で押し返すような仕草をしたものだった。

「あんたたちが来てくれただけでこっちは喜んでるんだ。あんたたちの稼ぎの上前をはねようなんてとんでもねえ。そんなのは裏通りの、こすっからいもぐりの売春宿のおやじがやるこった。この〈水晶の瓶〉亭のセルタンおやじは、そんなものを受けとるようなごうつくばりじゃねえよ」

「いえ、でも、あたしたちも場所を貸してくださってとても助かっているんですから」

リギアはたっぷり肉のついた亭主の頬をなでて、なだめるように言って聞かせた。

「街の広場や道ばたでは、雨や風であたしの小鳥の歌がかき消されてしまいますし、このごろ都の中でも路上が安心できない場所なのはご存じでしょう？　丈夫な壁と温かい屋根の下であたしたちが安心して芸を披露できることにどんなに感謝しているか、ぜひ、旦那様にもわかっていただきたいですわ」

本気を出したリギアの媚態《びたい》に抵抗できる男はまずいない。セルタンおやじが骨までくにゃくにゃになってリギアの言うがままになってしまうと、あとは簡単だった。

マリウスとリギアは毎日夕暮れにまぎれてそっと吟遊詩人と踊り子として王宮を抜けだし、〈水晶の瓶〉亭で歌と踊りを披露した。ヴァレリウスの苦い顔は無視した。相変わらず彼の魔道士たちは何一つはかばかしい結果を持ち帰らず、密偵たちも同様だったからだ。

二日が三日になり、三日が四日に、五日に、七日になるにつれて、店に集まる人の数は膨れあがっていった。〈水晶の瓶〉亭の亭主は、宿泊料は取らないから自分の店に泊まって、昼間も歌ってくれるように懇願した。実際、それくらいやらないとさばききれないくらい大量の客が押し寄せ、開いた扉の外まで群衆があふれるくらいになっていたのだ。

少し考えたあと、リギアは了承した。王宮から人に見られないように出てくることは毎回面倒だったし、夜だけ歌うよりも、夜昼歌ったほうがさまざまな種類の人間に出会えるだろう。自分たちの目的が情報収集にあることを、リギアは決して忘れなかった。また歌うことができた小鳥はあまりの幸せに酔いしれて忘れがちなようだったが。

しばらく城外に留まる、と聞かされたヴァレリウスはけっしていい顔はしなかったが、監視の魔道士をつけさせることで了承した。リギアも、それくらいのことは譲る常識はあった。自分はともかく、マリウスはあれでアル・ディーン、パロ王子であり王位継承者であることに間違いはないのだから、その身に万が一にも間違いがないように気を配るのは当然のことだ。外側からやってくる肉体的な危機ならたいがいの相手を撃退するすべをリギアは持っているが、あの厄介な小鳥が、この隙に足輪を振り切って籠の外へ飛び出そうなどという気を起こしては、困るどころの騒ぎではない。

そして十日をこえた今日、〈水晶の瓶〉亭に現れた吟遊詩人と美しい踊り子の話がすっかりパロの街角で持ちきりになったころ、とうとうリギアは、探していた相手を見つけたのだった。

土間の片隅で、人目を避けるように顔を覆っていた男の名はハレンといった。女王門の近くにある小さな宿屋〈犬と橇〉亭の主人で、食糧の買い置きがなくなったので買い出しに来た帰り、あまりに美しい歌声に引きよせられてふらふらと座りこんだということだったが、小鳥の歌声は彼の悩みと恐怖を追い払う役には立たなかったようだった。むしろ、自分ひとりが外に出て、吟遊詩人の歌に耳をかたむけているということ自体が、実直な男の心を苦しめているように見えた。

「あんたが」

目の前に差しだされたパロの紋章入りの短剣と、肌もあらわなリギアの姿を交互に見て、ハレンはなんども喉を鳴らしたあと呟いた。「そんなわけはねえ」

「どうして？」

「だってあんたは……娘っこだ……そんなに若くって、綺麗で……とてもパロの兵隊さんだなんて、あっしにゃあ……」

「信じられない？」リギアは短剣をふたたび腰帯にしまった。あまり長く出していて他の客の目についてはいけない。

「では信じなくてもかまわないわ、でも、今あなたが困った状況にあって、助けを必要としているのは本当だと思うのだけれど、どうかしら。それを少し、あたしに話してみない？　気分だけでも軽くなるかもしれないわよ」

ハレンは落ちつかない目でリギアを見、リギアが短剣をしまった帯の間を見、開いた扉にちらりと目を走らせた。扉はぎっしりと人垣でふさがれ、もし駆けだそうとしたとしても騒ぎを起こさずに走り出ることはまず無理だった。絞りだすようにようやく言った。

「殺される」

「殺されやしないわ。正直に話してくれるなら」

力づけるようにリギアは男の手を取り、もっと目だたない物陰へ引き込んだ。元気よくかき鳴らされる舞曲と、人々の拍子を取った足踏みがいい具合に物音を消してくれる。

「さあ、言ってみて。どんなことでもいいわ。あなたの心にのしかかってることを、あたしに話してごらんなさい」

いったん口を開くと、男の口からは洪水のように言葉があふれ出た。半月ばかり前に店にやってきた傭兵の一団のこと。頭目格らしい、周囲に『お頭』と呼ばれている黒髪の若い陽気な傭兵の存在。奇妙に二つに分かれているその集団——根っからの傭兵でならず者のように見える一団と、どうも傭兵が板についていないように見える、どこかきりっとした物腰の数人。

宿にやってきたその日、ほかの客がおびえて逃げだしてしまうくらいさんざん騒いで痛飲した翌朝、その『お頭』と呼ばれている若い傭兵が、奇妙な黒い長衣を羽織った魔道師のように見える男を連れて、ひどく不機嫌な様子で戻ってきたこと（その日にちを確かめ、リギアは内心安堵してうなずいた——イシュトヴァーンが王宮に侵入した日の翌朝だ、間違いない）。

それ以来、宿屋の中には不穏な空気が立ちこめ、宿屋の夫婦と娘は外へ出ることさえも禁じられて、そっと逃げだそうとしても目が回って、いつの間にか宿屋の裏口に立ちつくしているのに気づく。今回自分が出てこられたのは、ついに食糧庫の蓄えがすっかり空になってしまったことを、勇気をふるって傭兵の一人に訴えたところ、買い出しに行く間だけという約束で、外に出ることを許されたのだと男は言う。

「あっしが外へ出るしたくをしてたら、上からあの黒い魔道師がおりてきて、おっそろしい目でじっと見たんで、あっしゃあ魂の底まで凍りつきそうで……ヤーンよお慈悲を！　あんなに暗い、それでいてなんにもねえ目は見たことがねえ、死人の目だってあれよりゃましなくらいだ、ただ暗くて、真っ黒で、見てると足もとがなくなってそのまま地の底へ引きずり込まれちまいそうな目なんだ……」

買い物をしたらすぐに戻ること、むろん、いらぬ口はきかぬようにと、注意を与えられて、ハレンは悪夢の中を歩くような気持ちで街の中へ歩き出したのだった。市場を歩き、必要なものを買い入れている間にも、悪夢はあの黒い魔道師の虚無の瞳のかたちを取って、すぐそばに漂って背筋に氷を流しこんでいた。

思いがけずそれが消えたのは、〈水晶の瓶〉亭の前を通りかかって、中から流れてくるすばらしい歌声を聞いた瞬間だった。魔道師の暗黒の目は風に吹かれた灰のように流れ去り、代わりに、きらめく銀色の雨のような声とキタラの調べが頭と胸を満たした。ハレンは一瞬、すべての恐怖を忘れて向きを変え、気がついたときには〈水晶の瓶〉亭の片隅に腰をおろしていた。しばらく痺《しび》れたようになって座りこむうちに、霞《かすみ》のかかったようだった頭に、美しい小鳥のさえずりが少しずつ冷たい流水のように沁みいってきた。

小鳥は小鳥でもやっぱりパロ王家の鳥ね、とリギアは思わずにいられなかった。マリウスの歌声には確かに、どのようなかたちの魔道にも属さないが、その分、純粋な美の力、サリアの祝福によって暗黒を打ち砕く光がある。それがこの男を呪縛していたものを砕いたのだろう。でなければ与えられた暗示の通り、彼は寄り道せずに食糧を持ち帰ることだけ考え、酒場に足など踏み入れはしなかったろうからだ。

しかし、（とハレンは震えながら言葉をついだ）頭がはっきりするにつれ、自分が恐ろしいことをしでかしたことに遅まきながら気がついた。寄り道をするな、よけいな口をきくなと言いつけられていたにもかかわらず、酒場に寄って吟遊詩人の歌を聞き、エールを呑み、こうやって、踊り子にすべてを話してしまっている。

女房や娘はまだ家の厨房に閉じこめられている。自分が約束を破ったと知ったら、あの恐ろしい魔道師と『お頭』は彼女たちをどんな目にあわすだろう。自分はどうなってもいいが、女房子供に罪はない。どうやって助ければいいか、見当もつかない。家長である自分が家族の喉を切る羽目になるとは、なんてひどい運命だろう。ヤーンよ守りたまえ、いくらなんでも、こいつはひどすぎる。

「彼女たちを助けるのはあたしたちがやるわ」震えて口を閉ざしてしまったハレンに、リギアは声を励まして言った。

「だから教えて、いまあなたの家にこもっている賊は何人くらい？　『お頭』っていう若い傭兵と魔道師が一人、それからほかには？」

やくざ者めいた傭兵が十二、三人、とハレンは唇をわななかせながら言った。それから物腰の落ちついた傭兵が七、八人。中でも礼儀正しい若い一人が『お頭』の側近らしく、彼の用を務めている。

（二十人ってところね）とリギアは考えた。単に兵士が二十人なら、相手の装備と状況にもよるが、リギア一人でもなんとかならないことはない。やくざ者めいた十人そこらはさほどの問題ではないだろうが、厄介なのはおそらくゴーラ正規軍の人間であろう七、八人、それにイシュトヴァーン当人と、それに、そう、魔道師。

魔道師についてはヴァレリウスから口がすっぱくなるほど注意を受けていた。『かの魔道師についてはいまだに正体がわかっておりません』と彼は言った。『おそらくキタイの竜王の手のものと推測される相手です。けっしてまともに正面からぶつかるようなことはなさらないでください』

それはそうだが、しかし、王宮へ戻ってヴァレリウスを探し出して報告し、頼りにならない魔道師集団を引き連れて〈犬と橇〉亭を襲撃したとしても、その時にはもう亭主ともども罪もない女房子供も口封じに殺され、火の一つもかけて相手は逃げ去ってしまっているかもしれない。それがイシュトヴァーンという男のやり口だ、と考えて、リギアはまた腹の底が怒りで熱くなるのを覚えた。

ハレンはまだうわごとのように話し続けている。『お頭』と呼ばれている若い傭兵は黒い魔道師と部屋にこもったまま姿を見せず、給仕は部下の傭兵がやっていて、自分たち家族は厨房を出ることすらほとんど許されていない。

ほかの傭兵たちは妙にのっぺりとした顔で座りこんだままからくり仕掛けのように食物をがつがつと口に運び、エールを水のように呑み干して、食堂の椅子からほとんど腰を上げない。最初の夜にはあれだけ粗野でやかましかった男たちが、今ではまるで蠟細《ろうざい》工《く》の人形のように半透明の蒼白い皮膚をして、無駄口ひとつ叩かない。一度だけ食堂へ食器を片づけに行った娘が、彼らの皮膚の下で、何か別の生き物がぐにゃりと蠢《うごめ》くのを確かに見たと血の気を失って帰ってきた。あそこでは何か恐ろしいこと、とてつもなく恐ろしいことが起こりつつある、間違いなく。

リギアは怯えきったハレンを説得し、その日かせいだ革袋いっぱいの銅貨や銀貨に、足首飾りと宝石入りの髪留めも加えて持たせ（踊り子にふさわしい安っぽい代物だが、それでも売ればなにがしかの金になる）、自分の指輪も与えて、クリスタルの城門へ行って衛兵にそれを見せるように言い含めた。それを見ればパロの兵士が安全に彼の身柄を守ってくれるはずだ。これから自分たちがあなたの妻子を救い出して父親の元へ送るから、家族が合流したら三人でしばらくパロを離れるといい。どこか街道筋の宿場町で、小ぶりなしもたやを借りる手付け金くらいにはなるはずだ。あとのことはすべて自分たちに任せてほしい。悪いようには決してしないから。

ハレンは神経質に爪を噛みながら恐ろしそうに目の前の美しい踊り子の鋭い瞳を見つめていたが、はっきり目の前に見えている破滅と、まだ確定してはいない破滅のどちらをとるかときかれて、まだ決定していない方をとることに決めたようだった。ハレンは革袋と指輪を焼けた石炭であるかのようにおそるおそる受け取り、しぼんだ懐に押しこんだ。

「荷物は置いていきなさい。もう不要だから」

彼が無意識に買い込んだ食糧を手探りするのを見てリギアは言った。

「ここに置いておけば、だれかが見つけて持って帰るか、食べるかしてくれるでしょう。そのほうが、黒い魔道師の口に入るより、あなたの気にも入るんじゃなくて」

ハレンはぶつぶつ言ったが、よく聞き取れなかった。とつぜん重くなった懐を押さえながら、短い言葉で自分の店への道順と、看板の絵を説明した。

「それでその――ああ――ええと」

リギアのことを何と考えてよいか、まだ迷っているようだった。泣いたように水っぽい目には、希望と疑念と恐怖が狂ったように渦巻いていた。

「あっしの女房は――娘は――その、ほんとに無事に連れてきてくださるんで……？」

「大丈夫よ」リギアは短く答えた。まだその魔道師や、イシュトヴァーンの配下に何かされていなければだけど、と心の中でつけ加える。荒っぽい男の中に放りこまれた平民の女がどのような扱いを受けるか、身をもってリギアは知っていた。しかしそれをこの恐怖のただ中で絶望している男にわざわざ告げるまでもない。

「さ、行きなさい。その指輪を見せるのを忘れないようにね。なくしては駄目よ」

ハレンは胸を押さえ、酔った男のようにふらふらと向きを変えて、通りを歩いていった。道行く人が彼の蒼白な顔を見て、限界を超えて呑みすぎた酔っ払いと判断したのか、厭《いや》な顔をして道を避けた。実際、彼は古くなった野菜とすえた葡萄酒のひどい臭いをまき散らしていたし、恐怖に骨の髄までつかまれていたので、その推測は当たっていないでもなかった。

リギアはハレンの姿が見えなくなるのを待って店内に戻り、すまないが、今日の興行はこれで終わりだと呼ばわった。人々の動きがぴたりと止まり、憤然とした不満の合唱がわき上がった。

「終わりだって？　どうしてさ」

その中心で、誰より不満そうな顔をしたマリウスが、曲の途中で止めた手をキタラからおろして口をとがらせた。

「今ちょうど、もっともっと盛りあがる曲を弾こうとしていたところだったのに。『牡《お》牛《うし》と驢《ろ》馬《ば》の結婚の夜に』っていうんだよ」

「あんたが牝驢馬と結婚する羽目になる前に、とっととその舌をしまい込みなさい」

嚙みつくように言ってから、観衆に向かって声をなだめて、「申しわけありません、みなさん」とリギアは衣を翻《ひるがえ》して一礼した。

実はたった今、以前いた街で世話になった老商人が危篤の床で、どうしてもあの吟遊詩人の歌を聞きたいと言っていると使いの者がやってきた。自分たちとしては老人に恩も返したいし、死の床についている年寄りの望みを断るのはあまりにも残酷だ。だからどうか、彼のところへ行ってその魂が安らかに神々のもとに召されるまで歌ってやり、葬儀で彼のための哀歌を奏でることを許してほしい。その仕事が済んだら、まっすぐにパロのみなさんのところへ戻ってくるから――と、マリウスが口をはさむ暇を与えずに一気にリギアは語り終え、しゃべりながらつかつかと歩いていって、断固としてマリウスを藁束の上から引きずり下ろした。

「痛い、痛い痛い、痛いってば」じたばたしながらマリウスはわめいた。「そんな乱暴にしなくてもいいじゃないか！　僕は君ほど丈夫にできてないんだから、もっと気を遣って、うぐっ」

文句を言いつづけるマリウスの脾腹《ひばら》に肘を突き込んでうむを言わせず黙らせ、「それではみなさん」とリギアは極上の笑みを浮かべた。

「またお会いできる日を楽しみにしております。吟遊詩人マリウスとその小さな踊り子のことを、どうぞお忘れなく、ご贔屓《ひいき》に」

腹を押さえて唸るマリウスを引きずってすばやく荷物をまとめ、酒場を出る。表通りから一本内《うち》へ入った暗い路地の奥で、派手な踊り子の衣を脱いで丸める。荷物の中に隠しておいたもっと動きやすいシャツと、簡単な脛《すね》当《あ》てのついた革の乗馬ズボンに着替えた。金色のばかげた靴を衣装ともどもごみ山の上に投げ、がっちりした乗馬靴を履く。最後に、荷物の底から一振りの長剣を、宝物を取りだすようにそっと取りあげた。愛剣を腰につるすと、ここ数日ではじめて本当に緊張がほぐれ、肩が軽くなった気がした。

「変な感じだ」

「何がよ」

石段に腰かけたマリウスがもぐもぐと言う。リギアは投げやりに応じた。髪をまとめていたかんざしを次々と抜き取り、ちゃらちゃら鳴る飾りと木の鞘《さや》を外すと、それらは鋭い投擲《とうてき》用ナイフになった。剣帯に並べて差し、短剣を隣につるす。

「ついさっきまで君はすてきにきれいな踊り子だったのに、今はもういつものリギアになってる」

「あんたはちっとも変わんないわよ、歌うたいの王子様。もういいから、お城へ帰っておとなしくしてなさい。ここから先は、剣士の仕事だわ」

「やなこった」

「なんですって」剣帯をきつく締めながら、身をよじってリギアはマリウスを顧みた。

「今、やなこったって聞こえた気がしたんだけど」

「その通りだよ。やだね、帰るなんて。冒険のいちばんおいしい部分に僕だけ仲間はずれにされるなんて、絶対にお断りだよ」

　マリウスは黒い瞳を強情そうに光らせてリギアを見つめた。

「用が済んだら、僕だけぽいだって？　よくそんな勝手が言えるよね。イシュトヴァーンがいる場所の見当がついたんだろう？　だったら、僕だって行くよ。冒険譚のいちばん肝心なところを抜かすなんて、吟遊詩人の沽券《こけん》にかかわる」

「あんたは吟遊詩人じゃないわ。王子様よ、アル・ディーン殿下」

してみせる。

「少なくとも今は、そうじゃないね」頭に載せた緋色と緑の三角帽を振り、キタラを示

「こいつを身につけてるかぎり、僕は吟遊詩人マリウスさ。アル・ディーン？　誰だい

そいつは。少なくとも、僕の知り合いにゃいないな」

苛立ちまぎれに激しい言葉を投げつけようとして、リギアは唇を噛んだ。買い物に出した亭主の帰りが遅いのを、そろそろイシュトヴァーン一団が気づき始めるころだ。ここで小鳥と言い争って、舌と時間をすり減らしている暇はない。

「……わかったわよ。ただし、ついてくるだけよ。それと、あたしの言うことには絶対に従うこと。反論も質問もなし。むだなおしゃべりはもっとなし。黙れと言ったら黙る、隠れろと言ったら隠れる、逃げろと言ったら逃げる。いいわね？」

「よしきた。そうこなくっちゃ」

嬉々としてマリウスは石段から飛びおり、三角帽の房をはためかせた。

「ようし、これでまた、僕以外に誰も知らない、新しい冒険譚《サーガ》が作れるよ。なんてすてきなんだろう！」

素敵なのはあんたの脳味噌よ、と喉の奥でリギアは罵《ののし》った。本物の小鳥と同じくらいの分別がもしあんたにあったら、安全な城壁の中に飛び戻って、ちゃんとした鳥かごの中にじっとしてられるはずだわ。

れた顔つきで立っていた。

「女王陛下」途方に暮れたように彼は言った。「少しお話がございまして」

「わかっているわ。お座りなさい。ここなら誰の耳にも入らなくてよ」

リンダは手ずから葡萄酒を注ぎ、ひとつをヴァレリウスのそばへ押しやった。ここはリンダのごく私的な居間で、寝室ほどではないが、許可のない人間は近づくことを許されない場所の一つだ。

スニが木の蔓で複雑な模様を編み出した軽い椅子を押してくると、ヴァレリウスは無意識のようにそこに座り、それから、ちょっと驚いたようにスニを見直した。

「ノスフェラスの娘をまたおそばに置いておられるのですな」

「そうよ。いけない？」リンダはむっとした。侍女たちどころか、宰相にまで自分の身近に置く者の選択についてとやかく言われなくてはならないのか？

しかしヴァレリウスはすぐにスニのことなど忘れたようで、盃に注がれた沿海州産の甘い葡萄酒を気のない様子ですすった。

「実は、二つばかりお知らせしなければならないことがございます」

「いいことなの、それとも、悪いこと？」

「今のところは、どちらとも見当がつきませんが、まあ、良くはございませんな」

節くれだった指を組んでため息をつき、ヴァレリウスは心から疲れきったという口調で、口を開いた。

「実は、二十日ほど前……正確には、十と八日前になりますが……クリスタル宮に、侵入者がございました」

「侵入者？」リンダは眉をひそめた。葡萄酒を一口すすり、甘すぎるのを知って添えられたヴァシャ果の果汁を少し垂らす。

「またそれは、大胆な人間もいたものね。衛兵隊は何をしていたの？　それに、あなたのご自慢の魔道士たちは」

「あとでお話ししますが、われわれもけっして手をこまぬいていたわけではございませんよ。とにかく先をお話ししますが、結局、侵入者は無事に捕獲されました。いったんはね。そ奴は水晶宮、それも、王族のお住まいになるもっとも重要な一画を目指しており、放っておくわけにはまいりませんでしたからな」

「ちょっと待って」

ヴァレリウスの口ぶりに何か不穏なものを感じとり、リンダは音を立てて盃を置いた。

「いったんは、と言ったわね。逃げたの？　侵入者は」

「逃げられました」ヴァレリウスはつるりと顔を逆さまになで上げて鼠色の髪を逆立てた。「その奴には魔道師がついており、その魔道師が、いったん捕縛した侵入者を、われわれの手から奪って逃走したのです」

「どうしてそれが今までわたしの耳に入らなかったのか、聞かせてもらいたいわね、宰相」

リンダはきっとなった。

「侵入者がどこの何者かは知らないけれど、そのへんの盗賊がパロの兵士と宮廷魔道士を出し抜けるような魔道師を雇えるはずがないわ。これはパロとクリスタル、それにわたしに対する大きな侮辱よ。なぜすぐに報告しなかったの？」

ヴァレリウスの口が苦しげにゆがんだ。

「それは……侵入者の目的が、あなたさまだったからです、女王陛下」

「なんですって」

「侵入者は水晶宮の、女王の寝室に押し入り、あなたさまを連れ去るつもりでおりました」ヴァレリウスはゆっくりと言った。「お心当たりは？」

リンダは長い間黙っていた。葡萄酒の濃い紫色を見つめ、ふいにヴァシャ果の果汁をあるだけみんな加えてしまうと、ひどく酸っぱくなったはずの中身を喉を鳴らして飲み干した。盃を下ろした女王の唇は赤紫に濡れ、苦しげに息をついていた。

「イシュトヴァーンね」

「ええ」

「イシュトヴァーンが戻ってきていたのね。パロに。このクリスタルに」

「そうです」

ふたたび長い沈黙があった。身じろぎもせず自分の膝を見つめている女王を眺めて、ヴァレリウスは辛抱強く待っていた。

「姫さま」あまりに長い沈黙に耐えかねたスニが、リンダの膝にすがりついた。「姫さま、どうしたの？　とても怖い顔、スニ、心配よ。スニ、なにかいけないことした？　スニ、悪い子？」

「とんでもない、スニ」

長い自失からはっとさめて、リンダは少女が人形を抱き上げるようにスニを抱き上げて接吻した。

「スニはいつだって、とってもいい子よ、可愛い子、わたしのノスフェラスの風……大丈夫、わたしはちょっとびっくりしただけだから。でも、少し難しい話をしなきゃいけないから、スニはあちらへ行って、わたしの寝椅子を整えておいてね。あとで物語を読んであげましょう。スニの大好きな、リアードと、金色狼のお話よ」

「アーイ、姫さま」

くすぐったそうに身をよじってくすくす笑いながらスニは床へすべり降り、短い足でよちよちと奥の部屋へ歩いていった。扉が閉まるまでリンダは笑みを崩さず、ヴァレリウスは口を開かなかった。しかしスニが姿を消すと、たちまち雷雲めいた不穏な空気が女王の居間に戻ってきた。

「じゃあ、ヤガへ行く、と言っていたのは、嘘だったのね」

「さようです。パロを出て一日後に、イシュトヴァーンは身代わりを行列に残して隊を離れ、少数の連れとともに傭兵に身をやつしてクリスタルに舞い戻っておりました。もっと早くに気づくべきでございましたが」ヴァレリウスは渋い顔をした。

「見張りにつけておきました魔道士めがほんの若造で……しかし、そのことはもう言ってもしかたがありますまい。とにかく、クリスタルに入ったあ奴は、まっしぐらにあなたさまのもとを目指すだろうとわたくしは考えたのです」

「その考えはあたったわけね」苦々しくリンダは言った。「あなたは、罠につける餌に自分の女王を使ったんだわ」

「そのことについては何重にもお詫び申し上げます。しかし、それがもっとも確実な罠でもあったわけです。現にイシュトヴァーンはやってまいりました。不敵にも城壁を乗り越え、このクリスタル宮が、ただの商人の屋敷でもあるかのような態度で、あなたさまの寝室に近づくすべをはかっておりました」

「そこを捕まえたのね。あなたたちが」

「そのはずでした」ヴァレリウスの唇が苦いものを嚙んだようにねじれた。「あの奇妙な魔道師さえ現れなければ、そうなるはずでした」

リンダはさっと椅子から立ちあがり、コツコツと踵を鳴らして歩き回りはじめた。小娘のように爪を噛みそうになり、はっとしてやめる。しばらくの間いらいらと歩き回ったあと、窓辺で足を止めて戸に寄りかかり、怒るべきかどうか迷っているような表情でヴァレリウスを見た。すみれ色の瞳が異様な光をおびて輝いている。

「その魔道師はどこの誰？　正体はわかっているの？　イシュトヴァーンは魔道師が嫌いなのよ。何度もひどい目に遭っているから」

「魔道師が何者なのかは、いまだに解明できておりません、残念ながら。ただ、現場に残された魔力の痕跡の質から、おそらく中原ではなく、キタイに属する異質な魔道をあやつるものではないかというのが、わたくしの考えです」

「またキタイ！　その名はもう飽き飽きだわ」

何かを払うようにリンダは手を振った。

「わたしの弟をあんな境遇に追い込んだのも、そうよ、当のイシュトヴァーンに催眠術をかけてわたしの大切な夫を襲うように仕向けたのも、みんなそのキタイの……竜王のしわざなのよ。あのいまわしい魔王子をやっと玉座から追い払ったと思ったら、またその名前を聞かなくてはならないの？」

「わたくしもこんなことをお聞かせするのはまことに不本意なのですが、陛下、これが真実です」押し殺した声でヴァレリウスは言った。

「魔王子アモンによるパロ掌握に失敗した竜王は、イシュトヴァーンのあなたさまに対する執着——愛情、とは申しますまい——を利用して、ふたたび、あなたさまのパロに爪をかけようとしております」

リンダは背をきつく窓枠に押しつけ、空を見上げた。その空がノスフェラスのものだったら、と思った。自由の天地、なにもない、国も、冠も、都も、ただ岩と砂ばかりの、守るべきはただ自分と自分の弟だけだった、あの場所にかえりたい。今すぐに。

「陛下？」

「なんでもないわ」

むりやりにリンダは現在の状況に頭を引き戻した。思い出に浸っている場合では、今はないのだ。イシュトヴァーンが戻ってきている。このクリスタルに。以前感じた、あの胸騒ぎは本当だったのかもしれない。あの荒野の風のような男が、ノスフェラスの香りを運んできたための心の揺れだったのかも。ああ、だが、もう遠すぎる。遅すぎる、何もかも。

「イシュトヴァーンの行方はまだわからないの？　それに、その魔道師の居場所も」

「そのことでございますが、あの——ええ——少々、不都合がございまして」具合悪そうにヴァレリウスは床に目を落とした。

「聖騎士伯リギア殿と、そのう——アル・ディーン殿下が——吟遊詩人と踊り子に変装して、情報を集めると、十日ほど前から、クリスタル城下の宿屋に投宿しておられます」

「まあ」

それしか言葉が出なかった。亡き夫から、奔放な乳姉妹《ちきょうだい》の勇猛果敢さについてはよく聞いていたし、じかに接するにつけても彼女の炎のような気性は一目瞭然だったが、それにしても、アル・ディーンまでとは。

「よくやめさせなかったものね。あなた」

「はあ、そのう、恐れ入ります」

あきれたようなリンダの言葉に、きつい叱責を受けることを覚悟していたらしいヴァレリウスは面食らった顔をした。額をぬぐって、

「言い訳をするわけではございませんが、そのう、わたくしが少しばかり意識を失っていた間に、リギア殿がすべてを取り仕切ってしまわれたのでございます」なぜ意識を失っていたのかまではヴァレリウスは口にしなかった。「気づいたときにはすでにお二人とも城を出ておしまいで。わたくしとしては、監視と護衛のための魔道士を手配し、アル・ディーン殿下の——ええ——ご安全を確認するしかございませんでした」

「つまり、彼が脱走しないようにってことね」

「いえ、そのようなことは」

しかし事実はリンダの言うとおりであり、アル・ディーンことマリウスが隙あらば籠を飛び出して自由に歌いたがっている小鳥であることは、ヴァレリウスもリンダも口にはしないが知っている。ヴァレリウスが早いうちにイシュトヴァーンや謎の魔道師の潜伏場所を捜し当てていればそもそもリギアはそのような挙に出なかったはずであり、つまりは、このことを女王に告白するのは、パロ宰相として、また宮廷魔道士の長としてのヴァレリウスにとって、恥辱であることは間違いない。

「それで、二人は何か見つけたの？　イシュトヴァーンの気配でも、ってことだけど」

しきりに額をこすっているヴァレリウスを見やって、リンダは少しばかり声をやわらげた。本来なら仮にも王位継承者をこのような時期に城外に出すなど言語道断ではあるのだが、今、パロがどれだけ逼迫《ひっぱく》しているか、そのパロを支えるためにこの痩せっぽちの魔道師宰相がどれだけ日夜奔走しているかを、リンダは知っている。国体を維持するだけでも大変なのに、そこにまた、イシュトヴァーンとその背後に見え隠れするキタイの竜王という、新しい心痛事が加わったのだ。あまり責めて、彼の細い背骨を比喩的にぽっきり折るようなことになってはやりきれない。

「いいえ、それはまだ」ヴァレリウスは多少気を取り直したようだった。「しかし、日々多くの民からの噂は集まっているようでございます。中には怪しげなものもないではございません。夜、歩いていると亡霊のように青白い鬼火が家々の屋根の上を飛び回っていたとか、見たことのない傭兵集団が、影のように足音もたてずにある路地へ消えていくのを見たとか、深夜、わけのわからぬ呪文と奇妙なにおいに惑わされ、気がつくと街の反対側のどぶで溺れかけていたとか」

「どれも噂ね」

「さようです。しかし、敵は狡猾《こうかつ》で、くだんの魔道師はどうやらかなり強力な力を持っております。われわれの探知の魔道も、手練《てだ》れの間者《かんじゃ》の忍び歩きも、いっさい役に立つ情報を拾うことができませんでした。しかしながら、一般の市民に対しては、奴らも気を抜くことがあり得ます。彼らの見聞きし、噂する事柄をたどって、侵入者の臭跡を拾うことが不可能であるとは、わたくしは思いません――ことに、リギア殿のように、有能な戦士であり、追跡者であられる方にとっては」

ふたたび、沈黙が続いた。リンダは開いた窓から見える庭園の緑に目をさまよわせ、ヴァレリウスのことなど忘れてしまったようだった。あまりに長い無言に、ヴァレリウスは落ち着きを失い、そわそわと身じろぎし、骨ばった指にはめた青い貴石の指輪をしきりにいじり回した。

「そのう、女王陛下」

とうとう、思い切ったようにヴァレリウスは口を開いた。

「何かご下問はございますでしょうか。何もなければ、そろそろ監視につけた手の者が定期報告を送ってくる時刻でございますので、わたくしはいったん退がらせていただきとうございますが」

「待って」

窓の外に目を据えたまま、リンダは短く言った。すでに腰を上げかけていたヴァレリウスは、その場で撃たれたように固まった。

「なぜ、このことをもっと早くわたしに告げなかったの？」

「は……、それは」ヴァレリウスは逃げ道を求めるようにきょろきょろとせわしく辺りを見回し、椅子の上で身を縮めた。手がひきつったように震え、指輪を、はめた指ごとしっかりと握りこんだ。

「女王陛下に不埒《ふらち》な意図を抱く不届き者が存在することなどお知らせして、いちいちお耳をけがす必要もないかと――存じまして」

「うそ」

リンダはきっと振り向いた。すみれ色の瞳が、今は異様な青い炎を宿して爛々《らんらん》と燃え上がっていた。ヴァレリウスは音をたてて息をのみ、椅子にそりかえって灼けるような視線を避けようとした。

「うそ」とリンダはもう一度言った。

「たとえイシュトヴァーンのことだけでも、彼がクリスタルに入ったことがわかった時点で、あなたはわたしに報告しにこなければならなかったわ。わたしはパロの女王で、その女王をねらっている者がいるのだもの、わたしに注意するように告げるのは宰相の当然の義務よ。あなただってそれはよくわかっていたはず、そうじゃなくて」

「それは……」

「でも、あなたは言わなかった」

輝く双眸《そうぼう》を黒衣の宰相の上に据えて、リンダは言った。

「あなたが理由もなく責務を怠るような人間だとは思わないわ。あなたは何らかの理由で、わたしにこのことを告げるのをためらったのだと思う。きっとリギアやアル・ディーンに知られなければ、今でも内緒のまま、自分の手の届く範囲でどうにかしようとしていたはずよ。こうして話しにきたのは、彼らのほうから、わたしのところへこの話が持ち込まれるのは困るから、先回りして打ち明けにきた、そういうことではないのかしら」

「女王陛下、どうか、わたくしは……」

「怒っているのではないのよ、ヴァレリウス。あなたの堅い忠誠心も、ばかみたいに正直なことも、不器用なくらい生真面目なのも、どうしようもないくらい堅物なのも、わたしはみんな理解しているわ」

こわばったような笑みをリンダは浮かべた。

「それだからこそわたしの夫はあなたをパロ宰相に任じたのだと思うし、あなたはりっぱにそれを果たしていると思う。だけど、だからこそ、あなたの沈黙が不思議なの。――ヴァレリウス、あなたの口を今まで閉ざしていたのは、いったい何のせいなの？」

椅子が耳障りな音を立てた。口を半開きにしたまま、ヴァレリウスは卓子のふちをつかんで立ち上がった。全身がわなわなと震え、なんとか言葉を見つけようとして、唇はあえぐように開いてはまた閉じた。

それを見つめるのは、パロの予見の女王の眸《ひとみ》だった。燐光をはなつ炎を吹き上げるかのような、古き青い血を伝える未来視の目。それはヴァレリウスの肉体を焼き尽くし、魂の奥底まで貫き通すかのような、強力であらがいがたい力ある視線だった。

「あなたが今まで口を閉ざしていたのは、わたしのためを思って。そして、なおかつ、恐れていたからね。自らを――その、秘密を。

あなたはまだ何かを隠している」

なかば夢見るようにリンダは言った。

白い指先がゆっくりと上がり、短刀のようにヴァレリウスに突きつけられる。

「そして、何よりも恐れているのは、それ《・・》」

喉を絞められたようなうめき声をもらし、ヴァレリウスが思わず身を折った瞬間、

「陛下！――女王陛下！　宰相閣下！」

甲高い呼び声と、何か抗議を並べているらしい侍女たちのおろおろした声が入り乱れて室外に響いた。

リンダは鋭く息を吸い込んで、殴られたようにのけぞった。両目から光が吹き消されるように消える。先見者の凝視からいきなり解放されたヴァレリウスは、大鷲の爪から逃れた獣のように、その場にくずおれ、荒々しく息をついた。灰色の髪が汗でべっとりと濡れ、額にまで流れ落ちていた。

甲冑のぶつかる耳障りな音が近づいてきた。

「陛下、宰相閣下、こちらにおいでですか」

扉を開けて、大股に踏み入ってきたのは十二人の聖騎士侯のうちの一人、エダン侯だった。戦装束に身を包み、緋色のマントを肩にとめて、革の剣帯を腰にななめにつけている。鉄色の硬い髪にごわごわした髭をたくわえ、深く落ちくぼんだ眼窩《がんか》の奥で鋼鉄の色をした目が油断なく周囲を観察している。かつての長ルナン侯なきあと、数を減らしたとはいえまだまだ宮廷において力を持つ人物のひとりである。

「おさがりなさい、エダン侯、無礼ですよ」

後ろからついてきた侍女頭の老女がきいきいわめき立てる。

「ここは女王陛下の私的な居間です。聖騎士長のアドリアン侯は何をなさっているのです？　いえ、たとえ聖騎士の長であろうとも、先触れもなく、ましてや陛下のお許しもなしに、踏み入ることはなりません」

「かまいません。何がありましたか、エダン侯」

ほんの瞬間の自失のあと、リンダはたちまち女王の顔をとりもどしていた。落ち着きはらった顔を騎士に向け、目顔で問いかける。

「先触れもなくこのように踏み込んでこなければならなかったということは、よほどのことが起こったようですね」

「その通りです、陛下」

わざわざ膝をつく手間を、エダン侯はかけなかった。聖騎士の中でも無骨なたちの彼は、さすがに女王の間に近づく前に剣は取り上げられたらしいが、そのことが落ち着かないようすで、剣帯のそばでしきりに拳を作ってはほどいている。

「ではすぐに言いなさい。何があったのですか？」

「城下に火の手が上がっています、陛下」

ぶっきらぼうながら、エダン侯の声は鋭かった。

ヴァレリウスが脂汗に濡れた顔をはじかれたように上げた。その頬からみるみるうちに血の気が失われていった。

「なんだって？」

「お聞きの通りです、宰相閣下」

ヴァレリウスに向かって、エダン侯は鉄色の頭を振った。

「クリスタル宮の物見から、兵士が城下の街にあがる煙を確認しました。複数です。私が確認したところでは約二十、炎は次々と燃え広がっています。新しい煙もまた立ちのぼっていると報告を受けています。何者かがクリスタルに潜入し、火を放って回っているのです、陛下」

愕然とした空気が一座に広がった。ヴァレリウスはその場で震えはじめ、嵐に吹かれる糸杉のように大きくがたがたと身を揺さぶりはじめた。

口を真一文字に引き結んだまま、リンダはしばらく動かなかった。それから、唐突に立ち上がって一同に背を向け、部屋を出た。

「陛下？　リンダさま！」

あわてた侍女頭の声はすぐに後ろに置き去られた。

「陛下？　お一人で動かれてはなりません、陛下！」

エダン侯の仰天した声もたちまち遠くなる。長い裳裾《もすそ》と動きにくい靴の許す限りの速度で、リンダは走った。

「姫さま!?」

びっくりして飛び出してきたスニの高い声も耳に入らない。胸の奥から硬くて黒く、冷たいものが急激にせり上がってきて、苦い唾《つば》が口にわいた。駆け上がる階段がはてしなく長く感じられた。ヴァレリウスと語っていた間に入っていたなかば無意識の状態は、いまこの瞬間、クリスタルの城壁に迫りつつあるものがただ事ではないことを、声高に告げていた。

階段の途中で脚にまつわりつくスカートに我慢できなくなり、裳裾を引きちぎって投げ捨てた。分厚い巨大な花弁のように落ちる裳裾の横に、踵《かかと》の高い靴も脱いで投げた。ああ、今わたしは裸足だ、とちらりと思った。あの荒野でと同じように、わたしは裸足だ。

風の音が耳の奥で鳴っている。轟《とどろ》いている。息が切れて手すりによりかかって休むと、乱れた髪から略式の冠がすべり落ちて、軽い音を立てながら輪回しの輪のようにはずんで段を転がり落ちていった。

（わたしは女王だ、パロ女王、リンダ・アルディア・ジェイナ、予見の姫……）

部屋。塔。両側に開く大きな扉――テラス。行事の日には王族が立ち、国民と都に手を振る場所、リンダ自身が立ち、以前には夫とともに幸せにあふれて世界を見下ろした場所。

両手で突き破るように扉を開いた。どっと風が吹きつけ、月のような銀髪をかき乱した。顔に散りかかる髪をはらいのけて、リンダは目を凝らした。

「そんな」

震える声で彼女は言った。「そんな」

煙。それから炎。

一時はやすらぎを取り戻したかに見えていたクリスタルの街に、再び、不吉な色の花が咲いていた。ものの焦げる臭いが鼻をついた。忘れようもない旗印が目に飛びこんできた。六芒星にまといつく蛇の意匠を刺繡《ししゅう》した旗。ゴーラの大旗。叫喚の中にそれが翻っている、いくつも、いくつも。

木のはじける音と油の臭気、誰かの悲鳴を、無情な風が運んできた。

4

「ねえ、ほんとに入らなきゃならないのかい、リギア？」

「怖いのなら帰りなさいよ。誰もあんたに来いなんて言ってやしないわ」

「帰るなんてことも言ってないよ。ただとっても狭くて、汚くて、首筋がぞくぞくするってことだけさ」マリウスは手をあげてうなじを擦った。「ここんとこがちりちりするんだ、ほんとだぜ。ここには絶対に、よくないものが隠れてる、信用しなよ」

なら黙って王宮に戻るのね、王子様、とむかむかしながらリギアは思った。

そもそも、マリウスの役目は酒場で人目を集めて噂を聞き入れるところまでで終わっていたはずだ。それでもしいてついてくる、と言い張ったのは彼なのだし、帰れ帰らないで言い争うには、リギアはいささか疲れており、気が立ちすぎていた。

〈犬と橇〉亭を見つけるのには少々手間がかかった。さすがにイシュトヴァーンも表通りからすぐ見つかるような大きな旅籠《はたご》に泊まるようなことはしておらず、ほぼ家族の手だけでいとなまれているごく小体《こてい》な酒場兼宿屋で、知っているものも近所の人間ばかりという目だたない店だった。

裏道から裏道を駆け抜けて、ようやく問題の店をさぐり当てたときには、後ろについてきているマリウスはひいひい息を切らし、よけいな口をきくなと言っておいたにもかかわらず、種類豊かな文句と呪いと哀願をつき混ぜた言葉を、きれた息の間から器用に紡ぎだしつづけていた。リギアは無視した。

裏道の、そのまた裏にあたる〈犬と橇〉亭の裏はほこりだらけで汚物があちこちに落ちていて、間違っても入りこみたくはない場所だった。それでもここを通らないかぎり、任務は果たせないのだ。少なくとも、ハレンの女房と娘だけは助けてやらねばならない——まだ無事でいればだが。それは騎士の信義として、どうしても叶えてやらねば。

監視につけられた魔道士は無事にこのことをヴァレリウスに伝えただろうか、とちらっと思った。もし伝えていればいまごろ、ヴァレリウスが使える魔道士の中でもましなほうを何人か連れて、こちらへ向かっているはずだ。あと、騎士と兵士の数名。

できれば騒ぎを起こさずにたどりついていてほしいものだ。穴の中に隠れた獣は用心深い。少しでも危険を嗅ぎつければ、あっという間に穴の逆側から逃げだしてしまう。しかもこの獣は、毒を持った鋭い爪と牙を隠している。

ようやく裏道を抜けた。目の前はちょっとした広場になっていた。厩《うまや》では痩せた驢馬が二頭、空っぽの飼い葉桶を前に首を垂れており、ささやかな菜園に、ひねこびた野菜や豆が植わっている。

裏口の扉は開いたままになっていた。それが罠なのかどうか、リギアには判断がつきかねた。亭主が出るときに開けたままにしていっただけか、それとも。

逡巡は一瞬だった。剣柄に手をかけると、肩越しに目をやり、「いいかげんにしなさい、マリウス」と低く一喝した。まだ何か言おうとしていたマリウスは妙な音を立てて口から出かけていた言葉を呑みこんだ。

「ここから先は一言もしゃべらないこと。いいわね、一言もよ。あっとかえっとでも言ってごらんなさい、そのたびに、このナイフであんたの尻を突き刺してやるわ。いいわね。あたしは、やるといったことはやる女よ」

腰から投擲ナイフの一本を抜いてちらつかせてみせると、両手で口をふさいだマリウスはばね仕掛けのように何度も何度もうなずいた。小さくため息をついてナイフをもとにもどし、深呼吸して、開いた扉の奥に覗くうす闇に意識を集中した。四角い闇が、まるでリギアを呑みこもうとしている怪物の口のように思えた。

やくたいもない想像を追い払い、剣を抜き払ってそろそろと近づく。用心しながらそっと頭の半分を差し入れてみる。厨房は静まりかえっていた。パン捏《こ》ね台はガティの粉まみれで、噴きこぼれがこびりついたままの鍋が杓子をつきださせたまま竈《かまど》にかかっている。

危険の気配はない。リギアは少し肩から力を抜き、思いきって厨房に入りこんだ。両手で口をぴったり押さえたまま、マリウスもあとに続く。

「誰か、いないの？」押し殺した声でリギアは言った。「あたしはあなたがたのご亭主に頼まれて様子を見に来たの。ハレン小父さんの奥さんと、娘さんはどちら？」

ふいにガタガタと床が鳴った。マリウスが飛びあがって後にさがる。床の一部が持ちあがり、できたすき間から、怯えきった一対の目がこちらを見ていた。

「娘さん？　それとも奥さん？」

できるだけ怖がらせないように声を落ちつけて、リギアは囁《ささや》いた。

「怖がらないで。あたしはあの恐ろしい兵隊や魔道師の仲間じゃないわ。あなたたちの旦那さんはクリスタル宮に無事に保護されています。あたしはパロ正規軍聖騎士伯、リギア。あなたたちを助けに来たの、ああ、後ろのは気にしないでちょうだいね」

すき間は一瞬閉じかけ、迷うように止まり、少し広がった。ぼさぼさにもつれた髪の小娘が、紙のような顔色をして半分頭をのぞかせた。

「女の人だわ」少女は迷うように言った。兵士というものは男に決まっていると考えているらしい。

「女の騎士だっているのよ」リギアはほほえんだ。

「そして、男にひげをとらないことはお約束するわ。とにかく、あなたたちをこの恐ろしい場所から連れ出して、旦那さんと合流させてあげなければね」

「あの」せっぱつまった声がして、娘の隣にひどく老け込んだ感じの女の顔があらわれた。「ハレンは、あたしの亭主は無事なんでしょうか」

「あたしがお金と身分証をあげて、クリスタル宮の屯所でひとまずあなたたちを待つように手配しておいたわ。あなたたちもすぐに行きなさい。聖騎士伯リギアに言われてきた、と言えば、わかるはずよ」

　母と娘はしばらく押し黙った。このままここに隠れているのが安全か、それとも、勇気をふるって穴倉を脱出し、夫あるいは父といっしょになるのがいいか、迷っているようだった。決断は娘の方が早かった。

「行きます」娘が絞りだすように言って、床板をぐいっと持ち上げた。

「あれ、まあ、おまえ、そんな」と母親がおろおろした声を出す。

「ぐずぐずしてる場合じゃないわ、母さん」べそをかいている母親をひっぱり上げながら、断固として娘は言った。

「この人の言うとおりよ。こんなところであの真っ黒な魔道師に腐らせられてくより、店を捨てても、父さんといっしょに新しくやり直したほうがずっといい。クリスタル宮っておっしゃいましたね、騎士様」

「そうよ。聖騎士伯、リギア。この名前を忘れないようにしてね」

「忘れません」

渡せるようなものが何もないことをリギアは残念に思った。亭主のハレンに渡した指輪以外で手放せるようなものは、みんなごみ山の上に置いてきてしまった。このぼさぼさ頭の小娘は、小鼠のような両親ふたりぶんを合わせた以上の骨がある。

「さあ、母さん、ぐずぐずしないで。父さんが待ってるのよ。あたしたちがここにいれば、それだけ、この騎士様たちにもご迷惑がかかるんだから」

せめて何か記念品を、大切な祖母の肖像画を、先祖伝来のヤヌスの金の尊像を、とぐずつきつづける母親の背中を押して外に連れ出しながら、娘はよく光る黒い瞳をちらっとリギアに向け、すがるような目つきをした。

「あの黒い魔道師をつかまえてください、騎士様。あいつは悪いやつです。傭兵たちなんかより、もっとずっと悪いです。ドールの尻尾から生まれたようなやつです」

リギアは軽くあごを引くことでそれに答えた。二組の視線が交差し、娘はかすかな笑みを見せると、母親を追い立てるようにして厨房を出ていった。驢馬が引きだされる音がし、やがて、二騎の蹄《ひづめ》の音がせわしなく裏庭を出ていった。

「ま、とにかくあのご亭主のためにはいいことしてあげたね」とマリウスがうっかり言い、たちまち尻を押さえて悲鳴をあげかけ、リギアにそれを塞がれた。

「口をきいたらこれを刺すって言ったわよね。あんたの鳥の脳味噌は、三歩歩いたら言われたことも忘れるんだから」

　ナイフの細い切っ先をひらめかせながら、リギアは声をとがらせた。リギアに口を塞がれながら、マリウスはがくがくと頷いた。

「次に無駄口を叩いたらちくりとではすまさないわよ。今の悲鳴は特別に見逃すけど、次にやったら、このナイフ全部がきっちり柄元まで刺さるようにしてあげるから」

　またがくがくと頷いた。リギアはそろそろとマリウスの口をおさえた手を離した。マリウスは大息をついて刺された尻を撫で、何か意見を述べようとしたらしかったが、今度は分別を働かせて口をつぐんだ。

　誰もいなくなった厨房を忍び足で進む。念のために女房と娘が隠れていた地下室を覗いてみたが、しなびた馬鈴薯《ばれいしょ》と根菜がいくらかあるだけで、ほぼ空っぽだった。

　音のしないように上げ蓋を閉め、食堂に通じるらしい細い階段を見る。酒場兼宿屋のほうを探索するには、あちらへ向かうしかないらしい。

　階段は人が二人ならんでやっと通れるかどうかの幅しかない。ここから見通せないあの向こうで、イシュトヴァーンの仲間か、あるいは例の魔道師が待ち構えていたらひどく面倒なことになる。リギアは長剣を撫でながらしばし考えた。もしあの階段に押しこまれたまま斬り合いになったら、身動きの取れないまままずたたにされてしまう可能性だってないではない。

考えた末、長剣は鞘にしまい、短剣を抜いた。これなら狭い場所でもなんとかなる。もう一方の手には投擲ナイフを三本ほどはさんで持つ。敵の存在を察知したらすぐに投げられるように。二十人の兵士と一人の黒魔道師、と頭の中でくりかえす。

それに、イシュトヴァーン。そう、あの男を忘れるわけにはいかない。

全身の神経を張りつめ、じりじりと階段に向かう。後ろから、両手で口をがっちり押さえたマリウスが、爪先だってついてくる。

怖いのか、ぴったりくっついてこようとするのを、苛立ってリギアは後ろに下がらせた。こんな狭い場所で、傷つけるわけにはいかない相手に息がかかるほどぴったりくっつかれていて戦えると思っているのか、この小鳥は。

階段の最初の段に足をかけた。何も起こらない。二段、三段と登った。やはり、ことりとの動きもない。大胆になったリギアは、次の数段を一段飛ばしで上がった。階段は唐突に途切れ、右手側の壁に掘りこんだ形の配膳台のある戸口に、リギアは立っていた。

驚愕のうめきをこらえ、リギアはすばやく短剣を構えた。そこに、敵がいた。

慣れた目で数えたところ、十二、三人。傭兵姿、崩れた服装、汚れた野卑な顔。全員が酒場の椅子に腰かけ、火酒の瓶や料理の皿を前にしている。

魔道師は——イシュトヴァーンも——いない。

だが、すぐに様子がおかしいことに気づいた。厨房にも漂っていた甘ったるい腐臭が、ここではますます強烈になっていた。

皿に盛られた肉料理は青黒く変色し、蠅がたかっている。口が開いたままの火酒の壺にも、金属のような光沢の大きな蠅がびっしりとうごめいている。男たちは椅子にだらっと腰かけたままぴくりとも動かず、口を半開きにして宙を見つめている。蠅が飛びたち、蠟のように白いその皮膚を這い回っても、気にするどころか感じてもいないように、顔の筋ひとつ動かさない。

〈犬と橇〉亭の亭主のハレンが譫言《うわごと》のように言っていたことをリギアは思い出した。男たちのところへ料理を運んだ娘が、蠟のようになった彼らの皮膚の下に、なにか異様なものが身じろぎするのを見たとか、なんとか。

その時は話半分に聞き流したが、あのしっかりした娘が見たというなら、確かにそうなのだろう。それに、目の前の男たちの様子は、確かという以上に異様だった。

短剣をしまい、長剣を引き抜く。あわてたようにマリウスがひきとめようとするのを振り切って、リギアは大股に酒場へ進み出た。

「わたしはパロ正規軍、聖騎士侯ルナンの娘にして聖騎士伯リギア」

戦場に立つのと同じように、朗々とリギアは名乗りをあげた。

「おまえたちはわがパロの国土に不当に侵入した疑いがかかっている。おとなしく降伏しなさい、でなければ、このわたしの剣にかかることを光栄に思って死ぬがいい！」

だが、それに答えるものはなかった。誰も、何も。顔の上を這い回る蠅と同様、リギアの方に視線を向けるものすら一人もなかった。鼻をつく腐臭がいよいよ強くなった。

「どうした、怖いのか、臆病者ども」

必死に袖を引くマリウスを再度押しやって、リギアは嘲弄《ちょうろう》するように剣をあげた。

「そのままそこに座って、わたしの剣に串刺しにされたいというなら、かまわない、そうしてやろう。だが、それではは剣士としてのわたしの誇りが許さない。立て、そして武器を取れ！　戦いの意志を見せぬものに、パロの聖騎士は剣をふるわぬ！」

『やれ、その程度にしてやってはくれませぬか、パロの女騎士殿』

頭上から奇妙にこもったような声がした。

リギアの動きはすばやかった。まだ手に持ったままだった投擲ナイフを目にもとまらぬ早さで声のした方に投げつけ、それと同時に、床を蹴って声の主が黒い姿を見せている、二階へ続く木の階段の中程へとひと跳びに跳躍した。

だが、何の手応えもなかった。ナイフはすべて硬い音を立てて、すり減った木にむなしく突き立った。リギアは階段のせまい板に着地し、確かに相手の首を断ったと思った長剣の刃を啞然と見た。そこには何のあともなく、血の一滴もついていなかった。予想したような肉を切り裂く手応えも、吹き出す血の臭いも、まったく。

『パロの女聖騎士伯。お噂は、かねがねお聞きしております』

リギアの突進を霧のようにすり抜けた黒い影は、慇懃《いんぎん》に頭を下げる仕草を見せた。リギアは歯をむき出し、木に刺さったナイフを抜いて、相手に向きなおった。

「貴様、何者だ」

『カル・ハンと申します』

ゆらゆらと揺れて黒い影は名乗った。

『こうして幻影にてお話をさせていただきますこと、聖騎士伯にはまことに失礼でもあり、わたくしとしても遺憾なことではございますが、いささか時期が悪く、またほかになさねばならぬ任務もございますので、こうして無礼を働いている始末。どうぞご容赦くださいませ、聖騎士伯』

「イシュトヴァーンはどこにいる。あの男はどこだ」

質問とともにリギアは剣を横に払った。刃の一閃とともに黒影はいったん上下にわかれたが、すぐにふわふわと溶けあってもとの形にもどった。

『さて、それはお答えいたしかねるご質問なのです。このわたくしの本体がどこにおりますのかも、また、お答えいたしかねます。たいへん申しわけございません』

「貴様はイシュトヴァーンに仕えているのか。理由はなんだ。あの男に何の義理がある」

『いいえ、わたくしの主はイシュトヴァーン王ではございません』

あっさりと告げられた否定の言葉に、リギアは目を見開いた。

『わたくしの主はほかにおられ、その主が、イシュトヴァーン王にお付きして、そのご用を務めよと命じられたのです』

「ではその主とは誰だ。イシュトヴァーンを使って、その主とやらは何を企んでいる。おまえはキタイの竜王の手の者なのか、カル・ハンとやら。竜王はまたもや、このパロを手中に収めようとしているのか」

影はただ含み笑っただけで、否定も肯定もしなかった。リギアは歯ぎしりし、腹立ちまぎれに剣をふるって影をさんざんに斬りこまざいたが、そのたびに、影はふわふわと頼りなく揺れ、こなごなにちぎれ飛んでも、次の瞬間にはもとの姿にもどっていた。

『これは、ご無体な』

ほとんどおもしろがっているかのように、影は言った。

『わたくしは一介の従者に過ぎません。従者には、語るのを許されることはあまり多くはないのです。たいへんお気の毒に存じます、聖騎士伯』

「黙れ」

リギアは息を切らしながら頬をぬぐった。切りつけているうちに影を通り抜け、もとどおり、階段の下まで降りてきていた。マリウスが、子供のようにぎゅっと上衣の裾をつかんだのを、苛立って振りほどく。

「何度言ったらわかるの。今、あんたのお守りをしている暇はないのよ」

怒りと苛立ちでうわずった声で囁く。

「どうしたってあの魔道師をつかまえて、あいつの本体とイシュトヴァーンがどこにいるか、吐かせなくちゃ——何よ、馬鹿にして、あいつ——許さない」

「違う」

マリウスの引きつった声にこもった何かが、リギアの腕を止めさせた。

「違う、違うんだ、リギア。見て——あいつら——あっち」

マリウスのわななく指が酒場のほうをさした。

魔道師の影に視線を貼りつけていたリギアは、この時になってようやく彼らを見、恐怖と驚愕にはらわたをつかまれて棒立ちになった。

男たちが立ちあがっていた。

ただ、それは戦うために立ったのではなかった。武器も鎧も脚もとに、あるいは壁のそばに積みあげられたままになっている。椅子から立ちあがったそのままで、彼らは和泉の中の水草のように、ふらふらと前後に揺れていた。

『おう、どうやら、われわれの戦士が孵化《ふか》の時を迎えたようです』

魔道師の、これほどくぐもっていなければ喜んでいるとさえ聞こえただろう声が、言った。

『いかにも。それでは、わたくしめはこれにて失礼を。名高いパロの女聖騎士伯リギア殿に、わが兵士たちの初陣《ういじん》を飾らせていただけますこと、幾重にもお礼を申し上げます』

「孵化、ですって」

「待て……待ちなさい！」

リギアの手から幾筋ものナイフがきらめいて飛んだ。すでに薄れかけていた影を吹き飛ばし、古い階段の木柱を針鼠のようにした。気配は消え失せていた。

「待ちなさい……」リギアは床に膝をつき、肩で息をしながら魔道師の影があざ笑うように浮いていたあたりをにらみ据えた。

湿った布が引きちぎられるような音が連続して響いた。リギアは猫のように飛びあがってマリウスを後ろへ押しやった。マリウスはキタラをしっかり胸に抱えこんだまま、木の葉のように震えていた。

「何だあれ」あえぎながら彼は言った。「何なんだ、あいつらは……！」

立ちあがったままゆらゆらと揺れつづける傭兵たちの首が、そろってがっくりと後ろへのけぞった。それとともに、口が大きく、さらに大きく開き、顔の半分が開いた大口であるかのような形相になった。

その口の両側に、曲がった鉤爪がかけられた。

内側から。

声も出ずに見守るリギアとマリウスの前で、大きく開いた口の中から、緑色の鱗と曲がった鉤爪を持った三本しか指のない手がぬっと突きだし、空を掻いた。やがて、口の両側にがっちりと爪を食いこませ、大口をさらに大きく開きにかかった。

血は出なかった。卵の腐ったような異臭が漂い、何かの漿液《しょうえき》めいた黄色みのかった汁がだらだらと流れおちた。骨の砕ける音を立てながら顎が外され、頬肉が割かれ、首まで大きく二つに割り開かれた。

異様な花のようになった男たちの頭部から、身をよじりながら何者かが出てきた。

空中を飛びまわる蠅にパクッと大顎を鳴らし、満足げに噛むその口には、棘のような尖った牙が何列にも植わっていた。目は小さく、金色で、瞳孔は縦に裂けており、人間のそれとは縁遠いなにものかをたたえて、無表情にリギアとマリウスを見た。鼻先が長く、後頭部が岩のように盛りあがったそいつは手と同じく緑色の鱗をもち、耳障りな呼吸音とともにひくつく鼻孔から喉にかけては、ぬめぬめと真珠色に輝く細かい鱗が覆っていた。

真っ二つに裂かれた人体が床に投げだされると、次から次へとほかのものがそれに続いた。落ちた人体はその場で溶け、漿液となって消えた。すさまじい異臭が立ちこめて、リギアとマリウスは鼻を覆って必死に吸うまいと努めた。

人から孵化したそのものは、まだ濡れている身体を震わせると、付着した肉片をうるさがるかのように巨大な頭を振り、唸り声をもらした。

馬よりも確実に頭一つ以上は大きいであろうと思われる身長を支えるのは、蜥蜴《とかげ》のそれを思わせる関節が逆についたたくましい脚だった。手と同じく、足の指にも頑丈な鉤爪がつき、一振りで人間など簡単に真っ二つにされそうだ。曲がった背中には鱗と棘が並び、尻からは太い尻尾が生えて、巨大な毒蛇のように床にうねっていた。

(食堂へ食器を片づけに行った娘が、彼らの皮膚の下で、何か別の生き物がぐにゃりと蠢くのを確かに見たと血の気を失って帰ってきた)

「リ、リギア、どうしよう」

「黙って後ろに下がってなさい。隠れるのはあんたの得意技でしょ」

マリウスをかばい、蒼白になりつつ剣を構えるリギアの脳裏で、熱に浮かされたようなハレンの声が響いた。

(あそこでは何か恐ろしいこと、とてつもなく恐ろしいことが起こりつつある)

(間違いなく)

間違いなく。

その『恐ろしいもの』を今まさにリギアたちは目前にしていた。かつて一度目にし、相手取ったこともある彼らは、以前よりもさらに恐ろしく、人間離れした姿で戻ってきたのだった。リギアたちはうまうまと罠に誘い込まれたのだ、大きな罠に。

「竜頭兵」

リギアのかすれた呟きに呼応するように、そいつは咆哮を上げた。

マリウスがひっと喉を鳴らして耳を覆った。一匹が吠えはじめると、次々と仲間がそれに続いた。すさまじい騒音と鱗と鉤爪の擦れ合う音があたりを満たした。床に流れる漿液の発する瘴気にあたった蝿が、ぱらぱらと落ちて床に散った。

曲がった指、鉤爪のついた手が放り出されたままの武器を不器用に握った。尻尾がしゅるしゅるとすべってすばやく床を動いた。

リギアはマリウスを左手にかばったまま、一歩下がって剣を上げた。

一拍おいて、手に手に斧や大剣をかかげ、自らの鉤爪を振りあげた竜頭兵たちの集団が、リギアとマリウスを包みこむようにどっと襲いかかってきた。

第四話　暗黒の出現

1

バクンという激しい音が頭のそばで鳴り響いた。

間一髪で避けたにもかかわらず、リギアはふらついた。巨大な手のひらが耳のすぐそばで打ち鳴らされた感じだった。腐臭と酸っぱい消化液の臭い、そしてどぶ泥と血と硫黄が練り合わされたようなすさまじい臭気が実体を持つかのように五体を殴りつけた。

目をかたくつぶったまま、リギアは両手で剣を突きだした。自分が小娘のように叫んでいるのが遠くに聞こえた。渾身の力で突き刺した剣は、鎧を殴りつけたかのような感触とともに弾かれた。喉のもっともやわらかそうな部分を狙って突き上げたにもかかわらず。巨大な頭をした怪物は、長く突き出た頭部をそらし、剣に突かれた部分をいらだたしげにちょっとついてから、再び腹の底をゆするような咆吼《ほうこう》を放った。

「リギア！　リギア、逃げるんだ、こっちだよ！」

マリウスの甲走った声が言っている。リギアは霞がかかってくる頭を振って強引に現実に引き戻し、目前に迫っている怪物どもの集団を見た。そのむきだした牙と爪と太い尾の群れを見た。あのどれか一つを受けただけでも終わりだ。さっき指半本分でも避けそこねていたら、リギアの頭は今ごろなかった。マリウスに自分で逃げ出す才覚などあるはずもない。残るのはきっと、怪物どもにむさぼられる屍肉の塊が二つ。

落ち着け、と自分の胸に言い聞かせる。まずは敵の数を確認すること。そして不利だとわかったら退路を探すこと。

どうしても戦わなければならない場合は、とにかく……

「ち、ちょっと、リギア!?」

いきなりぐいと腕をつかんでひっぱられ、マリウスは悲鳴のような声を上げた。

「どこ行くのさ!? 出口はあっちだよ？　そっちは奥じゃないか」

無駄口を叩いている暇はない。リギアは二階への狭い階段へとマリウスを押し上げ、自分も上った。

竜頭兵どもは鱗をてらてら光らせながら、どっと押し寄せてきた。リギアは後ずさりしながら足で木椅子を蹴飛ばしたが、鼻面にまともにぶち当たっても、奴らは蚊が止まったほどにも感じないらしかった。一匹が手斧を投げ、マリウスのすぐ脇をかすめて壁に深々と突き刺さった。マリウスがまた、ひい、と情けない悲鳴を上げた。

「静かにしなさい。上るのよ」

　壁から手斧を引き抜いてリギアは命じた。

「上る!?」恐怖のあまり裏返った声でマリウスはわめいた。「たのむよリギア、こんなところでおかしくならないでよ！　上に出口なんてないじゃないか、こいつらに追いつめられて」

「上には部屋があるわ。そして窓が」リギアは言い返した。「もし部屋の鍵が開いていれば、そこで時間を稼いで、窓から脱出できる。このまま一階にいて、奴らに取り囲まれるほうが自殺行為よ。少なくともこの狭い階段なら、奴らも一匹ずつしか上がってこれない」

　その通りだった。竜頭兵どもは猛り立って吼えたて、太い尾を振り回して壁を破壊し家具を砕いていたが、狭い階段の上では、どう身体を押し込んでも、リギアを追って上がってこられるのは一匹だけだ。

　先頭にいるのは、さっきもう少しでリギアの頭を食いちぎるところだった奴だった。二階の入り口のもっとも狭いところに陣取り、手斧を構えたリギアは、その非人間的な目と、異世界に属するものの根本的に異質な悪意を受けて、全身に水を浴びたように感じた。

　こいつらの武器は恐怖だ、直感的にそう感じた。

ずらりとならんだ牙も、爪も、強力な尻尾も確かに恐ろしい武器だ、だがこいつらが最悪なのは、ただそこにいるだけで周囲にまき散らす、恐怖という名の致命的な毒だ。こいつらの前に立つだけで、並の人間なら身がちぢみ、足がすくんで、抵抗など考えることもできなくなるだろう。攻撃などするまでもなく、ただ姿を見せるだけで、兵士を無力化することができる。

自分の手が震えているのを感じて、リギアは唇をかみしめた。血の味が口の中に広がった。痛みも、血の味も、生きている証だった。

あたしは生きている、とリギアは自分に強く告げた。

あたしは生きている。武器がある。戦える。こいつらを始末できる。

「行って」できるだけ声を強くしてマリウスを押しやる。「鍵の開いている部屋を探して。開いてないならこじ開けて。それ以外に逃げる方法はないわよ。しばらくはあたしが、ここでくい止めるから、その間に」

マリウスは口を開きかけたが、ここで言い争っている暇はないことに気づいたようだった。さっと身を翻し、残りの数段を駆け上がって、二階の廊下に消えた。

宿を出て行ったとき、あいつらが部屋に鍵をかけていませんように、と声なくリギアは祈った。あるいは安宿によくあるように、窓のない部屋ばかりではありませんように。もしそんなことになれば、リギアもマリウスもこのまま、狭い建物に閉じこめられて、異界の蜥蜴《とかげ》どもの餌になって終わる羽目になる。

　マリウスが部屋の扉に体当たりするらしき音が響く。それを耳のはしに捉えながら、リギアは壁から引き抜いた手斧をかかげて怪物との距離をはかった。悔しいが、リギアの愛用する細剣程度では、こいつらの鋼鉄のような鱗には歯が立たない。せめて戦斧か、大きくて重い大剣があれば――

　怪物の脚の下で階段がきしんだ。来る。リギアが全身を緊張させた瞬間、竜頭兵の身体がぐっと沈んだ。

　突然、鱗に覆われた岩塊のような頭部が目の前にあった。くわっと口が開き、涎《よだれ》に濡れた牙とぬめぬめとした紫色の舌が見えた。リギアは反射的に斧をふるった。手斧は開いた口の脇に当たり、薄くなった肉をわずかに傷つけた。怪物はパクッと音を立てて口を閉じ、すばやく飛び下がって陰険な目つきでリギアを見た。切れた口の端からどす黒い血がわずかに垂れ、緑色の鱗に筋を引いていた。血の臭いを嗅ぎつけたのか、後ろにひしめいている仲間の竜頭兵どもが口々に身をゆすって吼え立てた。

　この斧の柄があと腕半分ほども長ければとリギアは願わずにはいられなかった。薪割り用の簡単な、安っぽい手斧だ。柄は木製で短く、刃もいいかげんな鋼でしかない。現に今も、もう少しで肘から先を持っていかれるところだった。こいつらの頭蓋を叩き割るには、もっと重い本格的な大斧、甲冑砕きと呼ばれる棘をつけた棍棒や、鎖つきの鉄球が必要だ。それと力が。女であるリギアにはない、圧倒的な膂力《りょりょく》と体力が。

脳裏にかつてともに旅をした豹頭の王の姿がよぎった。リギアは羨望と嫉妬と焦燥の入りまじった気分にさいなまれた。ああ、あの豹頭の超戦士ほどの力があたしにあれば、こんな奴ら、大剣を振り回して細切れにしてやるのに！

マリウスが声高に何か言っている。呪いの言葉らしかったが、きちんと聞いている余裕はなかった。口を切られた一匹が人間離れした憤怒に目を燃えたたせ、再び近づいてきたのだ。リギアは闇雲に斧を振り回し、相手を近づかせまいとした。やつの鉤爪の届く範囲に踏み込まれたら終わりだ。

「リギア！」マリウスが叫んでいる。「リギア、どうしよう、どの部屋も閉まってる、鍵がかかってて……」

「こじ開けなさい！」

ほとんど考えもせずにリギアは叫び返し、斧を伸びてきた竜頭兵のせまい額めがけて振りおろした。岩を殴ったような感触だった。衝撃が手首から肩まで伝わり、痛みにリギアは思わず腕を押さえた。相手は唸《うな》って一歩後退したが、ぶあつい鱗と骨に守られた頭部には傷一つつかず、ただ少し面食らっているだけのように思えた。

「閉まっているなら開けなさい、簡単なことでしょう！　命がかかっているのよ、少しはその脳味噌を働かせて、どうすればいいのか考えなさい！」

「か、簡単って」

あとに続いた言葉はもう耳に入らなかった。ぶるりと大きく頭を振った竜頭兵が、大股に段を踏み越えて接近してきた。リギアは距離を取りながら斧を振り回し、伸びてくる鼻面と手にめちゃくちゃに切りつけた。

どの一撃も傷一つつかず、むしろ、衝撃で腕がしびれるばかりだった。はじめは怯《ひる》んだ竜頭兵も、リギアの武器が結局自分たちに傷をつけるだけの力がないことを知ると、鼻を殴られても手の筋を打たれても、気にとめる様子もなく押し進んできた。

「来るな！　ええい、来るな、あっちへ行きなさい、怪物！」

ごつん、といやな手応えがした。はっとして斧を引いたが、動かない。刃先を見て、リギアの心臓が一拍飛ばして跳ねた。

黒く燻《いぶ》された柱の一本が、深々と斧の刃をくわえ込んでいる。

リギアが斧を放すのと、竜頭兵がそこめがけて大口を開いてかぶりつくのはほぼ同時だった。すさまじい音を立てて柱は埋まっていた壁ごとかじり取られ、斧も巨大な口の中に消えた。

木も漆喰の塊もいっしょくたに、バクンバクンと派手に咀嚼《そしゃく》する牙だらけの顎をリギアは階段になかば横たわった姿勢で茫然と見上げた。指がまだ全部揃っているのが信じられなかった。あとまばたき一つでも手を離すのが遅かったら、リギアの肉もあそこでいっしょにかみ砕かれていただろう。

もうほかに武器はない。絶望的な気分でリギアは、役に立たないとわかっている腰の細剣を抜いた。マリウス、まだなの、と乱れる頭の底で叫んでいた。もうあとがない、早く退路を見つけないと、押し包まれて、喰われる——

「リギア！　リギア、来て！　開いたよ！」

その声は天からさす一筋の光のようだった。リギアは目は眼前の敵から離さず、「なんですって!?」と大声で叫び返した。

「開いたよ、扉だ、開けたんだよ！　短剣の先でこじ開けた！　早く来て、窓がある！　外に通じてるよ、僕たち出られるんだ！　早く！」

萎えかけた希望が一気に燃えあがり、リギアの闘志に火をつけた。絶望に曇らされていた判断力が急速に戻ってきた。じりじりと後ろに下がりながら、細剣をかまえて、リギアは敵の狙うべき急所を見定めようとした。

こいつらは全身を鎧で固めた騎士と同じだ。刃の通るすきもないほどがっちり全身を鱗で固めている。あたしの体重と力じゃ組みついてねじ伏せることもできない。それに数も多すぎる。先頭の一匹を始末して、逃げる時間を稼ぐ。

でも、どうやって？

リギアは相手の目を覗きこんだ。非人類の目、異界から召喚された蜥蜴の金色の瞳を。

そして悟った。

リギアは腰にさした投擲《とうてき》ナイフの最後の一本を抜いた。

「リギア！」

銀のきらめきが宙を走った。にじり寄ってこようとしていた竜頭兵は、巨大な頭をのけぞらせ、鉤爪の手で顔をおおった。開いた口から、ごうっという苦痛と狼狽の声がとどろいた。鉤爪のあいだから投擲ナイフの柄が突きだし、血が流れていた。リギアが放ったナイフは狙いあやまたず、竜頭兵の鱗に覆われていない数少ない部分、眼を貫いたのだ。

声を限りにマリウスが呼んでいる。リギアはぐっと身を乗りだし、吼え続ける竜頭兵のぽっかり開いた喉の奥めがけて、細剣の鋭い切っ先を柄も通れとばかりに突きこんだ。刃と牙とがぶつかり、軋《きし》み、剣が折れた。

半分になった剣を捨て、リギアは両手をぐっと両方の壁に突っ張って、足で力いっぱい相手を蹴った。

開いたままの口に折れた剣の切っ先を光らせた竜頭兵は、ぐらりと揺れた。

しばらくはゆらゆらと立っていたが、いきなりぐらりと崩れ落ちて、後ろにひしめく同類どもの上に転げ落ちていった。紫の舌がだらりとはみ出した。血を流す片目と、死んだもう一方の目に白く膜がかかっていく。

リギアを見上げていた緑色の竜頭の群れが、風になびくように後ろに向いた。仲間の血の臭いに惹かれているのだと気づくより早く、リギアはその場に背を向けた。階段を上がりきり、廊下の奥で扉を開いて手を振り回しているマリウスのところへ走る。後ろでぞっとするような、肉を引き裂く音と、濡れた舌が鳴らすぴちゃぴちゃいう音が始まった。

「大丈夫、リギア!?」

そういうマリウスの顔も蒼白だった。

「少なくとも生きてるわ」

乱暴に言って、リギアはマリウスを押しのけて部屋に入った。かび臭い、物置のような埃まみれの部屋で、家具はぼろぼろの寝台のほかにほとんどなく、どうやら使われていなかった一室らしい。しかし、窓はある。正面に、大人ひとりが身をねじ込んでようやく通れるか通れないかの、鼠穴めいた小さな窓が。

「ここだけ鍵が旧式だったんだ」息を切らしてマリウスが言う。

「ほかの部屋は試してもどうしても駄目だったんだけど、ここは短剣の先をつっこんでひねったら、なんとか鍵が開いて」

「どうして先に出てなかったの。逃げるときはさっさと逃げるのがあんたの流儀でしょ」

扉を閉じて内から施錠しつつ、リギアは舌打ちした。自分が逃げられなくても、せめてマリウス――パロの玉座を継ぐべきアル・ディーン王子だけは逃がすつもりでいたのに、この小鳥は何をそんなにぐずぐずしていたのだ。

「おいおい、君だけ置いて逃げろっていうのかい？……ま、まあそれも、ちょっとだけ、ほんとにちょっとだけだけど、考えなくもなかったんだけどさ」

マリウスは小さくなって、でもさ、と口をとがらせた。

「でもどっちにしろこの窓じゃ、一人じゃ出れないよ。二人でお互いを押し出すか、引っぱり出すかしないと。僕は小柄なほうだし、リギアは女だけど、それでもなんとかぎりぎりってところだ」

マリウスの言うとおりなのはリギアも認めざるを得なかった。おそらくちょっと大柄か、並み程度の男では、この窓を抜けることは難しかっただろう。マリウスが思いきり肩をすくめて小さくなって、それでやっと通るか通らないかの幅しかないのだ。一人で窓枠にはさまってじたばたしているところへ、あの怪物どもの群れが押し寄せてきたらどうなるか、考えてみたくもない。

「そういえばあいつら、どうしたの。追いかけてこないの」

「たぶん下でお食事中よ。仲間の死体でね」

うげ、とマリウスは呻いた。

血の気のない顔をますます青くしたマリウスをせき立てて、部屋で唯一の家具である寝台を動かし、扉の前に寄せる。あの怪物どもには激流の前の藁《わら》一本にしかならないかもしれないが、ないよりは気休めになる。そうしておいて、先にマリウスから窓に入らせる。

「い、痛い、痛いよ、リギア！　そんなに乱暴にしないでよ！」

ぎゅうぎゅう窓枠に押しこまれたマリウスがもがいて悲鳴をあげる。

「肩を多少すりむくのと竜頭兵に頭を食いちぎられるのと、どっちがまし？　つべこべ言わずに、もっと息を吐いて、肩を丸めなさい。丸めなさいったら！」

いっぺんにマリウスはおとなしくなり、息を限界まで吐ききって、身体を折りたたむように丸めた。リギアは窓につまった子供の遊びの毛糸玉のようになったマリウスを懸命に押し、体重をかけて踏んばり、その間じゅう、もっと小さくなれ、息を吐け、手を使って身体を外へ押し出せと、叫びつづけていた。

「あたしはともかく、あんたはこんなところで死んじゃ駄目なのよ！」

リギアは満身の力をこめて押しながら、食いしばった歯をきしらせた。

「死んでイシュトヴァーンを喜ばせたいの？　このパロをあいつの、それにキタイの竜王の、思い通りにさせたいの？　そんなこと、絶対に許さないわ！　押しなさい、もっと、ふんばって押しなさいったら、マリウス、——アル・ディーン！」

ふいに肩が軽くなった。

「抜けた！」と外から、マリウスの声がヒバリのように嬉しげにさえずった。

「さあ、次は君の番だよ、リギア、早く！」

リギアはへたへたとその場に腰を落とした。

急に身体から力が流れ落ちてしまったようで、膝が震えて立てない。肩と腕の痛みが、ふいに意識に上がってきた。顎が震え、息が弾んだ。息がつまる。頬に温かい感触とかゆみを覚えて、手で触れた。濡れていた。涙だった。自分が子供のように泣いていることに、ようやくリギアは気づいた。

「何してるんだよ、リギア、さあ早く」

窓の外の屋根に立ったマリウスが必死に手を伸ばしてくる。

「ああもう、勇敢なパロの女聖騎士伯が、そんな泣きっ面じゃ困るよ！　そんなじゃ歌にもなんにもならない。僕を押し出したときの冷酷無情はどこへやっちゃったんだい？　落っことしたんなら拾って、さあ、逃げるんだ、早く！　あの魔道師がここだけに竜頭兵を放ったなんて思えない。きっとパロ全域、もしかしたら、クリスタル宮にだって」

呼吸をする力すら抜けてしまったように感じながら、それでも、パロ、そしてクリスタル宮という言葉がリギアの意識をつついた。聖騎士伯という誇りある称号が背中を押した。ふらつきながらリギアは立ち上がり、窓の向こうからマリウスがのばす手に身体をつかまれるにまかせた。

「そらっ、よいしょっと……君、もしかして僕より重いんじゃないかい、リギア？　あっ、冗談、冗談だってば！　だけど君だってもっと自分で押してくれなくちゃ、僕にあんなにやいやい言っといて……まったく、この窓ときたらドールの尻の穴、おっと失礼今のは取り消し、とにかくむかつくくらい狭いんだから、僕みたいに非力な吟遊詩人ひとりじゃとっても無理だよ、ほらリギア、頑張って、そら、もう一息！」

窓の向こうで顔を真っ赤にしているマリウスの姿に、狭い穴にむりやり身体をねじ込みながら、ふいに、リギアは場違いな笑いがこみ上げてくるのを感じた。

昔の思い出が、洪水のように流れ戻ってきた。まだマリウス——アル・ディーンもその兄も、乳姉妹の自分も、ほんの少年少女だったころ、ルナン侯の屋敷の庭で、ひと群れの子犬のように転げ回って遊んでいたあのころ。横たわる未来のことなど何も知らず、美しい乳兄弟たちと走り回って悪戯をすることしか頭になかったころ。

隠れんぼうに夢中になるあまり、妙な場所にはまり込んでしまった仲間を、よくこうして引っぱり出したり出されたりしたものだった。物静かで賢い長兄は穏やかに微笑んでいるだけだったけれど、この元気で奔放な弟とお転婆娘の自分は、しょっちゅう困った羽目になっては、こうして力を合わせてお互いを引っぱり出してきた。

今のように。

「もうちょっと、もうちょっとだよ、リギア、ほらがんばって……抜けたあ！」

つかえていた肩が外れて、リギアは瓶の栓が抜けるように、マリウスに引っぱられて屋根の上に飛び出した。ぺたんと尻もちをついたマリウスは大きく肩で息をしている。

「うわあ、焦ったあ……あれ、リギア、君、もしかして泣いてる？　それとも、笑ってるの？」

「どっちでもないわ」

目尻に残った涙のしずくを指先で払って立ちあがろうとし、リギアはぎくりと後ろを振り向いた。

扉がガタガタと揺すられ、吼え声が響いてくる。木が軋み、古くなった板を破って、鉤爪の光る手が突きだした。割れた板のすき間から、金色の蜥蜴の目がいくつも光った。扉に押しつけた寝台がゆっくりと押しやられていく。

「まずい、奴ら追いついてきた」

「飛びおりるわよ、マリウス」

「承知！」

扉がはじけ、緑の鱗と爪と牙と蜥蜴の目がどっと溢れ出すのを背に、マリウスとリギアはたがいに支え合い、二階の屋根から地面へと跳んだ。

2

両脚が固い地面に叩きつけられた。持ちこたえることができずに、リギアとマリウスはもつれ合って二、三度転がった。景色がぐるぐる回り、砂埃が口に入ってじゃりじゃり音を立てた。回転が止まり、数呼吸のあいだ放心してぐったり伸びていたが、先に起きあがったのは意外にもマリウスのほうだった。

「愛と美のサリア！」かすれた声で呻いて、彼はぴょんと跳ねあがった。

「これがあなたの信奉者に対する仕打ちなんですか？　せっかくの衣装が！　帽子もくしゃくしゃだ、それに、キタラを中に置いて来ちゃった！」

「新しいのを手に入れればいいでしょ」額を押さえながらリギアはやっと起きあがった。頭に粘土を詰めこまれたような気がする。全身から力が抜けて、筋肉が全部綿に変わってしまったようだ。

「キタラは新しいのを買えるけど、命はいくら出したって新しいのは手に入らないのよ」

「でも、僕の楽器なんだ！」マリウスは泣き声を出した。

「とってもいい響きで、調律も素直でお気に入りだったのに。あっ」

「どうしたの？」

なおも泣き言を並べようとしていたマリウスが途中で顔色を変えたのに気づいて、リギアは反射的に武器を手探りした。マリウスは口をぱくぱくさせながら、たった今飛びおりてきたばかりの窓を指さした。身をよじって見上げたリギアは、凍りついた。

狭い明かりとり兼空気抜きの窓は、押し合いへし合いする緑色の鱗の鼻面でぎっしり詰まっていた。木枠のはめ込まれた漆喰の壁に徐々にひびが走りはじめている。

ボコッと音がして、もろくなった漆喰の塊が壁から剝がれて崩れ落ちた。窓枠の端が壁から外れて浮き上がった。

「立ちなさい」

震える膝を自ら叱って、リギアはマリウスを引きずり起こした。

「あんな漆喰壁ひとつ、あいつらを止める役になんかたたないってわかってるべきだった。逃げるわよ。とにかくあんたを、クリスタル宮まで送り届けなきゃ」

「で、でも」

数歩あとずさったマリウスは、迷うように後ろを向き、きゃっと声をあげてリギアにしがみついた。

ちに……」

「もう、しっかりしなさい！　それより走るのよ、あいつらが壁を破って出てこないうちに……」

「違う、違うよ、見て、あれ、あれ」

わななく手でマリウスは〈犬と橇〉亭の面する細い路地をさした。一目見て、リギアはふたたびの絶望が氷のように背筋を浸すのを感じた。

路地はさらにいくつもの小径や建物のすき間にわかれている。それらのあちこちから、巨大な蜥蜴の頭が次々と姿をあらわしていた。

鉤爪がかちかちと石畳を鳴らし、したたる唾液の悪臭が漂ってきた。どこか、そう遠くない場所で、雷のような咆吼が轟いた。太い尻尾が道をすべり、すでに血しぶきを浴びた太い脚が、鼻面が、金色の目が、陰という陰から湧いてでるように思えた。

「あいつらだけじゃなかったんだ」放心したようにマリウスが呟いた。

「パロ中にこいつらが湧いて出てるんだ……きっと、クリスタル宮への道筋にも……この通りのまわりに、だって」

頭上でバキバキと木が砕けた。漆喰と窓枠を突破した竜頭兵が三匹、吼え猛りながら壁に開いた大穴から這い出してきた。それとほぼ同じくして、道に面した宿屋の扉が内側からはじけ飛んだ。ちぎれてぶら下がった扉をきしませながら、さらに二匹の竜頭兵が長い紫の舌をだらりと垂らしてくさい息を吐きながら姿を見せた。

リギアはもう一度腰を探り、もう剣も、投擲ナイフも残っていないこと、武器らしいものなど何一つ残っていないことに、今さらのように気づいた。マリウスに目を走らせると、彼はあわてたように両手をあげてかぶりを振った。

「ぼ、僕は武器なんて持ってないよ。わかってるだろ。吟遊詩人が持つのは楽器で、剣やナイフなんて縁がないんだよ」

「さっき扉を短剣でこじ開けたって言ったじゃないの。その短剣はどうしたの」

「それはキタラの弦をととのえたり竪琴の糸巻きを調節したりするのに使うやつだよ。こんなので役に立つってんならいくらでも提供するけどさ」

やけ気味にマリウスが取りだして見せたのは、小指ほどの長さしかない、玩具の兵隊の剣にも劣るような代物だった。リギアは胃が長靴の底まで落ちこむような気がした。

今や四方はじりじりと進んでくる竜頭兵の集団に包囲されていた。強烈なやつらの悪臭で息がつまりそうだった。リギアはマリウスを背にかばって後退しようとしたが、その方向にもやはり鉤爪と牙が光っていて、金色の目が悪意をしたたらせていた。

「リ、リギア、どうしよう」

マリウスはほとんど泣き出しそうだった。

「このこと、クリスタル宮に報せなくちゃ。きっとイシュトヴァーンは、こいつらを使ってパロを攻め落とすつもりなんだ。リンダが危ない、それに、クリスタル宮のみんなも……そうだ、パロの民も、みんな……こいつらに……」

ずいぶん王子様らしいことを言うのね、としびれたような頭の隅でリギアは思った。浮かれた小鳥の頭の中にも、どこか王位継承者としての気持ちは残っていたらしい。

だが、どこにも逃げ道はなかった。狂ったように視線を動かしても、見えるのは牙をむきだした巨大な金槌型の頭部だけで、しかも、まばたきするたびにその数は増えていた。

なぜあいつらはいっせいに襲いかかってきて、何もかも終わりにしないんだろう、とリギアはぼんやり思った。そして気づいた。

奴らは『恐怖』を武器にするが、その主な食物もまた『恐怖』なのだ。奴らはあたしたちの『恐怖』を楽しんでる。舌なめずりして味わっている。どこにも逃げ場のないという恐怖で発狂するまで怖がらせてから、恐怖と狂気という強烈なスパイスでじっくりと味付けされた肉を味わう、それが、奴らのやり方なのだ。

「畜生《ドール》」ようやく絞りだした声は情けなくかすれていた。「畜生、畜生、畜生、畜生」

緑色の蜥蜴頭の大群がまた一歩前に出た。リギアは身も世もなく震えてすすり泣いているマリウスを背にかばい、目を閉じた。これ以上なにも見ずに済むように、これ以上、奴らの思いのままに恐怖を感じてなどやらないように。

「――マルーク・ケイロン！　マルーク・ケイロン！」

　それは曇天にひらめく雷電の一閃だった。リギアははっと目を開いた。若々しい声がさらにいくつも響いた。

「マルーク・ケイロン！　マルーク・ケイロン！」

「頭を狙え！　一撃で倒すんだ！」

「爪と尻尾に気をつけろ、かかれ！」

「マルーク・ケイロン！　マルーク・グイン！」

　弓弦がうなりを上げ、雨のように飛んできた太い矢が竜頭兵の蜥蜴頭の上に降りかかった。数本は狙いをそらして弾かれたが、ほとんどは硬い鱗を貫いて肉に食いこみ、目を潰し、喉を貫通した。どろりとした血をしたたらせながら、喉を貫かれた竜頭兵がどっと横倒しになった。リギアとマリウスは身じろぎもできなかった。

「マルーク・ケイロン！　マルーク・ケイロン！」

　先頭を切って現れたのは弩弓《どきゅう》をかまえた歩兵の一隊だった。三列に並び、発射しては後ろに回ることでほとんど間断なく矢玉を放っている。竜頭兵は唸り声をあげながら潮の引くように下がった。

「マルーク・ケイロン！　マルーク・グイン！」

　弩弓兵に続いて、甲冑に身を固めた騎士隊が現れた。甲冑の胸に刻まれたケイロニアの紋章に、リギアはようやく気づいた。

ケイロニア軍だ――ケイロニアの、パロ駐留軍がやってきたのだ。

「マルーク・ケイロン！」

「豹頭王よ、われらに勝利《かち》を！」

騎士たちは馬に乗らず歩行でとびかかり、重い大剣や戦槌《せんつい》で竜頭兵の頭を攻撃した。訓練された兵士の乱打を浴びて、さしもの竜頭兵の分厚い頭蓋もたまらず砕けた。裏町のせまい通りは血と悪臭と戦いの物音でいっぱいになり、ケイロニアの兵士たちの甲冑の鈍い輝きが、竜頭兵の緑の鱗と渦巻き、混じりあった。

「マルーク・ケイロン！　マルーク・ケイロン！」

「マルーク・グイン！　マルーク・グイン！」

「リギア殿」

乱戦の物音から抜けだしてきた人物に名を呼ばれて、リギアは心づいた。一人だけ馬に乗った指揮官らしき騎士が、拍車を入れてそばへ駆けよってきた。

「よかった、ご無事か。斥候《ものみ》の兵が、あなたともう一人の人物が、ここで竜頭兵に囲まれているとの報せをもたらした時は生きた心地がしなかったが、間に合ってよかった。お怪我はないか。そちらの御仁も」

リギアはまだ凍りついたような目で相手を見上げた。少しずつ相手の記憶が心の底から浮上してきた。そうだ、この男は、確か……

「ブロン……殿」

「おや、乙女をお救いした騎士に、お礼の口づけもなしですか」

ケイロニアの駐留軍の一指揮官であり、リギアの一夜の相手を何度かつとめたこともある軍人は、冑《かぶと》の下で一瞬破顔して、すぐ表情を引きしめた。

「ここで長々とおしゃべりしている暇はない。ここで何をしておられたかは伺いますまい。しかし、あなたは一刻も早くクリスタル宮に戻られよ。この怪物どもはいまや、クリスタルの道という道、広場という広場に湧いている。私は魔道には疎いが、これが尋常でない事態であることはわかる。あなたは聖騎士伯としてクリスタル宮に急を告げ、女王陛下の御身をお守りなさい。さあ、この馬を」

ブロンはさっと馬の背からすべり降りて、手綱をまとめてリギアに押しつけた。反射的にリギアは手を引っ込めようとした。

「でもそれでは、あなたが危険だわ」

「われわれがなぜ歩行《かち》で戦っていると？　馬はあの蜥蜴どもの前に出ると狂ったようになってしまって役に立たないのですよ。こいつが残った最後の一頭です。早く」

背後からこっそり忍び寄ろうとしていた竜頭兵の一匹に、振り向きざまにブロンは大剣の一撃を浴びせかけた。肩の関節を強打された竜頭兵は裂けた皮膚から血を流しながら、苦痛の悲鳴をあげてあとずさった。リギアはブロンに押しあげられるようにして鞍に収まり、あとから、マリウスがひいひい言いながら這い上がってきた。

「われわれのことは気になさらず。精強にして剛毅がケイロニア騎士の誇りです」

大剣を片手に、ブロンは笑ってみせた。

「だが敵は数が多い。そして今この瞬間も、この美しいクリスタルに増え続けている。まるで毒キノコのようにだ。とうていわれわれだけでは刈りつくせない」

「わかっているわ。感謝します、ブロン殿」

腰の下に馬と装具を感じると、聖騎士の自分がリギアにも戻ってきた。馬上からブロンに感謝の目配せを送ると、もう振り返らずに、乱戦の間にできたすき間めがけて馬の脇腹を蹴った。逃すまいと殺到する竜頭兵めがけて、ケイロニアの弩弓隊がいっせいに矢を浴びせかける。耳元で風がうなりを上げる。

「しっかりしがみついてなさい、マリウス。しゃべると舌を嚙むわよ」

手綱を引き絞りながらリギアは早口に言った。

「落としても拾いに行く余裕はたぶんないわ。目をつぶって耳もふさいで、でも、手だけは離さないで。いいわね。飛ばすわよ」

マリウスの返事は聞こえなかった。獲物が逃げようとしていると気づいた竜頭兵が進路に密集する。耳もとを矢がかすめる。十分に距離を測って、リギアは手綱をうち、「ハッ！」と声をかけて拍車をいれた。

　よく訓練された軍馬は地を蹴って跳んだ。ぎっしり集まった蜥蜴どもの頭が眼の下を流れていく。どん、と衝撃があって、顎が馬の首にぶつかった。鞍からずり落ちそうになる自分を、リギアは鞭打って膝に力を入れて馬体を挟みこんだ。馬は高いいなきを一つ残して、騒ぎ立てる竜頭兵の包囲を脱し、クリスタルの表通りめざして、いっさんに走りはじめた。

「陛下を守れ！　他のものはどうでもいい、女王を安全な場所にお連れするのだ。近衛隊を集めろ。水晶宮の周囲を固めさせるのだ」

　ヴァレリウスは大声で怒鳴りながら水晶宮の瀟洒《しょうしゃ》な通路を突風のように通り抜けていった。やせた身体の周囲で黒衣が渦巻いた。鼠のような貧相な顔はさらに頬と目が落ちくぼみ、翳《かげ》になった眼窩《がんか》の奥で二つの目だけが熱に浮かされたようにぎらついていた。後ろから着飾った侍女たちがおろおろと走り回ってさえずり立て、それぞれの部屋に意味もなく出入りして香水瓶やガウンや上履きや、あわてたさいに人間が手にするような意味もない品物を持ち出そうとしていた。

（なぜ気づかなかったのだ。国境隊からも、どの防衛線からも報告は来ていなかった）

　イシュトヴァーンが連れてきていたのはほんの二十人ほどの兵士にすぎないはずだ。誰も報告してきていない。監視に出していた魔道士たちさえも何も言ってこない。これだけの火を城下に放てるだけの大軍団をパロのど真ん中に出現させる途など、ありはしなかった、そのはずだ。ヴァレリウスは歯がみした。

（いや、ある。あった。ひとつだけ）

キタイの魔道師。

イシュトヴァーンをさらって去ったあの魔道師ならば、なんらかの方法で空間の途をひらいてゴーラ軍を引き入れることも可能だろう。だが、その軍勢はどこから連れてくる？　テラスで気絶した女王を助け起こしながら一望したパロの街は、数えきれないほどのはためくゴーラの紋章におおわれていた。その場は女王を助け下ろすことを優先するため魔道の目を使うことを控えたのを、ヴァレリウスは悔やんだ。あの旗の下にいるのが何者なのか、どれくらいの数がどこから放たれているのか、確かめておいてもよかったものを。

「宰相殿」

鎧と装具をがちゃがちゃ鳴らしながら、エダン聖騎士侯が追いついてきた。武装を取りもどした老騎士は、女王の前にいたときよりずっとくつろいで見えた。

「エダン侯。状況はいかがか」

「こう言うのは口惜《くちお》しいが、いっこうに情報が入ってこないのだ」

苛立ったように剣の柄を指先で叩きながら、エダン侯は髭面を歪めた。

「ネルバ城の衛兵部隊や聖騎士宮がこの様子に気づいておらぬはずはないし、気づいておれば兵士を街に出し、同時に水晶宮へも現状報告の急使を寄こすはず。儂《わし》は所用あって練兵場へ赴いた帰り道、街にあがる煙を見て、都市の防衛にはネルバ城の部隊が迅速に動くであろう、なにより先に、近くにおる儂が女王陛下に急を告げねばならぬと考えたが、いまだにクリスタルから兵が出る様子がない。解せぬ。聖騎士の長たるアドリアン侯など、儂よりも先にこちらに駆けつけておらねばならぬはずだが」

「私も同感です。城下に放っておいたはずの配下の魔道士たちがことごとく沈黙しております。何か少しでも怪しいものが目に入れば即報告せよと命じておいた者どもです。このような事態を看過しているはずがございませぬ」

「宰相殿から呼びかけても答えがないのか」

無言で頷き、ヴァレリウスは眉間にきつく皺《しわ》を寄せた。意識を集中しすぎて頭痛がするほど、何度もやってみた。イシュトヴァーン一党の探索のため、パロ全体に散らしておいた魔道士たちの監視の目、特に、吟遊詩人に扮して街場に出ているはずのリギアとアル・ディーンにつけた魔道士の意識を捕まえようと、吐き気がするほどやってみたのだが、感じられるのは恐ろしいほどの空白、闇ですらない、虚無を手探りするような空恐ろしい感覚だけだった。

「おそらくこちらの魔道の連絡網は、敵の手によって封じられております。イシュトヴァーンに付き添っております例の謎の魔道師、あれが、おそらくなんらかの手段でもってわれらの魔道体系に介入し、その規則を乱しておるものと考えられます。推測ではございますが、かの魔道師はおそらくキタイの竜王の手の者。いかなる奇怪な術を使ってくるか、予想もつきませぬ」

「だが、それでは困るのだぞ、宰相殿！」

足を止めて、エダン侯は割れ鐘のような声を放った。

「何が起こっているのかもわからぬ、味方と連絡も取れぬ、そもそも街を焼いているのが何者なのか、ゴーラの旗を揚げてはいるが本当にゴーラ兵なのか、まったくもって知るすべがないとは！　これでは手も足も出ぬといっておるのと同じではないか。おぬしはわれらに目と耳をふさがれ、両手両脚を縛られた状態で戦えというのか？」

「……とにかく最善を尽くしております」

背筋を汗が伝うのを感じながら、ヴァレリウスはそう答えるしかなかった。指が無意識に左手の青い貴石の指輪をさぐった。喉仏を大きく上下させて息をつき、続けて、

「魔道も使えず、あちらからの使いも来ないとなれば、こちらから出向いて様子を確かめるしかございますまい。その前に、万一を考えて、陛下だけはまず安全な場所にお連れしなければ、そうではございませんか。侯もそうお考えになったからこそ、まっ先に陛下のもとへおいでになったのでしょう」

「それは、まあその通りだが」

エダン侯は唸って鉄色の頬髯をこすった。ふさふさした眉が寄って渋面を作った。

「だが、姿の見えない敵にむざむざやられるようなわれらパロ騎士ではないぞ。確かに数は減りはしたが、パロを想う心は誰にも負けはせぬ。ましてや卑劣なゴーラ王と、その得体の知れぬ魔道師風情の前に、怖じ気づくようなわれらではない」

「承知しております」

そう答えながらも、ヴァレリウスは内心じだんだ踏みたい思いだった。この老軍人には、いまパロに起こっている事態の本当の姿がわかっていないのだ。キタイの魔道師、イシュトヴァーン、そして、この指輪の——

「とにかく、エダン侯」

自分の指が何に触れているかに気づいて、胃がひっくり返るような感じがした。意識して手を引き下ろし、ヴァレリウスは頭二つ分ほど高いところにある老騎士の顎を見上げてきっぱりと言った。

「とにかく、女王陛下を安全なところへおかくまいして悪いことはございますまい。敵の正体も、その撃退も、それからの話です。ゴーラの旗をああまで堂々とかかげているからには、相手はイシュトヴァーンとその軍、となれば、最後の目標はリンダ女王陛下と考えるべきでしょう。女王はパロの心臓であり命、陛下を奪われれば、それこそ相手の思うつぼです」

「だがどこに？　水晶宮の奥宮にそのような場所があったか」

「イシュトヴァーンは抜け目のない男です。このようなことを企んでいたのだとしたら、水晶宮が王族の居城であること、その細かな構造くらいはとうに探り出しておりましょう。ここは陛下にいったん水晶宮を出ていただき、守りの堅い塔のどれかに隠《こも》っていただくのがよろしいかと」

「守りの堅い塔？　ふむ、ヤヌスか」

「そうなりましょうな。地下の古代機械は停止しておりますが、あの塔ならば、パロ王家の血にしか反応せぬ扉がいくつもあります。キタイの魔道師がいかに妖しい術を操ろうと、パロの聖なる血脈につながれた古代魔道にまでは打ち勝つことはできぬはず。ひとまずヤヌスの塔に陛下をお隠しし、その後、われわれは直接城下に打って出て、いったい何が起こっているのかを見ることにいたしましょう」

「それがよかろうな。おお、陛下」

数人の衛兵に担がれた簡易な輿《こし》にのせられて、リンダが運ばれてきた。まだ気を失ったままでなかば横たわり、銀髪の乱れかかる顔から下を、寝台から剥いできたらしい刺繍入りの毛織物にくるまれている。輿にはいっしょにスニが乗り、リンダの手を小さな両手で包んでさすりながら、黒い目に涙をいっぱい溜めていた。

「姫さましっかりして、スニ、ここにいるよ」

セムの娘はリンダの耳に口をすりつけるようにして、必死に呟き続けていた。

「姫さまに悪いことする奴スニ許さないよ、スニきっと姫さまのこと守るよ、だから目あけて姫さま、スニのこと見て、ねえ姫さま、姫さま」

スニの祈るような声以外、女王のまわりは完全な沈黙に包まれていた。生まれのよい侍女たちは奇怪な事態に蒼白になり、輿の上の女王とおなじか、それ以上に血の気を失っていた。ドレスの胸もとに場違いな宝石をかけ、銀細工の小函や透かし模様の香水瓶などをかかえている者がいても、ヴァレリウスは見ないふりをしてやった。

それが人間というものだ。いざとなれば仕えるべき者の安全より、わが身とわが財産の方に手を伸ばしたくなる。それをしない者はあるいは高潔と呼ばれ、あるいは愚か者と呼ばれる。どちらの呼び名も当たっているのだ、おそらく。

俺はおそらく愚か者だ、とヴァレリウスは思った。

（しかし、高潔ではない。そのようなもののかけらすら、俺にはない）

あのノスフェラスの娘は人ではない、だから、あれほど一途に女主人を愛することができる。毛むくじゃらの背中が銀髪の女王のそばで揺れているのを見ながら、ヴァレリウスはまた左手の指に手を伸ばしかけ、はっとして引っ込めた。

この数日、何度もはずそうとして、そのたび断念してきた品だった。その片割れは今もヴァレリウスの執務室の机の隠し引き出しにしまわれているはずだ。復讐の女神と死の女神。死の女神は、復讐の女神の指輪の持ち主を自らのもとに連れ去った。そのことはヴァレリウスもその目で見、つい最近も確かめた。だが今、ヴァレリウスは恐ろしい疑惑が自分をむしばむのを感じていた。

（そんなことはない。あるはずもない）

だが、どこからともなく現れて机上に置かれた復讐女神の指輪、不和と嫉妬の姉妹である復讐の相貌が青い貴石の上できらめくのを見たとき、ヴァレリウスの心に根を下ろした疑いは、今や巨大な暗黒の樹木となって成長を続けていた。

（『切り取られた指にもしそのお尋ねの指輪が塡《は》められたままであった、ということでしたら』）

密偵の低い声が脳裏で幾重にもこだまする。

死者を操り、蘇らせ、別人にまで作り替えてしまう恐るべきキタイの魔道。

もしそれが、その悪辣な魔道が、あの方に働いたのだとしたら――

「宰相殿」

エダン侯のけげんそうな声にはっとヴァレリウスは我に返った。

「どうなされた。今おぬしに倒れられては困るのだ。今はおぬしが指揮を執ってこのパロを守らねばならぬ、魔道を使えるのも宰相殿ひとりという事態も考えねばならぬなら、こんなところで呆けておられてはどうにもならぬぞ」

「申し訳ございませぬ、エダン侯」

こめかみが刺すように痛んだ。ヴァレリウスはきつく目をつぶり、目と目の間をもんで、鳥の巣のような頭がもっとぼさぼさになるほど何度も頭を振った。

「なにしろ、一度にあまりに多くのことが起こりますので。——とにかく、女王陛下をヤヌスの塔へ。地下通路は使わぬほうがよいでしょう。伏兵が置かれているやもしれぬし、狭い場所では、輿をかついだ衛兵たちも十分には戦えませぬ」

「それがよかろうな」

女王の輿を警護した一行は水晶宮の奥宮を出て、ヤヌスの塔に通じる天蓋つきの通路を急ぎ足に渡っていった。

王宮の中庭は死んだように静かだった。噴水がかすかに水の音を鳴らしているほかは、鳥の声も聞こえず、風が木の葉を鳴らす音さえしなかった。ただ青い空のむこうに、汚れた指で撫でたような煙の筋がいくつも上がってゆらめいていた。エダン侯が口の中で低く呪いの言葉を呟いた。

「お静かに、エダン侯」

少しでも配下の魔道士たちの気配を捕まえられないかと努力しながら、上の空でヴァレリウスは呟いた。「貴婦人方の御前ですよ。お控えなさい」

エダン侯の頬が髯の下で紅潮するのが見えた。老騎士が何やら言い返そうと、口を開きかけるのが、ヴァレリウスの目に映った。

だがそこで、止まった。何もかもが停止した。噴水の音さえやみ、水滴のひとつひとつさえもが空中で凍りついた。ヴァレリウスは動転して振り返った。今出てきたばかりの水晶宮の奥宮の通用口が、飴でできた細工物のようにぐにゃりと伸びて遠ざかった。

「エダン侯！」

狼狽して、ヴァレリウスは叫んだ。叫んだつもりだった。しかし、唇はぴくりともせず、なかば身体をねじったままの姿勢で彼もまた凍りついていた。

リンダを乗せた輿とそれを囲む一隊は急速に遠ざかり、溶けて流れる景色の一点となって消え失せた。はらわたがねじれ、灰色の点が目の前を飛びかった。

自分がゆっくりと、非常にゆっくりと、倒れていく過程をヴァレリウスは感じていた。身体が傾き、足がすべり、横倒しになった胴体が地面にぶつかる、そのほんの一瞬の過程が、何万年にも感じられた。眼前で世界がとろけていった。すべてがとろけ、流れ去る色の渦巻きとなり、やがて一切は灰色の茫洋とした薄暮に沈んでいった。左手の指が火のように熱い。それだけがヴァレリウスに残された感覚だった。もはや彼は自分が生きているのか死んでいるのかすら、意識できなかった。

肩と頬をひどく殴り飛ばされたような衝撃が、ヴァレリウスを一気に覚醒させた。ヴァレリウスはさっと起き上がり、ほとんど何も考えずに大声で呪いの言葉を吐いて肩をさすって、頬をなでる冷たい風に気づいた。風には煙の臭いがまざっていた。口を閉じて左右を見回す。頬から砂利がぽろぽろと落ちた。そこはクリスタル宮の南大門の前だった。

門を守っているはずの衛兵の姿はなく、街のほうから、ものの壊れる音と悲鳴がかすかにこだましてきた。振り向けば背後には白亜の城壁と、そびえる魔道士の塔、そして三つの尖塔の中でももっとも大きく壮大な、ヤヌスの塔があった。

俺はこの中にいたはずだ、とまだはっきりしない頭の中でヴァレリウスは懸命に考えをまとめようとした。そうだ、リンダ女王の輿のそばについて、あそこ、あそこに見えているヤヌスの塔へ、女王を連れていこうとしているところだったはずだ。

(俺は……)

南大門の巨大な扉に、操られるようにヴァレリウスは手を伸ばしていった。

『お止しなさいまし、ヴァレリウス殿』

総身に水を浴びせかけられたようだった。ヴァレリウスは扉から飛び離れ、声のした方向へむかって一筋の炎の箭《や》を投げた。子供の花火のように炎は散って砕けた。

『おやおや』

空中に端座した相手は哀しげに首を振った。

『せっかくの親切の返礼がこれとは。わたくしが申し上げるべきことではないかもしれませんが、一国の宰相としていささか無礼ではございませんかな』

「黙れ」ヴァレリウスは吠えた。両脚をしっかりと踏んばって、彼は立ち上がり、空中に浮いている相手と正面から向かいあった。小柄なヴァレリウスの身長の二倍は高い空中に相手は脚を組み、長い黒衣の裾を左右に漂わせていた。

「親切とはいったい何のことだ、キタイの魔道師め」ヴァレリウスは罵った。

「貴様がゴーラ王イシュトヴァーンと組んで、このクリスタルとパロに仇なしていることはわかっているのだ。俺をなぜここへ連れてきた。女王陛下の御身の守りを手薄にしようとするなら無駄な試みだぞ。俺などいなくとも、エダン聖騎士侯や衛兵たち、そして、ヤヌスの塔に宿る古代の魔道が、聖なるパロ王家の血脈を守護するのだからな」

『わたくし、カル・ハンと申します。どうぞお見知りおきを、ヴァレリウス殿』

ヴァレリウスの火を噴くような言葉などまったく耳に入れていない様子で、魔道師は座ったまま一礼した。

『おっしゃる通り、わたくしはキタイの者でございます。また、イシュトヴァーン王に力をお貸ししておりますことも、否定はいたしますまい。しかしそれらはすべて、ある方、もしお知りになれば、あなたも膝を折らずにはおられぬあるお方の命により、わたくしは動いているのです。あなたを女王のおそばから離し、クリスタル宮から出したのも、その方のご命令に他なりません』

「イシュトヴァーンの命令ではないというのか？」

そう言いながらも、ヴァレリウスは、心の中で得体の知れない何者かがささやくのを聞いていた。駄目だ、その先を聞いてはいけない。「あるお方」が誰なのか、考えてはいけない。知ってはいけない。「あの方」の名を、聞いてはならない。

『さよう、このことに関してはゴーラ王はご存じありません』

キタイの魔道師はかるい笑い声をたてた。

『あの若い王であれば、まずあなたの首をはねて、手足と胴を八つ裂きにしたのち、仲間の鼠どもといっしょになれるように、城下の下水道に投げ捨てろとおっしゃるでしょうが。しかしわたくしの主は、あなたにそのような運命は望んでおられぬのです』

「望むも望まないもあるものか。俺はパロの宰相だ、女王と王家を守る義務がある。貴様の主が誰かなど知りたくもないし、興味もない。今すぐ俺をクリスタル宮へ戻せ、でなければ、ここで一戦まじえるか」

『おう、それは、どうぞご勘弁を。あなたと争うことは、許されておらぬのです』

ふわりと浮き上がって、カル・ハンはたっぷりした両袖の中の奇妙に白い、細い手を海草のようにゆらめかせた。

『わたくしの主があなたに望まれるのは、見ること、ただひたすら見届けることでございます。時至れりと感じられたその折には、主みずからあなたにお会いすることもありましょう。わたくしは主の卑しいしもべでございます。しかし、あなたが主の御許に参じられるその時には、われら、疑いなくよき同僚となりましょう』

「参じるだと？　ふざけるな、俺はパロの宰相だ、誰が貴様などの仲間に」

『今はただ、これをお渡しいたしましょう』

大門前の白い石畳に、カツンと音を立てて何か小さなものが転がりおちた。

反射的に拾いあげたヴァレリウスは、その色、その形、その石の彫刻を一目見たとたん、全身が震え出すのを感じた。復讐女神ゾルードの冷たい目が、青い貴石の上から輝いてヴァレリウスを見つめかえした。左手の指が食いちぎられるように痛んだ。

『お持ちください、あなたが誰に忠誠を誓っているかをよくお考えになるためのよすがとして。いえ、たとえそうでなくとも、主はそれをあなたに持っていてもらいたいとお望みなのです。対なる死の指輪をお持ちのあなたに。そうしていつか、あなたの手から主にまたそれをお返しくださることを期待しておられます』

悪夢を見ているような心地で、ヴァレリウスはどんよりとした目を上げた。キタイの魔道師の姿は座った姿勢のまま、はや薄れて消えかけていた。

『あなたがわが主の期待を裏切られないよう、願っておりますよ……』

その一言を最後に残して、魔道師の姿は完全に消え失せた。ヴァレリウスは激しく痛む両手をあげて、二つの指輪をならべて見た。復讐のゾルードと、死のドーリア。二柱の禍々しい女神たちは、貴石の上で永遠の妖しい笑みを浮かべ、四つの瞳でヴァレリウスを見つめかえしてきた。

3

「止まれ！　何者だ？」

城壁の上から誰何《すいか》の声が降ってきた。予想はできたことだが、城壁の門は固く閉じられ、クリスタル宮東大門も同じくがっちりと鎖《とざ》されている。兵員はすべて城内に引き上げているらしく、衛兵の姿もない。

「わたしは前十二聖騎士侯筆頭ルナンの娘、聖騎士伯リギア」

馬をだく足で円を描いて回らせながら、リギアは高らかに告げた。

「鞍の後ろに乗っておられるのはパロ王位継承第一位の王子、アル・ディーン陛下。今すぐ扉を開けて、わたしたちを中に入れなさい！」

城壁の上は一瞬沈黙し、それからあわただしい動きがあった。がちゃがちゃと中で金属のぶつかりあう音が響き、こちらを狙っていた弓矢が次々とひっこめられるのを見てリギアはようやく息をついた。駆け通しに駆けてきた馬は消耗と恐怖に血走った白目をむいており、栗毛の肩には汗が泡となって流れ落ちている。リギアはせめてもの慰めに、ぶるぶる震えている首筋をそっと叩いてやった。

聖騎士宮の華麗な門前にいつも雲のように群れていた美々しい聖騎士たちの姿は影もない。ヤヌスとルアーの紋章が刻まれた正面の大扉は開かなかったが、脇の通用門が内側から押し開けられ、数人の兵士を連れた騎士が驚いた顔を覗かせた。

「リギア殿！　本当にあなたなのか？　それに後ろの御仁は、その……」

「本当にわたしよ。それに後ろのもね。とにかく、中へ入れてくれない？」

クリスタルの下町からいっさんに馬を駆ってきた疲労がどっと出てきた。身体じゅう、痛くないところはないくらいだし、腿と両肩が凝って鉄のように固まっている。馬ごと門内に引き入れられ、鞍から尻と腿を引きはがすときには、さしものリギアもうめき声がもれそうになるのをこらえた。

「お尻の皮がむけちゃったよ」鞍から助け下ろされながら、マリウスは泣き声を出した。これだけの目にあってもまだしゃべる元気だけは残しているようだ。いったいこの小鳥の舌はどういう力で動いているのだろうと、疲れはてた頭でリギアは思った。

「リギアったら、僕がどんなに頼んでも、ゆっくり走るどころか馬を駆りたてるばかりなんだもの、僕、何度振り落とされるかと思ったか知れやしない。あの緑色の鱗お化けはあっちからもこっちからも湧いてくるし……あ、ねえ、誰かワインを持ってない？　それと書くもの。今日の経験を、忘れないうちに下書きしとかなきゃ」

「あとになさい」

叱りつけて、リギアは乱暴にマリウスを騎士の一人に押しつけた。

「このしょうもない王子様を連れていって、水晶宮へ送り届けて。あとはあっちがやってくれるわ。今あんたのくだらない歌を相手にしてる暇はないのよ、マリウス、いえ、アル・ディーン殿下。とにかく無事に戻れたことに感謝して、あとは水晶宮でじっとしてなさい。まったく、あんたみたいな小鳥を連れていった自分を呪いたい気分よ」

「それが、リギア殿、水晶宮には入れないのです」

「入れない？」

くだらない歌ってどういうことだい、と抗議しようとするマリウスを脇へ押しのけて、リギアは眉をひそめた。

「入れないって、なぜ？　衛兵が水晶宮を封鎖でもしているの？」

「そういうわけではなく、ただ入れないのです」嚙みつかんばかりに詰問したリギアに、おびえたように騎士はちょっと身をそらして視線を外した。

「ある程度まで近づくと急にめまいがして、気がつくともとの場所に戻ってしまうのです。何度やってみても、どこから回りこんでみても、同じことでした。必ず、ヤヌスの塔が近くに見える距離まで近づいたところで、もとの場所に戻されてしまうのです」

「なんですって」

自分の立っている地面が、端からどんどん崩れていくようだった。その場に膝をつきそうになるのを、リギアはなんとかこらえた。

「陛下はまだ中におられるのね？　ヴァレリウスは？　聖騎士侯筆頭は？」

「われわれが知っているかぎりでは、そうです。しかし、アドリアン侯はこちらにおられます。練兵場で、十二聖騎士侯の欠員を埋めるための選抜模擬戦の視察に来ておられたのですが、門を出ようとなさったときに城下に煙が上がるのを見て、そのままこちらにお留まりになりました。あ、おいでになったようです」

「リギア殿」

その年若い騎士はふさふさした金髪と青い瞳をきらめかせて急ぎ足に近づいてきた。現在の聖騎士侯筆頭騎士にしてカラヴィア公の嫡男、アドリアン・カラヴィアス。父のカラヴィア公アドロンはカラヴィア自治領の主としてパロ王家の人間に匹敵するほどの発言権を持っており、歴戦の勇者として王家に仕えたリギアの父ルナン侯なきあと、その家柄と若さに似合わぬ武勇をかわれて、十二聖騎士侯筆頭に置かれた若者である。その端正な顔と、汚れひとつない美々しい鎧と胴着を見て、リギアは理由のわからぬ苛立ちを感じた。

「いったい、その姿はどうなさったのです？　なにか宰相殿と相談なさって、アル・ディーン王子をお連れして街場へ連日出ておられるとの噂を聞きましたが。ひとまず湯浴みをして、衣装をお替えになった方がよろしいですね」

「お構いなく。いろいろと理由がありまして」服装など問題にしている場合ではないのに、との苛立ちを押し殺して、リギアは丁寧に答えた。

「それよりもアドリアン様、城下の様子を、こちらの騎士方はご存じですの？　クリスタルの街路という街路に、キタイの竜頭兵が充満しておりますわ。わたしたちも何度か取り囲まれ、一度はほとんど死を覚悟しましたが、ケイロニア軍の方の救援でなんとか脱出することができました。けれど、パロ正規軍の兵には一度も出会っておりません。なぜ出兵なさっておられませんの？　パロの軍はパロの民を守るためにある、わたしは父ルナン侯から何度もそう聞かされて育ちました。本当なら、こんなところで内にこもっておらず、城下の民を救うために出撃していなければならないはず。なぜ何もしておられないのか、その理由をお聞かせ願いたいですわ」

「何事にも優先順位というものがあるのです」

高貴な若者はむっとしたように金髪の巻き毛を揺すりたてた。澄んだ青い瞳は、汗と埃と返り血にまみれたリギアの姿をうんざりした目で見ている。

「われわれはパロの軍であり、民を守るためにあるというのはあなたのおっしゃる通りです。しかし、ご存じのように、以前とくらべてパロの軍勢はおそろしく数を減らしてしまっている。現在、この聖騎士宮とネルバ城にいる騎士と兵、それに、今は近づくことができない水晶宮にいる護衛騎士団、それがほぼすべてなのです。パロの人民を守るというのはまことにもっともです、しかし、そのためにわれらがこの城壁をあけてしまっては、パロの心臓たるクリスタル宮を、敵の蹂躙《じゅうりん》の前に開け放しにすることになる」

「でも、今お聞きしたところによると、水晶宮には近づくことも入ることもできないとのことでしたけど」

「ええ、だからこそ、何か妖しい出来事がこの城内で起こっていると、われわれは考えているのです」アドリアンは頰を紅潮させて言い返した。

「リンダ女王はパロの生命、あの方なくしてはパロはまたモンゴールに蹂躙された時の轍《てつ》を踏むことになる。しかも今度は古代機械は使えない。われわれはなんとしても、クリスタル宮と、女王陛下を守り通さねばならぬのです」

「魔道士たちは何をしているのですか？　魔道士の塔からは何の便りもないのですか。こちらにも魔道士はいるはずと思いますが」

「魔道士はいません」

うるさげにアドリアンは頭を振った。リギアは眉をひそめた。

「魔道士がいないって、どういうことなの」

「ご存じの通り、先の戦争のために使える魔道士が非常に少なくなっているのです」アドリアンは説明した。

「魔道師ギルドは単なる連絡係のために魔道士を常駐させておく必要はないと判断を下し、われわれもそれに同意しました。もちろんこの事態は魔道士の塔でも知っているはずですから、われわれも彼らの連絡を待っているところなのです。おそらく、賢人たちが会議を行っている最中なのだと思います。命令を下せるとしたら宰相であられるヴァレリウス殿でしょうが、われわれとしては、待つしか方法がありません」

リギアは歯ぎしりしたいのをこらえた。魔道には魔道で対抗するのが一番なのに。竜頭兵どもも、魔道の炎を放たれて鱗ごと蒸し焼きにされては無事ではすむまい。自分の国と、自分たちが正統と信じる魔道を、キタイの異質な魔道師とその産物に蹂躙されていて、パロの魔道師ギルドは平気なのか？　そこまで腑抜けてしまったのか、この国は？　リギアの胸はむらむらと波立つ感情に揺れた。

「女王なくしてパロはない、それはそうかもしれません。けれど、民なくして国は成り立たないのですよ、アドリアン侯」

「そんなことは」

言われなくても解っている、と続けかけて、若い筆頭騎士は唇を嚙んでうつむいた。

「ゴーラとて、無人の国を手に入れてもなんの益もないはず。しかし、聖王家の血は、一度失われれば二度と戻らないのです、リギア殿」

「あなたはあの竜頭兵どもと戦っていない。でも、わたしは戦った」

はげしくリギアは反駁《はんばく》した。もはや苛立ちを隠す気もなかった。

「奴らは人間ではありません。ゴーラの旗をかかげてはいても、その下にいるのはキタイの竜王の魔道によって生みだされた、邪悪な怪物です。奴らはパロを食い尽くすでしょう、人民も貴族も王族もかかわりなしにね。イシュトヴァーンはリンダ女王にしか関心がない、きっと彼女さえ手に入れば、パロの市民などみんな蜥蜴の餌になっても気にもしないでしょう。われわれパロの聖騎士が聖王家を守護するためにいるというのはわたしも理解しています、けれども、王家をいただく国民がみんな地獄の蜥蜴の胃袋に入ってしまったら、誰がこの国を支えるのです？　誰がこの国を保つのですか？」

「あなたは疲れている、リギア殿」

手を振ってアドリアンはこの面倒な話題を打ち切ろうとした。

「とにかく部屋を用意させるから、そこで少し休まれるとよい。仮にも聖騎士伯のあなたがそのようなお姿では、兵士の士気にかかわります。アル・ディーン陛下も、その吟遊詩人の服からお着替えいただかなければ」

「もういいわ、黙りなさい。あなたの頭には衣装のことしかないの？　まるでそこの鳥頭の王子と同じだわ」

怒鳴って、リギアは背を向けた。相手が仮にも聖騎士侯筆頭であることなどもはや頭になかった。アドリアンが凍りつき、みるみる頬を紅潮させるのを見てもまったく気にならず、むしろ痛快さを感じた。

衣服が、王城が、聖騎士がなんだというのだ。この若い聖騎士侯筆頭は、自分や父がくぐり抜けてきたような、本当の修羅場を知らない。

聖騎士などという称号が何の意味も持たない場所、騎士道も常識も人間らしい心も、まったく信じられない戦場を、自分はいくつもくぐり抜けてきた。重要なのは生き残ること、そして確実なのは死のみであり、その黒い指先を逃れることだけしか考えられないような場所を。

そして、今がその時なのだ。地獄の蜥蜴の大群は街を蹂躙し、城壁のすぐそばまで来ている。街を馬で抜けてくるあいだ、できるかぎり目に入れないようにしていたが、音と悲鳴は容赦なく耳に侵入してきた。生きたまま引き裂かれる人間の悲鳴、燃えあがる建物の崩れ落ちる音、轟とあがる火の粉、そこらじゅうからあがる、竜頭兵どもの咆吼。

パロの人々がまさにあの鉤爪と牙の餌食になっているのだと考えると、足の先から怒りと恐怖の入りまじった震えが登ってきた。マリウスとリギアの芸を喜んでいてくれた彼らが、今ごろ、引き裂かれた肉塊となって、呪われた胃袋に落とし込まれているかもしれないのだ。なのに衣装？　湯浴み？　疲れている？　くだらない！

「お待ちなさい、リギア殿」

後ろから追いかけてくるアドリアンの高い声を無視して、リギアは城壁の階段を駆け上がった。城下を一望できる物見へあがって見渡す。

一目で、腹の底が重くなるような絶望がしみこんできた。町中を駆け抜けてきたときの印象以上に、被害は大きい。見渡すかぎり炎と煙の柱があがり、赤い舌が煙った空気を舐め、そのあいまに、六芒星に蛇をまといつかせたゴーラの紋章がはためいている。

リンダが水晶宮のテラスから見たものを、リギアも目にしたのだった。

「今は緊急事態です、リギア殿。先ほどの暴言のことは忘れましょう。とにかくあなたは聖騎士伯としてすぐに勤務についていただきます。まずは正規の衣装に着替えて……」

「ここに大鍋はないの？　それと瀝青《ピッチ》」

追いすがってきて、怒りに頬を震わせながらもなんとか冷静になろうとしているアドリアンを無視し、リギアは言った。アドリアンの口が開きかけたまま止まる。

「な、鍋？　瀝青？」

「なければ油でも、ただの熱湯でもいいわ」

相手のとまどいにはかまわず、リギアは続けた。

「台所から洗濯用の大釜を運び上げてきて、城壁の上に設置しなさい。燃料もありったけ持ってきて。人を集めて、火を焚かせなさい。竜頭兵が城壁にとりついたら、煮立てた瀝青を上からぶちまけるのよ。ああ、大弩と投石機はあるの？　ないようね、それなら、ありったけの弓矢と長槍。それと接近されたときのために、刃は鈍くてもいいから重い大剣と戦槌、鎖つきの鉄球、なければ、釘を打った棍棒を用意して。あいつらの鱗は硬くて、普通の剣は通用しない。重量のある武器を叩きつけて、骨ごと砕かなければ」

「しかし、そんなのは騎士の戦い方じゃない！」

かん高く裏返った声で若い聖騎士侯筆頭は叫んだ。

「それは蛮族が砦を落とすときの戦い方だ。あなたは栄えある聖騎士の名に泥を塗る気なのか、リギア。お父上が懸命に守ってこられたものを踏みにじられるのか！」

「父はもうこの世にいないわ。そして、わたしたちが相手にしているのは、人間でもなければ、騎士道が通用するような相手でもない」

子供のようにじだんだ踏みかねない顔をしている聖騎士侯筆頭に、煙の臭いのする風に乱れる髪をおさえながら、リギアは冷たい目を向けた。

「あなたが騎士道にのっとった名乗りを上げようとしたら、奴らはその名乗りごとあなたの首を食いちぎるでしょうね。そうなってから後悔したって遅いのよ。わたしは街を抜けてきて、奴らを見、戦った。まともに戦って通じない相手に騎士道に沿った戦いを期待するのは愚か者よ。聖騎士の誇りなんて与太話をする暇は、今はない。生き残ること、守ること、そしてできれば勝つこと。それ以外はどんな話も、くだらないわ」

　アドリアンは怒りと混乱のあまり、しばらく声も出ないようだった。名門に生まれた貴公子である彼は、ここまで、しかも女性に、面と向かって意見されたことなど一度もなかったのだろう。年上とはいえ、地位としては部下にすぎないはずの、一聖騎士伯に面罵されるに近い経験をしたのも、生まれてはじめてのはずだ。

「アドリアン様、リギア様」

　口をはさむこともできず、にらみ合うアドリアンとリギアの凍った空気をかき乱すように、兵士のあわてた声がした。

「どうしたの？」先に動いたのはリギアだった。まだ身をこわばらせて震えているアドリアンを放り出して、つかつかと兵士に歩み寄る。

「まさか、もう竜頭兵が城壁にとりついたっていうんじゃないでしょうね」

「はっ、いえ、それは、まだでありますが」

　この場でどちらに向かって口をきいたものか、迷ったらしい。兵士は気をつけの姿勢をし、固まっているアドリアンと腰に手を当てて話の先を待っているリギアに交互に視線を移しながら、困惑した声を出した。

「アルカンドロス広場に、群衆が集まってきております。おそらく、火事と、ゴーラ兵による破壊から逃げてきたものと思われます。彼らは王宮の中へ避難させてくれるよう要求いたしております。どう返答いたしましょうか」

「いかん!」

 彫像のようになっていたアドリアンがいきなり蘇って、跳ねるように振り向いた。

「けっして扉を開けてはならん。避難民にまぎれて、ゴーラ兵が王宮に入りこんだらどうするつもりなのだ。市民にはそれぞれに、自力で都の外へ逃げるように言え。聖王家の王宮を避難民の穴倉にはできん」

「いいわ。開けなさい」

「リギア！」

「今ここで市民を守らなくて何がパロ騎士なの」

憤然と叫んだアドリアンに、押しかぶせるようにリギアは言った。

「それに、なんとかゴーラを押し返せたとしても、ここで避難民を閉めだしたら、聖騎士と王家の信頼は地に堕ちるわよ。それこそ反乱が起きるわ、次はゴーラなんかじゃなく、パロ人民そのものの内乱がね。そうしたら今度こそ、キタイの竜王の思うつぼ。今回のすべてのことには、あの竜王の手が伸びているのよ。魔王子アモンの事件を忘れたの。また、あんな事態がパロに起こってもいいっていうの」

「あれは竜王の邪悪な意思が生んだまぼろしだ」

もはやアドリアンはリギアを言い負かすことしか考えていないように見えた。彼は華麗なマントを振りはらい、はち切れんばかりに顔を真っ赤にした。

「豹頭王はパロの王子を殺すべきではなかった。彼はただ魔道のまやかしを追い払うだけでよかったのに、パロの正嫡の王子をどこか遠い世界の果てへ連れていってしまった。その結果がこれだ。彼はケイロニアの王で、ケイロニアが軍をパロに駐留するようになったのはあれ以来のことだ。すべては彼が、ケイロニアだけではなく、このパロをも手にするために仕組んだ茶番でないとなぜ言える。あの男はもともと、どこからやってきたとも解らない流れ者の傭兵だったというではないか、人ですらない半獣人が──」

それ以上アドリアンは言うことができなかった。リギアはすばやく前に出て、聖騎士侯筆頭の産毛の生えた白い頰にさっと手を打ち下ろした。

耳をつんざく音がして、アドリアンは数歩よろめいてやっと止まった。手甲の背で頰を押さえ、青い目は飛び出さんばかりに見開かれていた。血の気は一瞬にして引き、蒼白くなった頰に、じわりと殴られた赤みが浮かびあがってきた。

「あたしが剣を持っていなかったことに感謝なさい」

冷たくリギアは言った。

「グインはあたしの戦友であり、パロの恩人よ。それを侮辱することは許さないわ、カラヴィア公のお坊ちゃま。彼が宇宙のどこかで、記憶を失うほどの厳しい戦いを繰りひろげていたころ、あなたはいったいどこで何をしていたの？　彼は確かに生まれも血筋もわからない元傭兵だわ、でも、英雄の魂を持っている。ケイロニアの王冠は、与えられるべくして彼の頭上に置かれたのよ。ぼろぼろのパロを守るために、彼は友人として兵を貸してくれた、それを言うにことかいて、なに？　茶番ですって？　彼らは竜頭兵に食われるところだったあたしを救って、馬までくれたのよ。急いで王宮に駆けつけられるように。あなたがこの聖騎士宮の中で、のんびり鎧に磨きをかけている間にね」

「この女を捕らえろ！」

震える手を上げてアドリアンは叫んだ。片方の手は打たれた頬にあてたままだ。端正な顔は引きつって、言葉の間にも歯がかちかち鳴るほどだった。周囲に集まった兵士や騎士たちが目に見えて動揺した。

「し、しかし、閣下、今は一人でも戦える者が必要で」

「リギア殿も本気でおっしゃったわけでは――リギア殿、お詫びを、早く」

リギアは顎をあげたまま動かなかった。冷たい怒りの青い炎が胸の中で燃えさかっていた。たとえネルバ城の最低の水牢に浸けられることになっても、一言たりとも今の言葉を撤回するつもりも、詫びるつもりもなかった。

「あたしを捕縛するなら、抵抗はしないわ」

蒼白なアドリアンにじっと目をすえて、リギアはゆっくりと言った。

「あたしはパロの聖騎士で、国に仕えていることに変わりはないから、命令には従います。でもその前に、門を開けて避難民を王宮の中へ入れなさい、これは聖騎士としてではなく、あなたよりずっと経験を積んできた兵士からの忠告よ。籠城戦を戦うことになったら、ひと組でも剣を握れる手は多い方がいい。箒《ほうき》やたらいしか持ったことのない手でも、弓手のところへ矢を運んだり、負傷者の手当てをすることはできる。城壁に上ってきた敵めがけて石を投げることもね。戦争というのは詩に唄われるような騎士同士の戦いだけではないのよ、お坊ちゃま、あなたがどう考えているかは知らないけれど」

「こいつを黙らせろ！」アドリアンは金切り声を上げた。彼は比喩ではなく、ほんとうにその場でじだんだを踏んだ。磨きあげられた鎧がガチャガチャ鳴った。

「何をぼうっとしているのだ、この女は聖騎士侯筆頭の私に暴力をふるい、無礼な口をきいて命令に反抗したのだぞ、これは明確な――」

「十二聖騎士侯筆頭、アドリアン・カラヴィアス！」

澄んだ、よく通る声が硬直した空気を打ち壊した。言葉の途中で振り向いたアドリアンの口がだらりと開いた。

城壁の階段の昇降口に、吟遊詩人の三角帽が揺れていた。よほど急いできたらしく、肩を大きく上下させて息をつきながら、彼はそれでもしっかり前を見ていた。

「彼女に手を触れてはならない、アドリアン・カラヴィアス」

荒い息の間から、マリウス――アル・ディーン王子は言った。まだ吟遊詩人の格好をしたままで、後ろで、衣装を持って追いかけてきていた身なりのいい小姓が、大量の絹やら繻子《しゅす》やらを床に引きずったままぽかんと口を開けていた。

「パロの第一王位継承権を持つ王子として命じる。門を開け、避難民を王宮内へ入れろ。そしてリギアは今は僕に従っている身だ、彼女の言葉は、僕の言葉だと思え、アドリアン・カラヴィアス。わが友グインを軽んじることも、市民を見捨てることも、僕は許さない、聞こえたか、アドリアン・カラヴィアス？　聞こえたならさっさと行って命令を実行しろ、僕が誰だかわかっているなら。パロ聖騎士侯筆頭が、王子の命にそむくのか」

アドリアンはしばらくその場に立ったまま膝頭を震わせていたが、やがて、操り人形のような動きでぎこちなく向きを変えた。突っ立ったままのかたわらの兵士に、「門を開けろ」と喉に痰の絡んだような声で命令する。

「は、門を、でありますか？　しかし、アドリアン様――」

「アル・ディーン殿下のご命令だ。門を開け、市民を中へ入れるのだ」

それだけ言い残して、振り返りもせずに歩き出した。階段の暗い通路に足を踏み入れる際、どんよりとしたまなざしをちらりとリギアの方へ向けたが、それは世界がどうやら自分の思っているようなものではないらしいと知った者の、にぶい、混乱した目つきだった。リギアはほんのわずか彼を哀れんだ。もし、父ルナン侯が生きていたら、もっと違ったやり方で、彼のような若者にも世界を教えてやれたろうに。

「リギア」

マリウスがよろよろとそばへやってきて、石組にもたれかかった。入れ替わりに兵士たちが流れるように下へ降りていく。リギアは手を伸ばして、茶色のふわふわした巻き毛をかき回すように撫でてやった。

「今のあんた、かっこよかったわ。まるで王子様みたいだったわよ、吟遊詩人さん」

「よせやい」照れて、マリウスはリギアの手を払いのけた。

「あの場を収めるにはあれが一番だと思ったんだよ。僕が王子なのはほんとだし、それに僕だって、リギアがつかまったり、僕の歌を聞いてくれた人たちがあの鱗お化けに食べられちゃったりするのは嫌だからね」

二人は肩をならべて石壁から身を乗りだし、兵士たちが大門を開いて避難民たちを迎え入れる様子を眺めた。埃まみれ、煤まみれになり、あちこち怪我をした民衆は泣き声を上げながら安全な王宮にわれがちに入ろうとした。

騎士たちは一人ずつそれを止め、身体検査をし、なにも武器を持っていないことを確かめてから、武装した兵士がぐるりと輪を作った中に羊のように囲い込んだ。少しは頭の回る人間がいたらしいわね、とリギアは思った。変装したゴーラ兵がまぎれている危険は無視できないから、ただの市民に見えても、武装解除と警戒は欠かせない。竜頭兵は囮《おとり》かもしれず、イシュトヴァーンとその取り巻きはまだ発見されていないのだ。

アドリアンの姿も見えた。彼は作業には加わらず、中庭の階の上に立って、剣を両手で前につき、騎士道の象徴のように光を受けて輝いていた。確かにとても立派だわ、少なくとも見かけは、とリギアは考えた。あの見た目に似合うだけの思慮分別と、経験を積んでいたら、もっとすばらしいでしょうけど。

「そういえば、〈犬と橇〉亭の一家はちゃんと逃げてきたかな」とマリウスが言い出した。

「君が指輪をあげたとかいうそのご主人と家族、いる？　ここからだとごちゃごちゃして、よくわからないんだけど」

「さあ、どうかしら」

もっと早く確かめておくべきだった。リギアは大きく身を前に乗り出した。

「そうねえ、ちょっと遠すぎて、ひとりひとりの顔まではわからないわね。家族連れはたくさんいるし、娘連れもいるけど、どれが誰かまでは見分けがつかないわ。ちゃんと逃げてきてくれてればいいんだけど。下へ行って手伝いがてら、探してみましょうか」

「それがいいね。見てるだけだと退屈になってきたし」

胸壁の上からぽんと飛びおりて、マリウスが膝をはたいた、その時だった。

恐ろしい咆吼と断末魔の悲鳴が、聖騎士宮の中庭の緑の芝生を引き裂いた。

リギアは転げ落ちるように階段を駆け下りた。後ろから騒々しい音と呪いの言葉をこだまさせながらマリウスがついてくる。失敗した、とリギアの頭の中にはその一言だけがこだましていた。失敗した、失敗した、失敗した……

キタイの魔道師を甘く見るべきではなかった。これは人の常識が通じる戦いではないと、肝に銘じておくべきだった。あの宿屋の薄暗い食堂で、人間の殼を引き裂いて生まれ出てきたあの地獄の蜥蜴どもの姿を、もっと早くに思い出しておくべきだった。人間の殼。

明るい陽光がさっと頭上にふりそそいだ。リギアは暗い通路から明るい中庭に飛び出し、声にならない喘《あえ》ぎを漏らした。あとから出てきたマリウスが、げえっとえずくような声を立てた。衝撃のあまり倒れそうになりつつも、反射的にリギアは手を上げて彼が前に出るのを押しとどめた。

華麗な列柱と大理石の白、噴水と芝生の緑に飾られた聖騎士宮の中庭は、血まみれの地獄の光景に変わっていた。

槍はへし折られ、剣は柄に持ち主の手首をつけたまま投げだされていた。緑色の脂ぎった鱗頭が五つ、六つ、そこらじゅうで動き、顎をかみ合わせ、咆吼を上げていた。

太い尻尾が地面をこするかさこそいう音が、まるで貴婦人の裳裾《もすそ》のこすれる音のようだった。そこらじゅうで人が逃げまどっていた。地面にはいたるところに血だまりができ、引き裂かれた人体に、蜥蜴どもがむらがってむさぼり食っていた。

なにやらわめきながら建物の中へ逃げこもうとした太った商人風の男が、急にびくんと何かに打たれたように身体を引きつらせた。のけぞって、何かを吐き出そうとするかのようにうめきながら喉をかきむしる。

開いた口から白い泡が噴きだし、じきにそれは血泡に変わった。痙攣《けいれん》する人体を突き破って、よじれた爪のついた蜥蜴の手が飛び出した。紙を引き裂くように、内部から人体を引き裂いて、竜頭兵は卵の殻を脱いだ。肉の卵の殻は濡れた音をたてて階に投げだされ、たちまち群がり寄ってきた蜥蜴どもの牙と爪の間であっという間に奪い合いが起こった。生まれたばかりの竜頭兵もさっそく仲間に加わり、たった今自分が脱ぎ捨てた人体の、恐怖の色をまだ残した顔面の頬肉を引きちぎった。

濃い血臭と断ち割られた腹の悪臭が、竜頭兵どものいがらっぽい体臭といりまじって息のつまるような濃密さだった。太い脚の下で白銀の鎧が潰れ、中からじわじわと血が流れ出していた。曲がった爪の間で、頭が入ったままの冑がぐしゃりと割れ、桃色と灰白色の脳髄を白い石畳にまき散らした。

これが悪夢であってくれればと願いながら、リギアは足もとに転がった剣を拾いあげた。剣はずしりと重く、前の持ち主の手首から先がまだくっついていた。リギアが持ち上げると手甲に覆われた手はゆるんで離れ、奇妙な虫のように手のひらを上にして落ちた。切断面に白い骨が見え、じくじくと血がしみ出していた。吐き気をこらえてリギアは大股に進み、敵につっこんでいった。

いたるところで乱戦が始まっていた。逃げまどう市民を守ろうとして踏みとどまる者、反対にいつ竜頭兵を生むかわからない相手から逃れようとめちゃくちゃに剣を振り回して人を近づけようとしない者、そしてそれらの中に、おぞましい竜頭の怪物。針をずらりと植えたような大顎をパクッパクッと音を立てて開閉しながら、左右を睥睨《へいげい》してのし歩く。

アドリアンは踏みとどまって戦っている組だった。崩れ立つ兵たちを叱咤し、剣をひらめかせて懸命に敵と戦えと命じている。

「何をしている、われわれは誇り高きパロの聖騎士だぞ！　王宮をこのような怪物どもの跳梁する場所にしてよいと思うのか、戻れ！　戦え！　キタイの怪物を追い払うのだ！」

彼の立つ階にぞろぞろと数匹の竜頭兵がとりついた。アドリアンは大きく剣を振り、見事に一匹の腕を落とし、喉を裂いたが、頑丈な鱗のために一撃で落とすことはできなかった。彼はぎょっとしたように手を止めて剣を見た。人間相手なら、甲冑ごと相手の首を切り飛ばすに違いない力のこもった一撃が、竜頭兵には通用しないのだ。

後ろから這い上がってきた一匹にマントの端がつかまれ、破かれた。アドリアンは身をひるがえしてそいつの胸に剣を突きたてようとしたが、頑丈な鱗と胸骨にはばまれて切っ先がすべった。マントが大きく裂け、彼は叫び声をあげながら引き倒された。冑が脱げ、汗と血で金髪をべっとり貼りつかせた若く端正な顔があらわになった。

「怪物！」アドリアンは怒鳴って、刃こぼれした大剣を下から突きあげ、一匹の開いた口腔をまともに突き通した。そいつは赤黒い血を吹き出しながらのけぞって叫び、ずるりと崩れ落ちて同類どもの脚の下に見えなくなった。

だが一匹ではなかった。あまりにも敵は多かった。死んだ一匹の死骸に群がるより、さらに多くの竜頭兵が溢れていた。倒れた際に脚をどうかしたのか、アドリアンは剣を取りもどそうとじたばたするばかりで、起き上がれなかった。もがく若い貴公子の上に、鉤爪と牙と鱗の大波がいっせいに襲いかかった。

いやな音が連続した。リギアは思わず目をそむけ、剣を放して耳をふさごうとする手を抑えた。

少なくともあの若者は戦って死んだわ、と彼女は思った。悲鳴をあげる暇もなく死んだのかもしれないが、それならそれで、彼のためには幸せだろう。

密集した竜頭兵の間から、身をほじくりだされた甲殻類のように、血と肉片のこびりついた胸当てと冑の残骸が放り出され、がらがらと階を転がりおちた。

ぺちゃぺちゃと舌を鳴らしながら頭をあげた一匹が、リギアに気づいた。リギアは剣を持ち上げようとして、愕然とした。上がらない。

戦いすぎたのだ、と悟った。いかにリギアが男勝りの剣士であっても、短い時間にあまりにたくさんの敵に立ち向かいすぎた。しびれた腕では重い大剣は持ちあがらず、持ち上げられたところで、あの硬い鱗を通すほどの力をこめることはできないだろう。あの宿屋で、一匹を倒すのも狭い場所を足場にしてやっとだったのだ。こんな広い場所で、取り囲まれればたちまちおしまいだというのに、剣を持ち上げることもできない腕で、いったい何ができるというのか。

熱い涙がリギアの目尻を焼いた。もしこの涙に力があれば、この怪物どもをみんな焼き払ってやるのに、と思った。魔道士たちは何をしているの？　ヴァレリウスは？　リンダ女王は？　〈犬と橇〉亭の親子は、いったい――

不気味になめらかな動きで、竜頭兵がこちらに走り寄ってくる。リギアはまばたきして涙を払いのけ、きっと正面を向いた。アドリアンが聖騎士として戦って死んだように、どうせわたしも死なねばならないなら、いいだろう、せめてあの鱗に、掻き傷のひとつもつけずにはおかない。パロ聖騎士伯としての、それが最後の仕事だ。

むきだしの牙と鉤爪が眼前に迫ったとき、突然、熱風が背後から駆け抜け、飛んできた炎の塊が竜頭兵に衝突した。

あっという間に怪物は火に包まれ、肉の焦げる悪臭が充満した。よろめく脚を踏んばって剣を回そうとしていたリギアは、ぎょっとして後ろを振り返った。

「リギア殿！　アル・ディーン殿下！」

開いたままの東大門、アルカンドロス広場へ続く石畳の上に、粗末な箱形馬車が停まっていた。御者台には黒衣をまとった全体的に鼠色の男が、次の魔道の炎を一方の手の上に浮遊させながら、もう片方で必死にさしまねいている。

「ヴァレリウス！　水晶宮にいるのではなかったの？」

「話はあとで。こちらへ。クリスタルを脱出いたします。ここは、竜頭兵の巣だ」

「で、でも、リンダは？　兵士や、市民たちを置いていけない……」

「死んでしまっては何もかもおしまいでしょう？　早く！」

リギアは血と死と恐怖が渦巻いている中庭を見回し、絶望とともに、ヴァレリウスの言うとおりであることを悟った。もはや立って動いている騎士はほとんどおらず、避難民たちも大多数は死ぬか、食われるか、竜頭兵の孵化に使われてしまった。

ひしめきあっているのは緑色の蜥蜴頭ばかりだ。地面は踏みにじられた血泥の沼になり、そこここにうち捨てられた剣や、折れた槍、避難民のものらしい神像などが、みなどす黒い血潮に染まって転がっている。

獲物が逃げようとしていることに感づいたのか、黒焦げになりつつまだ身もだえている仲間を踏みつけにして、さらに数匹の竜頭兵が迫ってきた。

ヴァレリウスの手からつぎつぎと火球が飛んだ。もう少しでリギアを爪にかけようとしていた一匹がぱっと松明になって燃えあがると、ほかの者は多少ひるんだ様子でさがった。リギアは剣を投げ捨て、階段の入り口にしがみついて歯の根も合わないようすでいるマリウスの首をひっつかむと、うむを言わさず馬車のところまで引きずっていった。箱形馬車の戸を開けて放りこみ、戸を閉めて鍵をかける。

そうしておいて、自分は御者台のヴァレリウスの隣によじのぼった。憔悴しきった顔つきの魔道師宰相がぎょっと身をのけぞらせる。

「リ、リギア殿、なにを」

「馬の扱いはあたしのほうが上手いわ」

リギアはヴァレリウスの手から手綱をひったくった。

「あなたは魔道で奴らを撃退することに専念して。その火、もっと強力にできないの？」

「できなくはありませんが、それにはもっと込みいった術式と、精神の集中が必要です。片手間で連発できるのは、これが限界なのですよ」

リギアは声高に呪いの言葉を吐き、手綱を鳴らした。魔道で目隠しでもされているのか、竜頭兵の群れの前でも落ちついて立っていた二頭の馬は、いないいて走り出した。

馬車の中でゆさぶられているマリウスが、ひっきりなしにぎゃっとかうっとか痛いっとかわめいている。リギアは耳を貸さなかった。また、その暇もなかった。馬車が走り出すのに気づいた竜頭兵が、吼え声を上げて仲間を呼んだ。血まみれの庭で骨や血染めの布きれを奪い合っていた怪物どもは、緑の鱗の津波となって、馬車を追って押し寄せてきた。

リギアはすべてを頭から追いだし、馬をあおることに専念した。ヴァレリウスは御者台から身をよじって、懸命に火球を放つ。先頭の数匹は黒焦げになったが、とうていそんなことで収まる数ではない。仲間の死骸を踏み越え、踏みにじり、さらに大量の蜥蜴頭がどこからともなくわき出してくる。

馬は感覚が限定されているのだろうが、それでも、何か異常なことが起きているのは感じとったようで、目を血走らせ、白い泡を吹きながらしきりに前脚をあがかせる。竿立ちにさせないよう、リギアは細心の注意を払った。もしここで馬が暴れ出して、馬車が横転でもすることになったら、一巻の終わりだ。

ヴァレリウスも疲労しているようだった。放たれる火球も最初は強力だったが、連発するうちに勢いが弱まり、しだいに、花火程度のものでしかなくなってきた。鼻面でさえさやかな火花が弾けても、竜頭兵の分厚い鱗には蚊がとまったほどの感じしか与えない。じりじりと馬車と竜頭兵の牙の間が狭まってくる。

「マルーク・ケイロン！　マルーク・ケイロン！」

馬車の後部に爪をかけようとしていた一匹が吹っ飛んだ。弩弓の矢が、首を真横にまっすぐ串刺しにしている。尻尾がばたばたと地面を叩いた。

続いた矢の雨が先行する数匹を次々と地面に串刺しにする。高い建物の上に陣取った弩弓兵が、大きな弩に新しい矢を装塡するのが見えた。

「マルーク・ケイロン！　マルーク・グイン！」

「同胞を救え！　キタイの怪物を押し返せ！」

「リギア殿」

一人の騎士が馬を走らせて馬車に併走してきた。冑の面頬をあげると、見覚えのある顔がいくらか疲れたようすで微笑していた。

「一日に二度も乙女をお救いするとは、いやはや、光栄の至りですな」

「ブロン殿……！」

ケイロニアの弩弓兵の攻撃を受けて、竜頭兵の一団との距離はみるみる開いていった。人気《ひとけ》のなくなったクリスタル市内を、リギアとブロンは馬首を並べて駆けた。遠くからケイロニア軍のあげるらしい鬨の声と剣戟《けんげき》の響きがこだましてきた。

「ブロン殿、その馬は？」

「申し訳ないが、持ち主のわからなくなったものを拝借したのです」

ブロンは肩をすくめて、眉をひそめた。

「さすがにわれわれも、都中にあふれるあの怪物どもを、一掃するには数が足りなさすぎる。ここはいったん脱出し、ケイロニアへ帰還してから、態勢を立て直して戻るのが得策かと考えまして。そちらにおられるのは、宰相閣下殿かな」

「さようです」

魔道の火の連発で消耗しきったようすだったが、ヴァレリウスもなんとか身を起こして礼を取るだけの気力は残していた。

「お救いありがたく、ケイロニアのブロン殿。われわれだけではいずれあの怪物どもに追いつかれ、ずたずたにされるのは目に見えておりました。クリスタルを脱出するのは、私も賛成いたします。今のわれわれでは、あの大量の竜頭兵に対処する術がない」

「魔道士の塔はどうしたの、ヴァレリウス」

リギアは口をはさんだ。

「それに、リンダは？　女王陛下は、水晶宮は無事なの？　まさか水晶宮まで聖騎士宮と同じありさまだなんて言わないわよね」

「水晶宮は無事ですよ。おそらくね。イシュトヴァーンの目当てはリンダ陛下だ」

苦々しげにヴァレリウスは言った。

「あなたは水晶宮にいるはずだって聞いたけど」

「そうですよ。だが、放り出されたんです。その話はあとでくわしくします。とにかく、女王陛下と、水晶宮にいる人々には、竜頭兵は手を出さないと思います。イシュトヴァーンを手駒として動かすには、餌であるリンダ女王を生かしておかないと元も子もない」

「ゴーラのならず者か」ブロンは舌打ちした。

「とにかく、宰相殿とリンダ陛下がご無事であるならよかった。どちらが欠けても、豹頭王陛下に申し訳が立たぬ。そういえば、馬車に乗っておいでの御仁は？　先ほどリギア殿とごいっしょだった方ですな。吟遊詩人の服装をしておられたようだが」

「パロの第一王位継承者、アル・ディーン王子」

投げやりにリギアは言い、ぎょっとしたようにブロンは目を見開いた。「まさか」

「ほんとに、まさかよね。でも事実なの。だからとにかく、パロ王家正統の王位継承者も無事なの」

「はあ、それは良かった、しかし、なぜ吟遊詩人姿を……」

「いろいろあるのよ。落ち着いたら話してあげる。みんな結局は、自分の属するべきところへ帰っていくしかないのかもしれないわね。魔道士の塔がどうなったのか、まだ聞いてないわよ、ヴァレリウス」

「聖騎士宮の中庭を見て、想像がつきませんか」淡々とヴァレリウスは言った。

「だいたい、あんなものですよ。むしろ、魔道師の方がひどかったかもしれない」

「どういうことなの？」

「竜頭兵は人間の身体の内部を、魔道によってむりやり作り替えて生みだされるものだからです」感情を殺した平坦な声でヴァレリウスは語った。

「この世の存在、生き物であろうとなかろうと、在るものいっさいはこの世を構成する巨大な〈生気〉の大海というべきものに根ざしています。われわれ一人一人はもちろん、草原の草花、路傍の石ころひとつにも、その〈生気〉の根はつながっています。

あの竜頭兵はその〈生気〉の根本を強引にねじ曲げることで、その先につながる肉体を改変し、あの蜥蜴頭の怪物に変態させるのです。人間の身体の内部から生みだされるように見えるのはそのためです。おそらく最初は種をまくのにも時間がかかったでしょうが、いったん〈生気〉の改変の道を開いてしまえば、変異は早かったでしょう」

「そうね」

暗い食堂で、なかば腐りかけながら内部に怪物を育てていた傭兵たちのことを思い返しながら、独り言のようにリギアは言った。「そのとおりだわ」

「そして魔道師は、一般の人間以上に深く、強いつながりを〈生気〉の大海に対して持っています」とヴァレリウスは続けた。

「ということは、いったん変異を仕掛けられれば一般人よりはるかに急速に、大量に、変化が進むということです。位階が高ければ高いほど、強く。近寄らず、遠見の術で覗いただけですが、おそらく、リギア殿、あなたが聖騎士宮の庭でごらんになったより、五倍、いや、十倍はひどい惨劇が繰り広げられたと思ってくだされればよろしい」

こみあげてきた酸っぱい唾を飲みこんで、リギアはそっけなく頷いた。

では、魔道大国と讃えられたパロの、これが終焉か。ただでさえ少なくなっていた魔道師たちは、このヴァレリウスを除いておそらくほぼ全員死ぬか、竜頭兵に変えられてしまった。魔道師ギルドの賢人たちさえその運命から逃れられなかったなら、下級の使い走り程度の魔道師など、ひとたまりもなかったことだろう。

そこまで考えて、怖ろしい考えにリギアはぶち当たった。

「あなたは？」自分が怯えた小娘のような声を出していると感じながら、リギアはヴァレリウスを見た。身体が勝手に魔道師から距離を取ろうとする。

「あなたは竜頭兵にはならないの、ヴァレリウス？　あなただって魔道師で、その、〈生気〉の海につながっているんでしょう。高位の魔道師であるほど影響を受けやすいのよね。あなたは自分が竜頭兵に変えられる気配を感じないの？」

「……私は大丈夫ですよ。そう決められているんです」

ヴァレリウスは明るいところのまったくない笑みを浮かべた。笑いは唇のはしだけに留まり、灰色の瞳は苦悩に翳っていた。

「私は生き残って、これから起こるすべてのことを、目と魂に焼きつけるように望まれているらしい。だから大丈夫ですよ、リギア殿。いきなりあなたの頭を食いちぎるような不作法な真似は、私はしませんから」

リギアは御者台の端に身を寄せながら眉をひそめた。じっとうつむき、膝の上にそろえた両拳に目を落としている小柄な魔道師のまがった背を、こわばって白くなるほど握りしめられている指を、その指にはまっている青い貴石の輝く指輪を、見た。そして意識して大きく息を吐き出し、肩の力を抜いた。

「……いいわ。あなたがそう言うなら、信じる。どっちにしろ、いまあなたに竜頭兵にならられたら、あたし、抵抗なんてする暇もないだろうから、考えてもどうせ無駄よね」

ヴァレリウスは自嘲するように唇を曲げて一礼した。ブロンは多少気にいらなげに、計るような目つきをヴァレリウスに向けている。尚武の国であるケイロニア人のつねとして、彼もまた、いかに友邦の宰相という身分ではあっても、魔道師という存在にはいささかの警戒の念を抱かずにはいられないらしい。

「おっと。これは」

しばらく馬を走らせてルアー神殿の脇をすぎ、サリア神殿を越えようとしたとき、ブロンが馬の手綱をひいた。リギアも馬車を止める。

「建物が崩れ落ちたようですな。迂回しますか」

竜頭兵の仕業か、それとも暴徒によるものか、石造りの尖塔の一つが半ばから崩れ落ちて、道をふさいでいる。瓦礫はかなり大きく、ひとつひとつ避けている暇はない。遠回りになっても別の道をとって、東クリスタルを回って南下した方がよさそうだ。

「待って」

瓦礫に車輪を取られないよう、注意しながら馬車を回している途中、ふと、リギアの目にとまったものがあった。心臓が早鐘を打ち出す。

「どうなさいました、リギア殿」

「少し待って。これ、持ってて」

ヴァレリウスに手綱を押しつけ、御者台を飛びおりる。

「何するつもりさ、リギア」馬車の小窓から目だけ覗かせたマリウスがか細い声を出す。

「いけません、リギア殿、危険です」

ブロンもあわてて馬を下り、あとを追ってきた。

「瓦礫が崩れ落ちてくるかもしれませんし、いつどこから竜頭兵が襲ってくるかもわかりません。クリスタルから十分に距離を取るまで、足を止めてはいけない」

リギアは両方とも無視して、崩れ落ちた建物のすぐそばでひとかたまりになっている、血まみれの死体の前に膝をついた。

崩落に巻きこまれたせいか、それとも竜頭兵に引き裂かれたせいか、ずたずたになって目鼻の見分けもつかないその死体は、しかし、しっかりとあるものを握りしめていた。

リギアはかすかに手を震わせながら、それを取りあげた。

立派なこしらえの短剣が、鞘に血をこびりつかせたまま持ち上げられた。リギアは指で柄をこすった。聖騎士伯を示す紋章が、こびりついた血の下から現れた。

「それ、君の短剣じゃないか、リギア」

馬車の中からマリウスが首を出して驚いた顔をした。

「それじゃ、その死体が、その、〈犬と橇〉亭の……」

リギアは答えなかった。両手に血にまみれた短剣をささげ、結局救うことのできなかった男の死体の前で、祈るように頭を下げたままでいた。

おそらく、途中で妻子が心配になり、あともどりして合流したところを襲われたのだろう。少し離れたところに、わずかな毛皮と尻尾だけになった驢馬《ろば》の痕跡があった。ずたずたに引き裂かれながらも、男は妻と娘を両腕で守るように抱きかかえ、身を丸めていた。血が固まってねばついた糸を引いていた。リギアの歯が、怒りと無念にかちかち鳴った。

「リギア殿、何があったかは知りませんが、お早く」ブロンがせき立てた。

「ぐずぐずしていては竜頭兵に追いつかれます。今はあなたがただけでも、無事にケイロニアへお送りしなければ」

もう一呼吸の間だけ、リギアは救ってやれなかった男に黙禱と騎士の誓いを捧げ、静かに短剣を額にあてると、立ちあがろうとした。

わずかな動きが、向きを変えようとしたリギアの目をとらえた。

「リギア⁉」

いきなりしゃがみ込み、こわばった死体の腕をほどき始めたリギアに、マリウスとブロンがあわてた声をあげた。

「リギア殿、無駄です、その男はもう絶命しています。リギア殿！」

「リギア、早くこっちへ来なよ、危ないってば！」

「生きてるのよ！」怒鳴って、リギアはつかんだ腕を思いきり引いた。ふたつの死体にはさまれる形で小さくなっていたもう一人が、血だらけの姿で引っぱり出されてきた。

ぐったりとなりながらもそれはわずかに頭を動かし、呻いた。髪の毛は血でごわごわになり、服も顔面も血まみれだが、自分の血ではない。抱きしめて、身をもって娘をかばった、両親の血だ。

「それ、あの宿屋の娘さん……！」

「まだ息があるようですな」

ヴァレリウスも御者台を飛びおりてきて、リギアに手を貸した。ブロンも手伝って、娘を両親の腕から完全に引っぱり出す。死の瞬間まで娘を守り抜いた親たちの腕は強く、三人がかりでようやくその腕から放すことができた。

娘は空の革袋のようにだらりとして動かなかったが、ヴァレリウスが腰の合切袋から出した丸薬をブロンが持っていた葡萄酒で流しこむと、かすかに唇を動かし、それを呑んだ。瞼《まぶた》が震え、焦点の合わない瞳が宙をさまよった。

「馬車に乗せていこう」葡萄酒をしまったブロンが言った。

「本格的な治療をしている暇は、今はない。とにかく安全な場所へ。一刻も早く」

意識のない娘はブロンのマントにくるまれて、マリウスの隣に寝かされた。マリウスは濡らした布を持って、心配そうに娘の顔をのぞき込んでいる。

手綱が鳴り、蹄《ひづめ》が石畳を打った。竜頭兵どもの咆吼が聞こえてくる。呪われた蜥蜴どもの跳梁する場所となったクリスタルを抜け、馬車と騎士は、恐怖と絶望に追われるように、また走り出した。

4

燃えている。パロが燃えている。炎の中に尖塔が次々と崩れ落ちていく。女たちの泣き声と騎士たちの叫び声、剣のぶつかりあう音、怒濤のような馬蹄の響き。

(いや！　いやよ！)

手を引っぱってむりやり歩かされながら、リンダは抗《あらが》った。幼くとも王女なのだ。国を滅ぼされれば運命をともにする、それが王族に生まれたものの務めだとずっと思ってきた。父上は、母上はどこにいらっしゃるの？　先を行く大きな背中に問いかけても誰も何も答えてくれない。後ろで泣いているのは、誰？　レムス？

(泣いてはいけないわ、レムス、わたしたちは誇り高きパロの聖王家の者……)

暗く曲がりくねった通路はどこまでも続く。とつぜん場面が切り替わり、まばゆい光がリンダの視界をおおう。黒く切り取られた影は、あれはリヤ宰相の顔だ。古代機械が身震いし、ブーンと音を立てる。自分たちは狭いその内部に押しこまれ、お互いにしがみつき合っている。弟の細い身体のわななきがはっきりわかる。自分も同じように震え上がっていることも。リヤ宰相が何か叫んで突進してこようとするが、すでに動き出した古代機械は止められない。

（いかん、座標が狂った、止まれ！　リンダ様、レムス様……）

白と黒の強烈な対比に塗りつぶされた室内に、どやどやと兵士たちが踏み込んでくる。くらんだ視界で、リンダはリヤ宰相の胸から槍の穂先が突き出るのを見る。視界とともに、意識も薄れていく。光のまたたく無に沈みながら、もう自分を偽る必要がないことがわかって、十四歳のリンダは声をあげて泣いた。

（パロが燃える……わたしのパロ……わたしの、王国が）

混乱したいくつもの情景が風に舞う木の葉のようにちぎれ飛んでいった。今ではこれが夢であることがわかっていたが、そこからどうやって出ればいいのかわからなかった。ノスフェラスの砂と岩場の光景、アグラーヤからの船旅で見た青い海、光り輝くパロへの帰還、テラスに立つ自分に歓呼の声を送る民衆、もみ合う騎士たちとパロの学生たち、そしてつねに、暗闇に浮かぶ、半人半獣のシレノスの顔……

暗い回廊を走りつづけるリンダは十四歳の少女から十九歳の乙女に、二十歳の花嫁に、二十二歳の女王にと変化していった。脚が痛み、胸が内側から拳で殴られているようだった。涙が頬をこぼれ落ちた。出口がわからないのと同じように、リンダにはそれを止める術がなかった。ほかのすべてのことと同じように、手の出しようがないのだった。

どこまで駆けても暗黒は続き、助けを求めて叫んでも、声はむなしく闇に吸いこまれて消えてしまった。

「助けて」すすり泣きながらリンダは涙でふさがった目を開けようとした。「誰か、わたしの……わたしのパロを、救って……」

ふいにその手が力強くつかまれた。

「やっと目が覚めたかい、リンダっ娘」

明るい声がほっとしたように頭上で響いた。

「いつまで経っても目をさまさねえから、心配したぜ。あんただけには怪我させせちゃならねえって、手下どもにもきつく言い聞かしてあったんだけどよ」

ぱっと瞼が開き、まぶしい、だが今度は現実の光が、リンダの目を刺した。リンダはつかまれた手を反射的に振りほどき、かすれた悲鳴を漏らして枕に身を伏せた。

そこで初めて、そこが自分の寝室であること、寝かされているのが自分の寝台であることに気がついた。異様にまぶしく思えた光は、壁にともされた数本の蠟燭の光でしかなかった。リンダはぎゅっと枕と敷布を握りしめ、見る勇気を自分に強いた。

顔を半分枕に埋めながらおそるおそるあげた視界に、日に焼けた、若々しく野性的な男の顔が、気がかりそうに眉を寄せて覗きこんでいるのが見えた。

「――イシュトヴァーン……？」

「そうだよ、俺だよ、リンダっ娘」

彼は笑みを広げ、両腕を開いてリンダを抱こうとした。

「やっとこさ迎えにこれたぜ、リンダ。もう邪魔物はいねえ、俺とおまえと、二人っきりの暮らしを邪魔するものはなにもねえんだ。安心しな」

「さわらないで！」

ちりぢりになっていた意識がようやく一つに集まったとたん、吹きあげてきたのは猛烈な怒りだった。なれなれしくまといつくイシュトヴァーンの腕を、リンダは身震いして振りはらった。イシュトヴァーンは面食らった顔をして一歩下がった。

「どうしたんだよ、リンダ、何を怒ってるんだ？　こうやって、俺が約束を守っておまえを迎えに来たってのに、なんで嬉しそうな顔もしねえんだよ。ここじゃ誰も見てねえぜ、うるせえ奴らはみんな追っ払ったからな。安心して、甘えていいんだぜ」

「何が安心よ。何が甘えていいのよ」

リンダは枕を拳で叩いた。できることならそれをずたずたに引き裂いて、イシュトヴァーンの顔に投げつけてやりたかった。完全な私室であるはずの女王の寝室に踏み込まれたことで、心を土足で踏みにじられたような気がした。誰に許しを得てこんなところへもぐり込んできたのだと叫んで、小僧のように鞭で打ってやりたかった。

「あなたはわたしの国を焼いたのよ！　わたしのクリスタルに火を放って、市民たちを殺したのよ、それなのに、安心しろですって？　馬鹿なことを言わないで」

「うん、まあ、そいつはちょっと悪かったと思ってるけどよ」

イシュトヴァーンは視線をそらし、ちょっと具合が悪そうに顎を掻いた。

「けど、俺が穏便に、おまえだけ連れ出そうとして水晶宮に入ったら、まるで泥棒みたいに鎖で縛ってさらし者にしようとしやがったのはそっちの宰相だぜ。こちとらゴーラの王様だってのによ。少しくらいはお返ししねえと、示しがつかねえってもんだろ」

「市民たちに罪はないわ！」

燃える市街を思い出して、またリンダの瞳に涙が湧いた。

「それにゴーラの王だって言うんなら、どうしてこんなことをするの？　ヤガへ行くって出ていったんなら、そのまま国へ帰って、それから使いをくれるべきだったわ。ゴーラ王イシュトヴァーンとして、パロ女王リンダへの婚姻の申し込みを。これは王族としてだけじゃない、戦士として、騎士としての体面を傷つける行為だわ。イシュトヴァーン、あなたはもう傭兵じゃないのよ、そしてわたしも、十四歳の裸足の女の子じゃない。ノスフェラスはもう遠い昔のことなの、どうしてそれがわからないの」

「ああ、わからないね」

イシュトヴァーンの声に怒気がこもった。必死に身をよじって逃げようとするリンダの肩を、鉄のような手ががっちりととらえた。怒りと涙にうるんだ菫《すみれ》色の瞳を、おどすようにイシュトヴァーンの黒い目が覗きこんだ。

「俺がわかってるのはな、リンダ、あんたは俺の約束された〈光の公女〉で、あんたは俺の妃《きさき》になることになってる、運命でそう決まってるってことだけだ。俺の生まれたときに、占い女がそう言ったんだ。〈光の公女〉が、俺を王の座につけるってな」

「アムネリスがあなたを王にしたじゃない。〈光の公女〉は彼女よ」

「はっ。あんな、あばずれ女」

上質のアラス織の絨毯に唾を吐いて、イシュトヴァーンは吐き捨てた。

「あいつは偽物の〈光の公女〉だった、それだけさ。本物の〈光の公女〉なら、俺を苛つかせたり、嫌ったり、怒らせたりしないもんだ。その点、あんたは違う、リンダ」

炎を噴くような目でイシュトヴァーンはリンダを見つめた。

「あんたは俺を夢中にさせる。どれだけあんたが怒っても、反抗しても、俺はあんたが可愛くてたまらない。あんたの言うことならなんだって叶えてやろうと思う。あんたさえいればすべてがうまくいく、俺にはわかってるんだ。これまでうまくいかなかったのは、あのアムネリスなんてまがい物をつかまされてたからなんだ。だから本物の〈光の公女〉、リンダ、あんたさえいれば、俺は——」

「さわらないで！」

また抱きしめようとじりっとイシュトヴァーンが動いたのを見て、リンダは叫んだ。

「それ以上近づいたり何かしたりしようとしたら、わたし、舌を嚙むわ。本気よ」

イシュトヴァーンはひるんだ。彼も、リンダがそれくらいはしかねない勝ち気な女であることは承知しているのだ。

「出ていって。わたしの寝室から、わたしの宮殿から、わたしの国から。そして二度とやってこないで。あなたの顔なんか、もう二度と見たくない。〈光の公女〉？　何を言われたのか知らないけど、占い女の言葉ひとつにどんな価値があるっていうの。あなたが何をどう信じようと勝手だわ、でも、それにわたしを巻きこまないで。自分の立場を理解しなさい、イシュトヴァーン、あなたのやっていることは、ゴーラとパロの間に、また戦争を引き起こすということなのよ」

「戦争くらいいくらだって引き起こしてやるさ。あんたを手に入れるためならな」

イシュトヴァーンの声が危険なほどに低くなった。

「いいか、俺は王だ。王は何でもほしいものを手に入れる。あんたもだ、リンダ、あんたを手に入れれば俺は完璧になる。何もかもがうまくいくようになる、そう言ってくれた人がいるんだ。言ってくれるだけじゃない、あんたのこのくそったれな城から放り出された俺に力を貸して、あんたを正式にこの俺に譲り渡すと、約束してくれたんだ」

「正式？　約束？」

リンダはイシュトヴァーンがついにおかしくなったのかと思った。もしかしたら、ヴアレリウスが言っていたキタイの魔道師とやらに、また暗示でもかけられているのだろうか。だが、感覚を研ぎ澄ませてみても、イシュトヴァーンに魔道の法の気配は感じられない。それに、正式に、とは、どういう意味だ。

「わたしは結婚している身よ」

リンダは言ったが、その声は自分自身にさえ弱々しく聞こえた。

「夫は死んだけれど、たとえ未亡人であっても、妻に対して権利を持つのは、婚姻の絆で繋がれた夫ただ一人だわ」

「よくわかってるじゃねえか。その通りさ」

イシュトヴァーンは毒々しい笑い声をあげた。

「あの人は言ってたぜ、ほんとは、あんたなんかと結婚したくなんぞなかったって。あんたみたいな乳臭い小娘、最初っからお呼びじゃなかったってな。しかも予言の力を失わないために、抱いて寝ることもできねえ処女王と来た。男としちゃあたまらねえやな。もうそんな馬鹿らしい結婚なんざしてたくもねえから、あんたのことは俺にくれてやる、好きにしたらいいって、そう言ってくれたんだ。そうして俺がゴーラだけじゃなく、まわりの国を、クムを、タリアを、草原地方を、沿海州を、グインの野郎のあのケイロニアだって、自分のものにする手伝いをしてくれるって、約束してくれたんだ」

「そんな……嘘――」

きつく引きよせた上掛けの下でリンダは震えはじめた。イシュトヴァーンが正気で、言っていることがもし本当だとしたら、条件に当てはまる相手が一人だけいる。

しかし彼はすでに死んで葬られた。少しずつ衰えていく姿に胸を痛め、妻として、かいがいしく世話をした記憶はまだリンダの中に新しい。冷たい亡骸《なきがら》が棺に収められ、霊廟に安置されるのを涙で見送りもした。つい先頃にも墓に詣でたし、それには、イシュトヴァーンも同行したはずだ。

なのに――

「やれやれ、イシュトヴァーン、何もそんなにきつく言うことはないだろうに」

苦笑まじりの優しい声が耳に届いた。

あまりにも親しく、そして、二度と地上では耳にするはずのない声だった。

「私は彼女のことはけっして嫌いではなかったし、結婚生活もそれほど嫌ではなかったよ。身体のきかない夫に、彼女はよくつくしてくれたしね。ただ、今の私には、もう彼女は必要ない、ただそれだけのことなのだよ」

リンダは動けなかった。身体の全神経、全感覚は、寝室の戸口からゆっくりと入ってきた人物の、優雅な姿にのみ向けられていた。流れるようなつややかな黒い髪、雪花石《せっかせっ》膏《こう》のようななめらかな白い肌、透き通る夜の泉にたとえられた黒い瞳。

彼は生前と同じ、美しい微笑みをリンダに向けた。

「驚かせてすまなかったね、わが妻よ。それとも、もとわが妻、と言うべきかな」

「――アルド・ナリス……！」

凍りついたままのリンダの唇から、ただ一言、その名がこぼれ落ちた。

あとがき

はじめましての方ははじめまして。そうではない方はいつもお世話になっております。五代ゆうでございます。

今回、この栗本薫先生の死去によって中絶したグイン・サーガ正篇の続きを、というプロジェクトに加わることになり、かなり緊張いたしました。

なにしろ中学生のころ、初めて読んだ本格的なヒロイック・ファンタジイの続篇を自分が書く、というのです。当時はまだ今のようにライトノベルといったものはなく、（ジュニア小説、と呼ばれるソノラマ文庫やコバルト文庫はありましたが）そういうものが読みたければ、頑張ってハヤカワや創元の翻訳ものの細かい文字を追うしかありませんでした。日本じゃこういうのは出ないよなあ、と、蛮人コナンをはじめとした海外産の剣と魔法のサーガを読みながら、あきらめにも近い気持ちを抱いたのを覚えています。

そんな中で登場した『グイン・サーガ』は、「日本人でもこういうものを書く人がいるんだ！」と、田舎の女子中学生だった私に大きな衝撃を与えました。豹頭の超戦士、亡国の王子と王女、怪物の跳梁する荒野、野性的で陽気な傭兵、男装の麗人の女将軍と、絢爛たるメンバーが繰り広げる冒険物語に、夢中になって新刊を読みあさりました。

三十年前の自分に、「君、いつかそれの続篇書くことになるから」と言っても、絶対に信じなかったことでしょう。二十年間、細々ながら作家を続けてこられたことさえ奇跡的なことだと思っているのに、まさかそんなことがあるはずがないと、笑い飛ばしたに違いありません。

しかし巡り合わせというのは不思議なもので、私は作家になり、かつて読者として接していた世界の内側の住人になり、ついには、私に国産ファンタジイへの希望を与えてくれた、『グイン・サーガ』の続篇を書くという、大任を担うことになりました。正篇だけでも一三〇巻に及ぶ大長篇の続きを書くということに、重圧や逡巡を感じなかったわけではありません。

むしろ、恐怖に近いプレッシャー、というのが正しいでしょう。かつて自分も読者だった世界、いまもたくさんの方がファンとして大切にしていらっしゃる世界に、自分がどのように接すればいいのか、どのように続けていくのが正しいのか、お話をいただいてから、「やりたい」とはお返事しつつも、深く悩まずにはいられませんでした。

結果がどのようになったかは、この文庫に収められた物語を読んでいただくことにして、書きはじめる前に、いくつか自分に課した「きまりごと」がありました。

ひとつは、「栗本先生なら絶対にやらなかったことをあえてすること」。読んだ方はおわかりのことと思いますが、『あの方』の、それも、完全な悪役としての、復活です。

この話を持ち出したときは、正直、担当氏も今岡氏も、多少の難色を示されました。『彼』は栗本先生にとって最愛のキャラクターであり、人々の涙に見送られて永遠の眠りについた人です。それを復活させることは、故人の遺志を無視することにならないか、との懸念が示されました。当然のことだと思います。しかし、それをあえて、やらせて欲しいと私はお願いしました。

栗本薫は二人といません。『栗本グイン』は一三〇巻で中絶した、というのは変えられない事実であり、ほかの誰も、『栗本薫』になることはできないのです。

それならば、この物語を引き継いで書く私が、なすべきことは何か。それを考えたとき、決めたのは、「どうあろうと、あくまで『私の』グインを書こう」という、ある意味開き直りのような気持ちでした。

物語の終点はまだ遠く、これからも長い旅路を歩かねばなりません。それを、ずっと『栗本薫のコピー』として歩くことは、私には不可能ですし、意味がありません。傲慢と言われようと私も作家の一人であり、自分が書く以上、自分の世界が出てきてしまうのは止めようがありません。ならば、栗本薫のコピーを目指すより、最初から全力でもって、『自分のグイン』を描くことを目指そうと、そう改めて思ったのです。

悪役としての『彼』の復活は、その決意表明のようなものです。『グイン・サーガ・ワールド』にての発表後、さまざまなご意見をいただき、中にはたいへん厳しいものもありましたが、それについては、「もしよろしければ、もう少し物語の行く末を見守ってください」としかお答えのしようがありません。

すでに『五代グイン』として動き出した物語は、もしかしたら、栗本グインとは違った方向に進んでいくのかもしれません。その方向は、私自身にもいまださだかではありません。ただ、お約束できるのは、どのような方向に進もうと、真摯に、正直に、納得のいくように、キャラクターたちの運命を追っていきます、ということだけです。

続篇第一巻の役目として、先にあげた「きまりごと」のふたつめは、「グインを読んだことのない人、以前読んでいたけど内容を忘れてしまった人でも、すっと読めて物語に入り込めるものにすること」でした。

そのために、正篇におけるこれまでの大きな事件や、キャラクターの関係性をまとめて文中にまぎれさせ、さらに、動きが速くアクション盛りだくさんな、王道エンタティンメントとすることに心を配りました。

物語は、作者と読者がそろってはじめて成立します。読者のいない物語は、先細って消えていくしかないのです（物理的に書店に本が並ばなくなることも含めて）。一三〇巻続いたグイン・サーガがこれからも続いていくには、新しい読者や、いったん離れていった読者を、もう一度呼び集めることがなによりも重要だと思ったのです。

この巻やトリビュート作品からグインに触れた、という方は、ぜひ、正篇の方も手にお取りください。

何を言おうと、グインの『正篇』は栗本薫一人のものであり、それ以外の人間の書くものは『その作者のグイン』でしかありません。少しでも興味を持たれた方は、ぜひ、正篇である『栗本グイン』をごらんになってくださるようお願いいたします。

復活した『彼』は今後、中原の暗闇を暗躍しつつ物語の中へ外へと出入りします。現在のところはキタイの竜王についているようですが、どうでしょうか。『彼』のことですから、腹の中ではもっと違うことを考えているのかもしれません。

復活にあたって、『彼』のキャラ設定は、「自らの野望の達成にのみ邁進する者」というものにしました。漫画『ベルセルク』の、ゴッドハンドから人間の姿に復帰したグリフィスのようなもの、と考えていただけるとわかりやすいかと思います。

もしかしたら中原と竜王の間に割って入る、第三勢力として動き出すかもしれません。さて、どうなることやら。

今後のグイン・サーガは私と、宵野ゆめさんが一冊ずつ、交互につないでいく形で刊行されることになります。両方のパートが影響し合い、リンクし合って進行する様もまた、楽しんでいただければと思います。

私のパートの物語では、いったん動乱のパロを離れて、正篇一三〇巻『見知らぬ明日』直後につながる、ヤガでの冒険行に舞台を移したいと思っています。

怪物にさらわれて、じめじめした地下牢に閉じこめられたフロリー。おかしな方向に変質したミロク教に支配されたヤガで、ヨナたちはどうやって彼女を救い出し、魔教の都を脱出するのでしょうか。

旅路の連れとなってくださる宵野ゆめ様、担当阿部様、監修の今岡清様、そして細かなチェックを担当してくださる八巻大樹様、田中勝義様、いつもありがとうございます。長い道のりになりますが、無事に踏破できますよう、今後とも、どうぞよろしくお願いいたします。

それでは、できましたら風雲のヤガで、またお会いいたしましょう。

五代ゆう　拝

クラッシャージョウ・シリーズ／高千穂遙

人面魔獣の挑戦

暗殺結社からの警護を依頼してきた要人が殺害された。契約不履行の汚名に、ジョウは？

美しき魔王

暗黒邪神教事件以来消息を絶っていたクリスが病床のジョウに挑戦状を叩きつけてきた！

悪霊都市ククル 上下

ある宗教組織から盗まれた秘宝を追って、ジョウたちはリッキーの生まれ故郷の惑星へ！

ワームウッドの幻獣

ジョウに飽くなき対抗心を燃やす、クラッシャーダーナが率いる〝地獄の三姉妹〟登場！

ダイロンの聖少女

圧政に抵抗する都市を守護する聖少女の護衛についたジョウたちに、皇帝の刺客が迫る！

星界の紋章／森岡浩之

星界の紋章Ⅰ―帝国の王女―

銀河を支配する種族アーヴの侵略がジントの運命を変えた。新世代スペースオペラ開幕！

星界の紋章Ⅱ―ささやかな戦い―

ジントはアーヴ帝国の王女ラフィールと出会う。それは少年と王女の冒険の始まりだった

星界の紋章Ⅲ―異郷への帰還―

不時着した惑星から王女を連れて脱出を図るジント。痛快スペースオペラ、堂々の完結！

星界の断章Ⅰ

ラフィール誕生にまつわる秘話、スポール幼少時の伝説など、星界の逸話12篇を収録。

星界の断章Ⅱ

本篇では語られざるアーヴの歴史の暗部に迫る、書き下ろし「墨守」を含む全12篇収録。

ハヤカワ文庫

星界の戦旗／森岡浩之

星界の戦旗Ⅰ―絆のかたち―
アーヴ帝国と〈人類統合体〉の激突は、宇宙規模の戦闘へ！『星界の紋章』の続篇開幕。

星界の戦旗Ⅱ―守るべきもの―
人類統合体を制圧せよ！ ラフィールはジントともに、惑星ロブナスⅡに向かったが。

星界の戦旗Ⅲ―家族の食卓―
王女ラフィールと共に、生まれ故郷の惑星マーティンへ向かったジントの驚くべき冒険！

星界の戦旗Ⅳ―軋《きし》む時空―
軍へ復帰したラフィールとジント。ふたりが乗り組む襲撃艦が目指す、次なる戦場とは？

星界の戦旗Ⅴ―宿命の調べ―
戦闘は激化の一途をたどり、ラフィールたちに、過酷な運命を突きつける。第一部完結！

ハヤカワ文庫

著者略歴　1970年生まれ，作家
著書『はじまりの骨の物語』『ゴールドベルク変奏曲』『〈骨牌使い〉の鏡』『パラケルススの娘』など。

HM=Hayakawa Mystery
SF=Science Fiction
JA=Japanese Author
NV=Novel
NF=Nonfiction
FT=Fantasy

グイン・サーガ⑬

パロの暗黒《あんこく》

〈JA1134〉

二〇一三年十一月十 日 印刷
二〇一三年十一月十五日 発行
（定価はカバーに表示してあります）

著者　五《ご》代《だい》ゆう
監修者　天狼《てんろう》プロダクション
発行者　早川浩
発行所　株式会社 早川書房
郵便番号　一〇一 - 〇〇四六
東京都千代田区神田多町二ノ二
電話　〇三 - 三二五二 - 三一一一（大代表）
振替　〇〇一六〇 - 三 - 四七七九九
http://www.hayakawa-online.co.jp

乱丁・落丁本は小社制作部宛お送り下さい。
送料小社負担にてお取りかえいたします。

印刷・株式会社亨有堂印刷所　製本・大口製本印刷株式会社

Printed and bound in Japan
ISBN978-4-15-031134-6 C0193